KB010915

주식, 귀천주서

歸天株書

주식, 귀천주서

김종안 지음

주식과 인생에 대한 고찰

귀천주서, 하늘과 주식으로 돌아가는 글

생각나눔

서문

상상력은 꿈이 아니라 발전이다. 꿈과 상상력으로 생각했던 것들은 현실이 되어 생활을 편안하게 만들고 있고 미래 먹거리가 되고 있다.

나는 시인, 작가 아니다**(문단 등단하지 않았음)**. 주식시장 주식 투자하면서 보고 듣고 읽고, 경험한 것을 습작하면서 주식 투자하면서, 커지고 있는 개미 투자자들의 한숨 소리 줄고, 메아리 되었으면 하는 생각으로 부족한 글 모아 세상에 내놨다.

글을 쓰면서 약속은 지키려고 노력한다. 그러나 지키지 못한 약속도 많다. 지키지 못할 것을 약속한다는 것은 과욕이라는 것을 알았다. 장담할 수 없는 시간에서 노력은 즐거움이라고 생각한다.

주식 투자도 마찬가지다. 주식시장에서 성투를 그린다는 것은 막연한 약속이다. 그런 약속을 지켜갈 수 있는 주식 투자 과연 개미들에게 주어질까? 1%는 성공 투자할 수 있다고 하여도 그 1%도 계속 주식시장 머문다면 그 끝은…. 성공 투자인 1% 안에 내가 될 수 있다는 생각이 주식시장을 걷게 한다.

행복의 조건은 재물이 전부가 아니라고 하면서도 늘 조급한 마음으로 쫓아가는 것이 주식 투자다. 성공 투자 허상만은 아니다. 이룰 수도 있다. 다만, 개미들이 주인공 될 수 있는 확률은 높지 않다는 것이다. 실패 확률 높은 것이 주식 투자지만 투자금 전부만 몰빵 안 하는 주식 투자자라면 성공 투자 상상과 꿈만은 아닐 것이다. 인생에서 노력의 결실은 쉽게 주어지지 않고 늘 늦게 주어진다.

차 례

contents

contents

혼돈, 비중, 축소

어제 빠진 것만큼 오늘 지수 올랐다.
1월 불확실성 높아지고 있는 데도, 미 시장 영향 때문일까?

때 이른 봄비처럼 겨울비 주적주적 내리고 있다.
저 비가 만약 눈이였다면….

글을 쓰면서 띄어쓰기에 대한 신경을 많이 쓴다. 글 교정해 주는 이에게 늘 최선을 다해달라고 당부한다. 책의 글이 스승이었는지라 내 글 누가 읽고 있다면 작은 것도 배울 수 있게.
글 단어 띄어쓰기 참, 어렵다.

많이 배우신 분들의 공통된 단어를 보면(예: 주식시장) 붙여쓰기로 읽고 써왔다. 그런데 이번 교정 작업에서 주식시장은 주식 시장 띄어쓰기가 맞다고 한다. 내가 몰라서 띄어쓰기했을까? 아니면 많은 분들이 알고도 묵인하고 편하게 써왔던 주식시장 고유 명사가 맞는 띄어쓰기일까, 헷갈린다. 부족한 지식으로 쓰는 글 나만 그럴까?

전운이 감도는 주식시장 한치 앞도 예측할 수 없지만 언제 폭락장 올지 모른다. 미국, 이란 도화선 심지에 불꽃놀이 시작된다면 폭락장 기정사실 될 것이다.

다음에 터질 화약고는 북한 핵에 대한 트럼프의 결정 관계 진전이 없다고 하면 그 또한 주식시장 불확실성 높아질 것이다.

두 불씨 꺼진다 하여도 다음 튀어나올 미 중 무역 협상 무역 전쟁 주식시장 파고의 높이 태풍, 훈풍…. 시간이 지나면 알게 되겠지만 2020년 새해 초부터 주식 투자 앞길 순탄치 않을 것 같다. 혹시 모를 유비무환 대책은 비중 축소만이 안전 투자가 되지 않을까 생각한다.

섣부른 망상 투자로 미수 몰빵 4월 총선 종이 주, 정치 테마주, 주가 널뛰기 하여도 초심 잃지 않는 개미 투자자 되시라. 경험상 혹시, 2000p 무너진다고 하면 관심이다. 3월 결산기 감사 보고서 주의 깊게 종목 살피는 주식 투자한다면 가슴앓이 주식 투자의 한숨 줄어들 것이다. 매일 1~2% 거두는 주식 투자할 수만 있다면 1년 후 수익은 원금 대비 2~3배 될 것이지만 주식시장 주가는 실적보다는 테마를 먹고 오르는 종목 주가가 많아서 세력은 이슈 나오기 전 선취매하고 이슈가 터지면 연관된 종목 주가는 곤두박질치는 경우가 많이 발생한다.

혼돈, 이래저래 글 쓰는 것도 힘들고 주식 투자도 힘들지만 노력은 배신하지 않는다. 지금도 노력하고 있다.

삶, 주식 깨달음

사회는 따뜻한 것 같지만 많은 이들에선 냉기류가 흐른다. 이익 앞에선 무너지고 있는 많은 것들에서 우린 무엇을 가르치고 배워야 되는지 모르고들 있다.

시장에서 주가의 널뛰기는 변화무쌍이다. 올해는 반도체, IT주 종목군 오를 것이라는 전망이다. 뉴스, 시황 긍정적 전망 나온다 하여도 종목 주가는 속절없이 무너지는 경우가 많이 발생한다.

또 속아야 하나 하면서도 주식 투자하고 있다면 관심을 끊을 수 없다. 제약, 바이오, 정치 테마주 가까이할 수도 멀리할 수도 없는 것이 주식 투자다.

주위에 변하지 않는 것은 없다. 변화의 바람은 좋을 것이다. 하는 생각도 왠지…. 변하지 말아야 될 것도 변하는 시대다. 많은 사귐에 있어 이익이 아닌 정심으로 맺는 인연들이 많겠지만 물질의 유혹 앞에선 관계의 연도 한순간 무너진다.

무관심 섭섭함들 쌓이고 쌓이면 굳은 인연도 세월의 무게 견디지 못하고 금간다. 작은 것에 신뢰도 실금 생겨나 쌓았던 성도 속절없이 무너지는 것이 요즘 시대상이다.

신뢰, 우정, 사랑…
무너지게 하는 것은 무엇일까?

인연의 틀 금가기 전 마음에서부터 내가 아닌 우리를 먼저 생각해 준다면… 만남의 시간에서 고마웠던 일들만 생각하자.

자고나면 많은 것들이 변하고 있는 시대에서 너를 생각하면서 하늘을 본다.

테슬라

손대면 부서질 것 같은 인생
너는
타는 입술 적신다.
오랜 생의 샘 줄기
가시밭길 송곳 생존의 삶에서
목숨 끊게 하지 않는
낯선 인간사
한 잔 한 잔
잔정으로 흐르는 샘물
맑고 흐린 날에도
너를 만나서
새로운 인연 맺는다.

주위엔 항상 고마운 아우들이 있다.
부르면 달려오는
살면서 갚아야 될 빚이다.

기웅, 종천, 상봉, 춘종, 성규, 동희, 광승, 상호, 영달, 인택
늘 고맙다.

사랑해요

페스트, 결핵, 홍역, 조류 인플루엔자, 구제역, 아프리카 돼지 열병, 사스, 메르스, 코로나 바이러스(**폐렴**) 등 예측할 수 없는 전염병, 질병들이 세속에서 계속 나타나고 있다.

별안간 찾아오는 죽음들 우리가 안고 가는 인생의 숙명이다. 남기고 떠나고, 보내는 후회 않는 기억은 아픔이 아닌 그리움이다.

인생은 후회 없이 살아갈 수는 없다. 후회를 하고 후회를 하면서도 웃는 인생일 때 편안한 마음 될 것이다. 후회 없는 인생을 살아갈 수만 있다고 하면 얼마나 좋을까.

그 말을 하기가 그렇게 쑥스럽고 부끄러웠는지, 속으론 마음으론 수없이 말하고 있는데, 정작 입안에서만 옹알옹알하면서도 끝내 하지 못한 말이다. 듣지 못하고 떠나셨는데도 하늘에선 웃고 계신다. 괜찮다 하시면서.

아버님, 어머님, 사랑합니다.
엄마, 아빠 사랑해요. 엄마 정말 사랑해요.

나도 생전 그 말 하지 못하고 모친을 떠나보냈다. 그런 말을 하기가 그렇게 힘든 말이 아니었는데도 많은 세월 곁을 함께했으면서도 하지 못했다니….

인생에서 성공했다 한들 정말 성공한 인생일까요?
남자는 입이 무거워야 한다(**남아일언중천금**). 남자는 무게 있게 행동해야 되고 말 한마디도 쉽게 하는 것은 아니다. 하지만….

살아있는 것은 언제든 떠납니다. 떠날 때 떠나도 후회하지 않는 정 나눈다면, 떠나보내도, 가슴앓이는 쌓지 않을 것입니다. 정말 후회라는 것은 떠나보내고서야 가슴에 닿는다는 것입니다.

하고 싶어도 듣지 못하는 분들도 많겠지만 지금 어느 곳에 계시던 계신 분이 있다면 엄마 사랑해요. 아빠 사랑해요. 여보 사랑해요. 하는 말 전한다면, 그 무엇보다도 값진 선물은 없을 것입니다.

예측하지 못한 일기처럼 인생의 길 흐려져도 시간이 지나면 아침의 해처럼 인생의 길 가족의 사랑이 따뜻한 미소를 만듭니다.

변하고 있는 시대에서 변해야 되는 모습들입니다.
'엄마 사랑해요'라는 말,
나도 하고 싶고 듣고 싶네요.

폭락, 단발성일까?

즐거운 연휴가 끝나니 기다렸다는 듯이 폭락이다. 아연실색도 잠시라면 견디겠지만 단발성으로 끝나기엔 왠지 석연치 않다. 우한 코로나 바이러스 공포는 마치 세균전 양상을 그리게 한다. 코로나 바이러스 항체 숙주가 판명되지 않는다고 하면 온갖 억측의 원인될 수도 있다.

우한 폐렴이 퍼지게 된 것은 세균 바이러스 연구 누출로 인하여 발생되고 있다고 하는 소문의 진원지가 진짜로 둔갑될 수도 있다.

그만큼 20세기 들어서 파급되고 있는 질병들이 메가톤급 치명타를 넘어서고 있고, 각종 의약품들이 발생되고 있는 질병들에 무용지물로 만든다는 소문이 더해 무서운 바이러스로 진화하면서 인간의 두뇌와 싸우고 있다.

하찮은 질병들이 무슨… 하는 소리는 옛말이 되었다. 탄저균 공포를 넘어선 우한 폐렴이 사스, 메르스 때보다도 심각성을 각성시키고 있지만 언젠간… 발병률이 누그러지겠지 하는 안이한 대책이라면 그 대가는 클 것이다.

언제 튀어나올지 모르는 각종 자연의 시한폭탄이 되는 질병들이 인간의 파멸을 빠르게 만들 수도 있다는 설은 소문으로 들을 말은 아닐 것이다.

코로나 바이러스로 인한 금융시장, 주식시장, 경제 지표들이 한순간 무너지고 있다. 때 되면 제자리로 돌아오겠지 하는 질병들로 인한 후유증 지속되면서 경제의 발목만 잡는 것이 아니라 시장 순환 연결 고리마저 끊어지게 하는 것은 아닐까 싶다.

우한 사태로 인한 주식시장 폭락 단발성으로 끝나면 좋겠지만 혹시라도, 잡지 못한다고 하면 그 끝은 주식시장 침체로만 끝나지만 않을 것이다. 제2 제3의 사태로 번지기 전 타인의 건강도 내 건강처럼 생각하면서 타국에 다녀오신 분들이라면 더 세심하게 자신의 건강 상태를 체크하면서 이상 징후 발생 시 빠른 대처를 해야 될 것이다.

그렇다고 무한정 겁먹을 필요는 없다. 준비된 방역 당국 철저함은 타국보다는 안전 지대다.

다만, 주식시장 주가 하락에 대비하지 못하는 신용금 투자자들 당분간 몸살 앓는 주가를 주의 깊게 살펴야 될 것이다.

서두르지 않는 투자

시장 시세창을 살피다 보면 주가의 현란한 등락 폭에 일희일비한다. 생각했던 주가의 방향이 아니라 예상치 못했던 상황 변화에 당황하다가 올바른 대처도 못 하고 전전긍긍하다가 당하는 경우가 많은 것이 주식 투자다.

천만다행일까, 다행스럽게도 코로나 바이러스 숙주가 사스를 옮긴 박쥐에서 전염된 확률 높다고 한다. 많은 질병의 원인이 되는 박쥐는 인간에게 해를 줄 수 있는 바이러스가 무려 200여 가지를 보유하고 있다고 한다. 박쥐는 없어선 안 될 자연의 유익한 종이면서도 인간에게 재앙을 주는 사스, 코로나 바이러스 등 항체를 보유하고 있다는 것이 판명된다고 하면 우한 폐렴의 박멸도 곧 이루어질 것이라 믿어도 될 것 같다.

다만 그때까지는 서두르지 않는, 타인의 건강도 내 건강처럼 생각해 주는 박애정신 나한테 옮길까 지레 겁먹고 좀비처럼 이기적 행동은 지역뿐 아니라 개인적으로도 손가락질 받는 행동이나 행위들은 지역 분열뿐만 아니라 나라 분열로도 나타날 수 있다.

더불어 함께하는 공동체 박애정신이 이럴 때 꼭 필요하다. 어려울 때마다 상부상조 정신이 빛날 때는 지금 이런 시기가 아닐까 싶다.

다행히 질병으로 인한 금융권, 주식시장, 폭락은 단발성인듯 싶어 한숨 돌린 것 같지만 예기치 못한 후폭풍은 엉뚱한 곳에서 터져 개미 투자자들을 황폐하게 정신 못 차리는 투자를 하게 만들기도 한다.

모든 투자 습관도 유비무환으로 대처한다면 폭락장도 웃는 주식 투자에서도 웃는 날 많아질 것이다.

어려울 때마다 돕고 뭉치는 우리의 민족성 긍지와 자부심 가져도 좋다.

폭락에는 폭등이 따른다

인생에서 주식 투자보다 무서운 것은 없다고 생각했는데, 이번 우한 폐렴 파급은 그 위험성을 뛰어넘고 있다. 인간의 절제가 없는 탐욕으로 불러오고 있는 것들도 시간이 지나면 망각증이 도지고 언제 그랬냐는 듯이 다시 일상으로 돌아간다.

질병의 무서움은 문명이 발전할수록 질병 또한 한 단계 업그레이드되어 나타나고 있다. 까뮈작 페스트 창궐할 때는 시대적 배경이었다지만 지금 시대는 우주를 유영하고 있는 시대다. 메르스, 사스 때까지도 이런 질병쯤은… 했지만 코로나 바이러스 창궐은 해일처럼 지구촌을 강타하고 있다. 그 어느 때보다도 전파 심각성을 알리고 있다. 잠복기 14일 무증상 호흡으로도 전염된다고 하는 질병의 무서움이 새로 부각되고 있는 것이다. 세기 종말의 예고편처럼 질병의 병원체가 던져주고 있는 화두다.

육체의 약함을 두뇌로 강함으로 만들고 있는 시대에서 각종 질병의 범람은 종교, 사상, 정치의 벽을 뛰어넘고 있다. 질병의 창궐은 인간의 무분별한 자연의 훼손에 따른 발병의 원인들이 아닐까 싶다.

문명이 발달할수록 지구의 오염은 학대되고 육체의 창자가 기름칠수록 각종 질병 발생 원인의 단초가 되고 있다. 우한 폐렴 전파 속도가 지구상 나타난 그 어느 질병보다도 감염 속도가 빠르다 하여도 인간 모두를 전멸시킬 수는 없다. 설령 창궐한 코로나 바이러스에 감염되었다고 하여도 감염자의 존엄한 생명을 모두 뺏어가진 못한다. 육체 또한 질병에 대처하는 면역성 기능을 가지고 있기 때문이다. 진화한 균이 새롭게 나타날 때마다 무서운 속도의 감염으로 정상적 생활을 할 수 없게 만든다는 것이 더 무섭다. 각종 질병 원인 제공은 비위생적에서 만들어지고 있다는 것을 다시 각성하고 배워야 될 것이다.

발병의 원인 숙주가 되는 모든 것들의 공동 연구가 있어야 새로운 메가톤급 질병 파급을 차단할 수 있을 것이다

주식시장 또한 폭락이 있어도 인간의 투자는 다시 폭등을 만드는 것이 순환 연결고리다. 주식시장이 주는 폭락은 때론 투자의 기회를 만들어 준다.

주식시장 면역성

우한 폐렴에 이어진 입춘 한파로 도심의 거리가 썰렁하다. 코로나 바이러스는 많은 일상생활을 바꿔놓고 있다. 인사법까지 반가운 악수보다는 얼굴의 미소로 답하게 된다. 그동안 발생된 많은 질병 중 균의 감염증 속도는 1순위 될 것이다. 감염 파급의 여파는 경기 동력을 끊고 있다. 사람이냐, 돈이냐 두 가지를 놓고 보면 인명이 우선이겠지만 지레 겁먹고 하는 일들을 중지한다는 것도 주어지는 손실 어쩔까, 막연한 걱정도 하게 된다.

파급력 강한 전염병 발원지가 중국인데 중 당국은 미안함도 없이 중 대사는 역지사지 운운하면서 서툰 한국말로 기자 회견까지 하였다. 불난 곳 부채질할 수는 없어 쯧쯧 연민의 정 느끼지만, 바뀐 입장이었다면… 중국은 참지 못하고 교류 관문 모두 빠르게 잠궜을 것이다. 자국민 보호 차원 운운하면서. 그동안 보여준 중인들의 행동들이 말해주고 있다. 전염병이 무서워도 이웃의 불행을 외면하지 못하는 것 많은 사람들의 감성이다. 지금 파급되고 있는 전염 발병률은 감염속도 감염 경로 그 어떤 질병보다도 메가톤급이다.

병은 소문내야 빨리 고칠 수 있다고 하는 우리 속담이 있다. 정직하게 진실된 정보가 모두의 안전 지켜낼 수 있다. 지금까지 다행스러운 것은 주식시장 잘 견뎌내고 있다. 변동성 장세 면역력 강해진 것 같다**(말이 씨 될라, 내일…)**. 투자자들 모두 불안해하지 않고 있고 주식시장 흐름 파악하면서 대처하고 있는 증거다.

주가 폭락 원인 중 하나 불확실성 있을 때 증시는 요동친다. 공포와 패닉은 폭락으로 번져 들불이 되고 주가는 불길에 휩쓸린다. 그로기 상태의 개미는 작은 빗줄기에도 떠내려간다.

매번 반복되고 있는 상황인데도 대처하지 못하는 것이 바로 주식 투자다. 우한 폐렴 습격이 중국을 휩쓸고 있지만 그 여파는 우리 주식시장을 휩쓸지 못했다. 그러나 언제 다시 튀어나올지 모르는 시장의 폭락 안다고 하여도 대처하지 못하는 것이 바로 주식시장 생리다.

작게 먹고 작게 쌓는, 돈의 영원한 주인은 될 수 없다**(죽어서는 못 가져가니까)**. 돈은 잠깐 내 계좌에 들어와 머물 뿐이다. 계좌를 보면서 주가를 보면서 일희일비한다면 돈 스스로 떠난다.

예측불허 종목들

겨울의 끝자락에 눈이 내리고 있다.
시대는 영웅을 만들고 정치는 사람이 바뀌면 변한다.
변하지 않는 것은 하나도 없다.
변하지 않아야 될 것도 변하는 시대다.

주가는 관성의 법칙에서 만들어진다.
매수세 몰리면 자동 고공이다.

전철을 탄다. 좌석이 많이 비어있다.
코로나 바이러스 위력이 만든 결과다.
씁쓸한 풍경이다.

몸에 좋다면 무엇이던지 먹는 식습관이 새로운 유형의 전염병을 만들고 있다. 우한 폐렴 코로나19는 인간의 식습관이 불러온 재앙이다. 전염병 매개체 숙주인 전파 경로도 예측 불허인 상태에서 박쥐, 뱀, 천산갑 진원의 소문지다. 이번 코로나 바이러스 균주는 천산갑 염기서열 99% 일치라고 하고 있지만, 바이러스 숙주인 박쥐를 통한 매개체로 시작된 밍크, 뱀 등 염기 서열체가 매우 유사하다고는 하지만, 어떤 경로를 통해서 나왔던 전염병 균은 육식 동물을 매개로 이어진 인간 식문화에서 비롯되었다. 몸에 좋다, 정력에 좋다면 썩은 것도 마다하지 않고 먹는 식탐이 불러온 재앙이다.

메르스는 낙타로, 사스는 사향고양이로, 에볼라는 원숭이로, 에이즈는 동성 간 성교로, ASF는 멧돼지로, 조류 AI는 철새로, 코로나 바이러스는 박쥐를 통해서 질병의 매체가 되었다고 한다.

질병 예방을 위한 백 세 삶을 위한, 의학의 무한정 연구도 새로운 돌연변이 균의 전염은 다 막을 수 없다. 많은 교훈 주고 있는 중국 코로나19 상황 반면교사로 식문화에 대한 많은 개선과 식탐이 변해야 자연과 공생공사 무병장수 삶 영위할 것이다.

이렇게 심각한 세계적 전염성에도 주식시장은 무풍지대다. 속절없이 무너질 것처럼 폭락했던 날은 단 하루로 멈췄고 큰 변동성 없이 가고 있는 증시다. 전강 후약, 전약 후강, 어디로 튈지는 아무도 모르는 것이 주가 증시다.

3월 반기 보고서 감사 보고서, 나오는 시점이 분수령 되지 않을까 싶다. 종목 주가는 매수세 몰리면 오른다. 전기차 관련 주 수소차 관련 주, 제약, 바이오, 반도체 관련된 종목군 러브콜이다. 어떤 종목이던 실적 없는 종목은 하루살이 주가다. 맹목적 주가만 보고서 매수자가 된다면 가슴앓이 투자가 된다. 경험의 노하우를 토대로 심사숙고 주식 투자 한다면 성공 투자될 것이다.

코로나 바이러스 예방은 가급적 외출 줄이고, 청결을 기본으로 우선한다면 코로나19도 피해간다.

전화위복

21세기 코로나 바이러스 우한 폐렴은 일상의 많은 것을 스톱시키고 있다. 역대 어느 질병보다도 감염 범위가 넓고 쉽게 전염되는 무서운 전파 속도를 가지고 있다. 슈퍼버그란 항생제가 듣지 않는 항생제 내성 가진 신종 박테리아균 탄생이라고 한다. 의학의 기적 페니실린도 무분별한 남용으로 인한 항생제 내성 생긴 균의 진화한 결과다.

중국을 보면 자랑하던 무기의 과학도 한갓 질병의 범람에 우왕좌왕 표현할 수 없는 준지옥 상태지만 내부 통제 때문에 정확한 실태 상황을 모르고 있다. 내부 상황을 영상으로 외부에 알린 이들은 지금 어디에 있는지 연락 두절이라고 한다. 전염자, 사망자, 기하급수적이니 인권 유린도 반딧불처럼 사라졌다.

요즘은 외출하기가 겁난다고 다들 말하고 있다. 전철 이동인은 많이 줄었고 급행도 낮 시간대는 좌석이 많이 비어있는 것을 본다. 전철 안에서 기침 소리만 들어도 섬뜩한 느낌 전해온다. 코로나 바이러스가 만든 위축이다. 공기로도 전파될 수 있다는 우한 폐렴 때문에 일상적 생활들 많이 바뀌고 있다. 되도록 외출 자제가 우선이겠지만 생활이라는 것은 질병의 무서움보다도 앞서 있기에 삶의 모두를 바꿔 놓을 수는 없을 것이다.

다만 전염의 범람을 막기 위해서는 너도나도 타인을 배려하는 공동 예절을 서로 지켜주는 것처럼 질병 예방 준수가 필수적이다. 이번 질병 코로나19는 무서움, 공포, 패닉 그 자체가 되고 있다. 예사롭지 않은 전염 전파는 자치 안정적 생할을 바꿔 놓을 수도 있다. 옮으면 죽으면 그만이지 하는 자포적 철없는 외출은 삶 송두리 채 무너지게 하는 원인될 수도 있고 타인의 행복한 삶까지 무너지게 하는 근원일 수도 있게 된다.

0천지가 병천지 온상이 된 것도 감염된 사실 몰랐다고 하여도 도덕적 책임 피할 수 없다. 이럴 때 마귀니 사탄이니 하는 몰상식한 자들이 있으니 인간의 무지란, 신앙의 무지란….

코로나19 전염은 역대급 질병 중 최상이다. 숙주에 대한 설 무성하지만 제대로 밝혀진 것은 하나도 없다. 제대로 밝혀진 감염 경로도 일각의 빙산 같다는 생각을 하게 된다. 박쥐, 뱀, 밍크, 천산갑 등 설왕설래다. 불난 집 부채질 할 수 없는 상황의 위급함이 먼저라 지금 뭐라 말할 수는 없겠으나 사후에는 꼭 감염 경로 유출 경위, 발생지의 원인 등 밝혀야 할 사안이다. 그래야만 슈퍼급 질병 발생 원천 차단할 수 있을 것이다. 인간이 만들고 있는 질병을 자생적이다라고 할 수 없는 시대다.

속이는 웃음보다는 속아주는 지혜를 가졌다면 님은 지금 시대의 현자다. 질병이 아무리 슈퍼급이라고 하여도 인간 모두를 말살할 수는 없다. 질병의 무서움보다도 코로나 바이러스의 위력보다도 살고자 하는 삶의 애착이 더 끈질기고 무섭기 때문이다. 코로나19 위력 크다고 하여도 공포에 떨 필요은 없다. 차분히 위생적 감염지를 피하는 대응조치 선제적으로 한다면 피해갈 수 있는 질병이다, 사스, 메르스 사태에서 얻지 못한 반면교사 삼는다면 우리 경제는 다시 위급했던 지금의 일들 반전시켜 전화위복 계기가 될 것이다.

지금도 늦지 않았다

모든 것에는 때가 있다. 때와 시기는 살리기도 하고 죽음의 시간을 피하게도 만든다. 과공비례라는 말처럼 도가 지나쳐도 안 되고 너무 낮춰도 예가 아니라고 했다. 우왕좌왕, 심사숙고, 아생연후살타라(我生然後殺他). 우왕좌왕일까? 심사숙고일까?

때를 놓친 것 같지만 아직 늦지 않았다. 저력과 끈기를 우리는 가지고 있다. 과감하고 용단 있게 결단을 내릴 시기다. 들불처럼 퍼지고 있는 코로나19 전염불은 이제 이웃의 일이 아니다. 발병의 무서움은 전파력은 강하고 치료제는 없다는 것이다. 기껏 격리 조치와 기본적 에이즈 치료제 등 기존 처방만으로 치료를 해야 된다는 것이다. 다른 병균과는 다르게 확진자가 발생하면 의료 전문 인력만이 치료할 수 있지 간병이던 치료던 일반인은 도울 수 없다는 것이 치명적 단점이다.

전염, 전파력은 강하고 치료할 인력은 한계가 있고 적재적소 의료 인력을 배치한다고 하여도 코로나19 치료 인력은 발생률에 비하여 턱없이 모자랄 것이다. 지금은 전시 상태보다도 더 중한 시기라고 생각한다. 질병과의 사투를 무슨 전시 체제에 비유하나 하는 이도 있겠지만, 설왕설래 우왕좌왕 더 불안 요소들을 키우고 있다.

코로나 바이러스 우한 폐렴 들불처럼 번지기 전 과감한 행정의 결단력이 있어야 될 것이다. 자가 격리 위반자는 엄벌에 따른 처벌과 민사 책임까지 물어야 되고 의료진 통제에 따르지 않는다면 전시 상황에 해당하는 엄벌로 다스려야 코로나19 잠재력의 위력을 꺾을 수 있고 전염력을 막을 수 있다.

지금도 늦지 않았다. 고민고민 심사숙고 때를 놓치고 우환을 키우게 된다. 원성은 참패를 낳게 만든다.

과감한 결단력으로 지금의 위기를 돌파한다면 하늘은 노력의 대가를 줄 것이다. 살아오면서 때를 놓쳐도 모를 때가 많았다. 선견지명은 없지만 삼척동자도 알고 있는 행동들을 관료들이 못 하고 있다면 화를 부르는 행정이라고 말씀드린다.

모든 집회, 예배, 사찰, 모임, 자발적 참여도 중요하지만 다소 무리수라고 생각하여도 국가가 금지 조치를 선제적으로 선포 조치하여야 될 것이다. 원성, 원망 소수가 한다고 하여도 국가의 재난엔 국민은 따라야 할 의무가 있기 때문이다. 기껏 2개월이다. 때를 놓치면 소 잃고 외양간 고치는 것도 모자라 더 많은 것을 잃는 행정이 될 것이다.

과감한 결단력의 지도가 꼭 필요한 시기다. 그래야 코로나 바이러스 위력 전파 막을 것이다.

위기를 견디고 뭉치는 힘의 저력 많은 환란을 겪으면서도 쓰러지지 않는 힘을 가진 민족성이다.

기회가 오면 잡아라

잠 못 이루는 밤이 될 것 같다. 우한 폐렴은 많은 것을 멈추게 하고 있다. 그동안 잘 지탱하고 무풍지대처럼 보였던 주식시장도 미 시장의 지수 급락 여파로 월요일 장 전반적 하락세로 출발할 것을 염두에 둔 투자자 십중팔구다.

장 초반, 떨어질 만큼 떨어진 우량주가 있다면 과감하게 기회다 하고 매매금 30% 선에서 매수로 공략한다면 예측하지 못한 대가도 얻어지지 않겠느냐 생각해 본다.

주식에서 왜 매번 깨지느냐, 실패하느냐를 나는 늘 생각하면서 글을 써왔다. 이럴 때마다 이렇게 하면, 저럴 때마다 저렇게 하면 투자에 나섰지만 뒷북치기 투자였다. 저가주 몰빵했다가 몰락 테마주 따라갔다가 빠져 나오지 못하고 손실 괜찮다고 하는 대형주로 갈아탔다가 매수 주가보다 더 내려오는 주가를 보면서 두려움에 매도, 결국은 손절매 투자가 되고 마는 경험을 많이 겪어왔다.

주식 투자하면서 제일 무서운 것은 폭락, 하락하는 주가가 아니라 상폐되는 종목 매수할 때다. 상폐 종목을 누가 알까, 종목 주가 많이 떨어졌으니 곧 오르겠지 하고 공시창은 보지도 않고 매수했다가 매수한 날부터 떨어지는 주가를 보면서 손절매도 못 하고 끙끙대다가 덜컥 거래 정지당하면…. 언제 어느 때 상폐가 될지 모르는 것이 많은 종목들이다. 2020년 3월 결산기에도**(2019년 12월 결산 기업들)** 20개 사 넘는 기업이 상폐 위험군에 포함되었다고 하는 뉴스를 보았다.

2~3개월 전 추천 주였던 배당주로 떠올랐던 종목 하나도 거래 정지되는 것을 보았다. 며칠 전 그럴싸한 종목 하나도 15,000원대에서 5,000~6000원대까지 떨어지길래 5천 주 매수 몰빵했다가 별안간 제3자 유증 이월 미루길래, 옛 경험 투자가 생각나 10% 손실 보고도 손절매. 손절 후 그 주가 살피니 아니나 다를까, 별안간 하한가 그리고 또 하락 지금 2,100원까지 떨어졌다. 손절 못 하고 그대로 가지고 있었다면 70% 원금 잃었을 것이다. 그러다 보면 이성 잃은 투자가 되고 본전 찾기 위해서 신용금 폴가동 전환하는 투자가 된다.

그런 투자를 몇 번하게 되면 의욕 상실 장기 투자, 자포자기 투자자가 되고 만다. 그리고 막상 기회가 와도 실탄은 없고 빌릴 곳도 없고 실탄을 채웠다고 하여도 주가 하락 두려움에 정작 오는 기회도 놓치게 되고 잡지 못할 때가 많아진다. 코로나 바이러스 출몰은 중국뿐 아니라 세계 경기 또한 위축시킬 것이고 주식시장 또한 불확실성 높아지고 종목 주가는 휘청거리게 될 것이다. 예상치 못한 코로나19는 주식시장 비켜갈 수 없는 난제가 되었다. 돌출되고 있는 변수에 주식시장 파고도 높아지고 있다. 그럴 때마다 기회도 함께 주식시장은 주고 있다 fragli cataiyst black swan 위태로운 촉매제가 된 블랙스완, 예상치 못한 사건으로 경제 복병이 된 계기가 되고 있다. **(뉴스 인용, 옮김.)**

이래서 주식 시장 못 떠난다

처서, 웃고 있다.
이젠, 쉬세요. 한다. 주식 글 모두 손 놓으라고 속삭인다.
다, 내려놓으면 신선 될까?
무엇인가 열중한다는 것 삶의 생동감이다.

인보사 사태로 말썽 많던 종목 코오롱 생명과학이 오늘 상한가 안착했다가 풀렸다. 불만, 불신, 개미들 울렸던 종목 며칠 야금야금 오르더니 다시 상한가 안착이다. 아마도 개미들은 손절하고 털리고, 쳐다보지도 않았을 것이다. 외인들 일주일새 물량 2% 약 35만 주 매수, 기관, 개인 매도. 결국 승자는 외인이다. 망할 것 같아도 추세가 있고 매수자가 많으면 종목 주가는 상승. 그런 종목을 보는 눈들 주식 시장 떠날 수 있을까?

대내외(국내, 국제) 금융 시장 불안 확산되면서 금리 연계 파생 결합 상품(DLS)뿐 아니라 파생 상품 곳곳이 신음이다. 이번 문제 터진 상품은 독일 국채 10년 물, 영국, CMS(파운드화, 이자율 스와프) 금리를 기초 자산으로 DLS-DLF다. 만기 시 금리 일정 수준 이상일 경우 3~5% 수익 얻지만 일정 수준 떨어지면 최대 손실 전액 손실 볼 수도 있는 상품이다. (시황, 뉴스 인용)

국내 은행권에서도 최소 1조 원 판매한 코스닥(ETF) 레버리지 상장 지수 펀드 신탁 주식 시장 하락으로 인한 대규모 손실 추정 지난 해 고점 매수 투자자 투자 원금 최대 손실 70% 추정된다. ETF는 코스닥 종목 150개 선정해 지수 연계 추종 펀드다. 상품 특성상 크게 먹거나 크게 잃는 펀드다. 고위험 상품 펀드 파생, 주식 투자 모두 조심하면서 투자해야 삶의 눈물 흘리지 않을 것이다. (뉴스 시황 인용 참조)

늘 주식 시장을 보면서 내일은 오늘보다는 더 좋아지겠지 하는 바람은 야속하게 비켜가지만 열심히 노력하다가 보면 좋은 날 오겠지요.

악재에 약한 증시

직격탄이다. '왜, 폭락이 오지 않을까' 했는데 오늘에서야 뜨거운 맛 제대로 주식 시장 전한다. 매번 이런 폭락장 올 것이다. 예측하면서도 대비 못 하는 것이 주식 투자다. 알면서도 당한다. 예측하고 있으면서도 설마, 이렇게 폭락할까? 내 보유 종목은 우량주라, 폭락장도 견디겠지 하는.

증시 폭락하면 그때서 아우성친다. 왜 미리 대비하라고 **(매도, 매수 금지)**조언 못 해 주는지. 주식 투자 피하라고 할 때는 손절매 구간도 지났다. 원금 30~50% 손실 발생해야 아우성친다.

미·중, 일, 북 관계로 인하여 급락한 주식 시장이지만 이미 다 알고 있는 악재다. 불확실성 이슈 크다고 하지만 이렇게 맹목적 하락하는 지수, 주가엔 그 어느 투자자도 견디지 못하고 좌불안석된다. 주가 순자산 비율 PBR, 주가 수익 비율 per 투자할 때마다 가치주 나타내는 지표다. 그러나 주식 시장 이렇게 개폭락이 오면 나타내는 지표들이 모두 무의미해진다.

증시 폭락할 때는 방어금들 무너지는 지수, 주가 막아 주어야 되는데, 외인, 투신, 기관, 세력. 그 누구도 지지대 역할 해 주지 않는다. 되려 개미 보유한 종목 트라우마로 몰아넣는 공포감 주고는 공매도 이용한 주가 더 급락장으로 만든다.

사실 증시 체력 약하다. 개미들 그동안 얼마나 시달리게 하고 투자금 몽땅, 신용금 이번엔 9조도 무너질 것이다. 현물 주식 투자 고집하는 투자자 성공 투자할 수 없다. 전문가 주식 거의 보유하지 않는다. 또, 현물만 하는 것이 아니라 그에 따른 대비처로 투자하고 있기에 하락장에서도 수익 보는 투자하고 있다.

많은 세월 글 쓰면서 『주식 하지 마』 책 낸 것은 고통받는 개미 위해서였고 나도 '왜, 매번 주식 투자 실패하는 투자하는 것일까' 확인하는 주식 투자해 왔지만 개인들은 주식 투자에서는 절대 성공 투자할 수 없는 주식 시장 구조란 것 깨닫고 있다.

매번 이렇게 폭락하지는 않는다. 급락이 오면 상승 또한 만든다. 미래 예측하는 이들이라도 주식 시장에서는 성공 투자할 수 없다. 개미 투자자 오늘 같은 주식 시장 보면서 꼭, 느껴라. 많이 떨어졌으니 미수라도 써서, 다시 재투자하는 생각 잊어라. 그나마 조금 남은 투자금 지키려면, 자치 미수라도 썼다면 깡통 계좌 될 것이다. 상폐만 깡통 계좌 만들지 않는다. 우량주 신용 써도 계좌 금액 모자라면 강제 매매다.

정치는 모르지만 왜, 능력 있는 정치가가 나라 다스려야 하는지, 전범국 후안무치 행동 국제 시장 교란 주고 있다. 그 여파라고는 하지만 왠지 입맛 쓰다.

8월 2,000p 무너짐?

7월의 마지막 날이다. 누구에게든 다시 이날은 오지 않는다. 목적이 수단을 정당화, 합리화, 시키고 있는 일본 정치인들이다. 일본 정치인들은 스포츠(**구기 종목**)를 보지 않고 있나 보다. 그러니 목적과 수단 가리지 않고 있고 침략만 하고 있다. 공자가 말한 과즉물탄개 하셨다. **(잘못을 알았다면 깨닫고 반성하고 비는 것을 두려워 말라)**

샤드, 몽니 부린 시진핑. 무역 보호 몽니 부리고 있는 트럼프. 목적, 수단 안 가리고 견이 드러내 몽니 부리고 있는 아베. 제 버릇 못 버리고 있는 김정은. 그나마 조금 점잖게 있는 푸틴인가?

백색 국가 제외(**화이트리스트**) 통상 마찰 보복 전면전 아베 공표만 남았지만 결과는 결정된 것과 같다. 돌파구 없다. 이럴 땐 미 우방 아니라고 본다. 강 건너 불구경이다. 불난 집 기름 안 부었으면 고맙겠다(**통상 마찰 개도국 지위 박탈**).

지수보다 더 많이 떨어지고 있는 중소형주 주가. 주식 시장 모든 상품 고리 정세와 맞물려 있다. 주위 사방 적, 우군, 아군, 친구가 누구인지 모르는 복마전 정세다. 모두 가까이해야 될 곳이다. 이익보다는 감정 앞세우는 우 저지르지 말고 철저하고 냉정한 정직과 명분 잃지 말아야 된다.

주식 시장 휘둘림 어제, 오늘 아니다. 폭등해도 손실, 폭락해도 손실. 개미는 늘, 주식 투자 피해 본다. 어쩌다 운 좋아서 본전 찾아도 주식 시장 떠나지 않으면 투자금 모두 잃고도 모자라 빚의 무게 덤까지 얻는다. 서당개 3년 지식으론 주식 시장 절대 금지 구역이다. 지수보다 종목 주가 더 폭락하고 있다. 신용금 9조 원대지만 하락 계속되면 강제 매매 나와 주가 부메랑 될 가능성 높다. 보유 종목 매물 줄어들면 계속 홀딩이다**(보유)**. 주가 떨어지면 공매도 판친다.

지금 주식 시장 흐름 공매도 세력 판치고, 물 반 고기 반, 주가 유린하고 있다. 개미들 신용 쓰지 마라. 주식 시장 불확실성 혼돈의 주식 시장이다.

공포 구간(삼고초려)

오늘 지수 주가 흐름 트라우마로 몰고 있다. 꺼지지 않은 일본 정치인 밴댕이들과 싸우려니 억장 무너진다. 이번 싸움은 끈기, 인내 고진감래 뜻 잘 새겨야 될 것이다. 분명 장기전 주식 시장 또한 세력에 의하여 크게 요동칠 것이다.

그 징조 지금 나타나고 있다. 미수 사용자 부메랑 될 것이다. 세력, 외인, 기관, 호시탐탐 엿보고 있는 눈, 일본 정치인과 다를 것 없다. 삼고초려, 유방이 공명 얻은 고사다. 주식 투자 또한 종목 고를 때 생각하고 매수 후 주식 시장 보지 마라.

7월 끝자락 비다운 비 내렸다. 넘치면 모자람만 못하다. 많은 비 피해 입은 곳 없는지 잘 살펴야 될 것이다. 혹여, 피해 입은 이들 있으면 십시일반 구제해야 될 것이다.

거울 본다. 내 얼굴일까? 벌써 순식간 지나간 젊음의 시간. 젊음도 순식간이라는 것, 이제 깨닫는다. 주식 투자 잘못 판단으로 많은 것 잃었음에 누굴 탓할까, 주식 시장 흙탕물 온갖 오염되었다 하여도 정신 차리면 살 수 있는 곳인데. 흙탕물 오염된 곳에서 정신 못 차리고 돈 벌 수 있겠다 생각하고 주식 한 어리석은 눈 주식 시장 탓할까.

능력 없으면서 자금만 있으면 푼돈 가지고 되는 줄 알고 장기, 중기, 단기, 단타, 우량주, 저가주, 중소형주, 잡주, 상폐주.

어느 종목 고르던 그 결과는….

절대로 우량주, 기술주, 테마주 가치주라고 하여도 고점 고가 매수하지 마라. 오르는 말 올라타라는 속담 개미 잡기 위한 덫이다. 수없이 많은 시행착오 겪어도 주식 투자에서는 개미는 하수다. 믿지 않으면 직접 주식 투자해 보면 알 것이다. 직접 지금 주식 투자하고 있는 개미 수익 내고 있다면 그 개미는 프로다.

변화무쌍 주식 시장 종목 정말 가치주 주가 또한 바닥이라면**(회사 방문 후)** 몇 년 묻어둔다고 생각하고 투자한다면…. 주식 투자 백문불여일견이라 말한다. 주식 시장 망하지 않지만 개미는 망한다.

주식 투자 얻어진 글 주식 투자 다시 안 한다는 맹세 작심삼일 끝나겠지만 다시 가슴에 새겨라.

지금 구간 참기 어려운 공포 구간이다.

소나기는 피하라

무섭다. 주식 시장 보고 있으면 20년 전이나 지금이나 무섭다. 주가 떨어지기 시작하면 끝 모를 추락이다. 수없이 많은 종목이 상폐되고 상장되고 하는 것도 똑같다. 그런데도 지수는 2,000p 지키고 있다. 지지선이 2,000p일까? 지지선이 만약 무너지면 어디까지 밀릴까. 저가 매수세 들어온다 하여도 예전만큼 주식 시장 끌어올릴 체력 모멘텀 없고, 산 넘어 산. 외인들 삼성전자, SK 하이닉스 1조 원대 매수했다고 하는 뉴스 들었지만, 주식 시장 상장사 두 종목뿐이라면 좋겠지만.

미·중 갈등, 한·일 갈등 화해의 길 멀고 일본 정치인 속 좁은 행보 시한폭탄 심지 불붙였는데, 이적이다, 아니다로 노론 소론, 소론 노론, 몇백 년 흐른 역사 되풀이하고 있다. 트럼프, 아베의 밀월 과연 일본이 저지르고 있는 작심적 행위 트럼프와 의논 없었을까? 왜국, 소국, 밴댕이 일본 정치인 역사의 죄인 그 핏줄 변할까. 동방의 예언자 전쟁이 난다면**(개인적 생각임)** 아시아에서 3차 전쟁 일어날 것이다.

오면초가 위협적 행위 하고 있고 등 기댈 데 없어도 뭉치면 살 것이다. 지금 모두 그렇게 하고 있는데, 정치인 끼리끼리다.

주식에 투자하면서 무엇을 배웠을까? 무엇을 느꼈을까.

매번 되풀이되는 주가 반란 생성, 소멸, 수레바퀴 윤회처럼 돌고 있다. 10년 보고 투자하라, 투자한다면? 10년 후 몇 종목이나 투자 수익 낼 수 있을까? 그리고 10년 투자할 수 있는 종목 있을까? 10년 전 투자했던 종목 보유하고 있는 분 있다면, 수익은…? 10년 전 주식 투자하고 있는 분 지금도 주식 시장 머물고 있을까?

다행인 것은 지금 주식 시장에선 묻지마식 주식 투자 많이 줄었다. 주식으로 인한 삶 정리하는 개미 투자자도 많이 줄었다. 아직도 사건 뉴스 주식 관한 것 약방 감초 끼지만 상장, 상폐 종목도 상폐되는 부실기업 또한 줄었으면 좋으련만. 상장제일주의, 상장 후 몇 년 못 가서 상폐되는 종목 아직도 많다.

주가 조작으로 인한 피해자는 많이 줄었지만 돈 모이는 곳 꼭 사고 나듯 주식 시장 구설. 상폐 피해 모두 개미들이 떠안는 것 아직도 변하지 않고 있다.

투자 교훈 원칙

20년 전 쓴 글 수정하면서 읽으니 주식 시장 변한 것 없다. 그때보다 상장폐지 종목 줄었지만 주가 방향은 변한 것 없다. 지수는 1,000p에서 2,100p 지수 100% 올랐지만 많은 종목 사라지고 새로운 종목들 상장되었다. 코스닥 또한 똑같다.

주식 투자 걸어온 길 앞으로는 어떤 주식 시장 모습 볼까.

주식이 그대 시험하더라도 좌절하지 마라.

배우고 배우다 보면 기회 온다.

상한가, 하한가 종목 현혹되지 말고, 인내는 언젠간 삶의 웃음을 줄 것이다.

오는 기회, 주는 기회.

준비되지 않으면 놓친다.

좋은 종목 수급 없으면 주가 오르지 않는다.

시작부터 실패하는 주식 투자하지 마라.

투자 실패 한두 번 되다 보면 초심 잃고 장기 투자된다.

주식 30% 현금 70% 지켜라. 신용 투자하지 마라.

그 원칙 지킨다면 성공 투자할 수 있다.

주식 시장 블랙홀, 한 번 빠지면 빠져나오지 못한다.

성공 투자할 수 있다고 생각하는 순간, 주식 실패자 된다.

간사하고 치사하고 비겁한 자 드러내고 행동하지 않는다.
누구나 이중적 잣대 가지고 있다.
상황따라 변하고 때에 따라 행하고 안 하는 것 마음이다.
역사를 봐라.
이성적, 판단할 수 있는 지성인, 지금 행하고 있는 아베 행동 하나가 얼마나 간사하고 비겁한 행동인지, 그런 자도 일국 수상 자리에 있다.
일본인 모두가 아베는 아닐 것이다.
아베 따르는 정치인 일본 국민 함께 묶어 매도해선 안 된다.
친일, 친반, 나누는 것 또한 위험한 생각이다.
일본 국민 모두 아베 행동 옳다고 하지 않는다.
일본 기업 모두 아베 편 아니다. 어쩔 수 없는 자국 지도자 말 따른다.

아베는 골통 수구 전범국 전범자 혈족이다.
역사를 조금이라도 안다면 아베가 지금 시대에서 일으키고 있는 상황, 시대적 오류로 국제 협력 틀 깨는 위험하고 우매한 행동 저지르고 있다.

급등, 급락 피하라

2차 대전 전범국 일본 선전포고 일회성 아니다.

치밀하게 계산된 수출 규제였지만, 대의적 명분에서는 밀렸다.

뚜렷한 증거 제시 못 하고 산술적 계산했지만 인간적 계산까지도 했어야 실익, 명분 챙겼을 것이다.

수시로 변하는 국제 정세 국익 우선이라고 하지만 일본은 미국이 아니라는 것 깨닫지 못한 우 저질렀다.

엎질러진 물이다. 장기화 대비한 유비무환, 모두 일심체 이번엔 단호하게 대처할 때다.

증시 상황 또한 불확실성 높아졌다.

증시 별안간 폭락하진 않겠지만 외인, 기관, 매매량 주의 깊게 보아야 투자 낭패 안 당한다.

신용 투자 절대 삼가해라. 신용금 10조 원 무너졌지만 더 줄어야 반등장 올 것이다.

2,000p대 지지냐, 저항이냐, 하지만 미·중, 한, 일, 다른 악재 나온다면 수성 못 하고 무너지는 것은 시간문제다.

상승 동력 없는 모멘텀 부족한 증시 체력 주가 항상 반발 매수세 또한 증시 상황 보고 있다.

주식 투자 종목 장세 연출될 것이다. 투자꾼, 투기꾼, 도박꾼, 쉬는 것 보았는가.

쪼는 맛보다 주식 출렁임 마력 영혼까지 저당 잡히고 하는 맛.

작전꾼 이런 장세 주 무대다.

오락가락 증시 올, 바캉스 여비 물 건넜다.

증시 몰아칠 우환보다 한, 일 관계 악성적 고리 총소리 없는 전쟁에서 단합의 힘 보여야 미래 밝아온다.

오면초가, 노론 소론, 소론 노론. 하지 말고 뚝심, 저력, 보여 줄 때다.

0은 칼집에서 뽑혔다. 어쭙잖은 기대하지 말고 독심 품어라.

초보 개미 이런 장세에선 쉬어라. 쉬는 것도 주식 투자다.

주식은 알아도 당한다

일본의 일방적 선전포고, 일본을 이기려면 일본인 속성 제대로 읽어라. 무역 supply chain(서플라이체인) 복잡한 공급 사슬 체제 무너트리고 있는 일본(시황 인용 참조). 한국 전쟁(6·25) 발판으로 삼아 2차 대전 원흉 패전국 일본 경제 대국으로 일어섰다. 그러나 못된 심성 버리지 못하고 지금도 후안무치 행동 서슴지 않고 저지르고 있다. 그동안 대응했던 좌충우돌 아닌 제대로 된 대응해야 될 때다. 모든 국민, 정치인 한마음 진정한 행동 보여줄 때다. 깡통처럼 요란 떨지 말고 단발성 아닌 지속적 조용하고 침착하게 국민의 저력 보여줄 때 아베는 알 것이다.

우리는 오면초가다. 이웃(미·중, 일, 러, 북) 잘되는 것(사돈이 땅 사면 배 아픈 속담대로) 시기하고 질투하는 트럼프, 아베, 시진핑, 푸틴, 정은, 똑같다. 그런 지도자 둘러싸고 있는 환경 분열되어 봤자 결과 뻔하다. 일반인, 정치인 생각 분석하면 미래 행동 알 것이다.

오늘의 시대 적도, 우방도 자국 국익 위해선 한 치 양보 없다. 우리의 미래 위해서는 그들의 행동 배워야 할 것이다. 차분하고 지속적 (소리장도) 배워야 될 것이다.

매번 되풀이되는 주식 시장 상황 반전이라도 주어지면 좋으련만. 주식 시장 폭락하는 때가 많지 폭등하는 때는 적다.

주식 몇 번 실패한 투자자 고심 끝 다시 배워 투자금 모아(**빌려서**) 똑같은 투자 실패하지 않을 것이다. 하는 결심하고, 경험 토대로 재투자 나서지만, 한두 번 성공 투자 몇백 몇천만 수익 보았다고 자신감 생겨 계속 주식 투자한다면, 하고 있다면….

주식 시장 주가 화려한 꽃이다. 빨갛게 폭등하는 주가 모습 눈, 마음 취하게 만든다. 큐피트 화살 심장 꽂히면 삶 무너질 때까지 정신 차릴 수 없다. 하락장, 폭락장, 무너지지 않는다는 무념 의식 실망, 좌절 넘어서고 좌초되어도 모르고 있다가 침몰되어서도 이성의 끈 의식 지배한다.

3개월 6개월 1년 원금 그대로 있다면 참겠지만 20, 30, 50% 계속 하락하다가 찔끔 5~8% 오른다 하여 매도하는 개미 많지 않을 것이다. 손절, 손절, 투자금 대비 반 토막 난 주가 손절 의미 지나간 투자다.

어쩔 수 없는 장기 투자 주가라도 올라 원금 회복 주어진다면….

그러나 대부분 개투 버티지 못하고 자금 사정으로 주식 시장 떠난다. 주식 시장 떠나서도 주식 시장 환상 꽃 보듯 한다. 주식 시장(**주가**) 누구를 위해서 피는 꽃일까? 주식은 알아도 손해, 몰라도 손해다.

주식 투자, 알면서도 당한다.

오락가락 증시

증시 방향성 잃었다. 미·중, 일, 매번 증시 향방 따라서 국내 증시 일관되게 편승했다. 타국 증시 상황관 다른 흐름, 툭하면 터져 나오는 악재 투심 얼게 한다. 이젠, 전문성 가진 개투 외국 증시로 투자의 눈 돌리고 있다.

상장사 주가 관리 0점이다. 주가 어떻게 되든 배당 쥐꼬리요, 아예 배당 못 하는 종목 많다. 장기 투자 종목 찾기 어렵다. 많은 종목 장기 투자한다고 하여도 내리막길 타면 몇 년 하락 기본이고 심한 종목 상장폐지 종목으로 변한다.

주식 투자 맘 편하게 하고 있는 투자자 몇 명이나 될까?

주식 단타 하지 말고 단투 하지 말고, 후손에게 물려줄 때까지 보유하라고?

그런 말 하는 분 직접 투자 후 주가 보면서 아니다 싶으면 있는 금액으로 주가 좀 올려주면 고맙겠다.

20년 전이나 지금이나, 주식 시장 변한 것 없다. 많은 종목 사라졌지(**상폐**)만 여전히 상장시키는 종목 많다. 20년 전 주식 사 놨다고 하자. 과연 지금 주가 수익은?

많은 종목 깡통 계좌, 상폐로 많은 개미 주식 시장 떠났다.

미국 증시 편승하여 주가 급등락 이젠 옛날 이야기다. 증시, 지금 철저하게 왕따다. 주식 시장 실체 봐라, 주식에 대한 기대와 환상을 바라지 않고 있다.

밖의 여론 들어 봐라. 주식 시장 도박장이지 건전한 투자처라 말 안 한다. 주식 시장 머물고 있는 전문가 그들 진정한 투자자들인가?

단타, 단투, 손절뿐이지, 중장기 투자하지 않는다. 중장기 투자한 종목 있으면 공개하라. 중장기 투자하고 주가 떨어져도 5년 이상 가진 종목 보유하고 있으면 시장, 변동성 주식 시장 비관에 대한 경험의 글 그만 쓸 것이다. 약속한다.

연기금, 투신, 기관, 외인, 주가 끌어올린 후 발 빠른 매매로 수익 챙기기 바쁘지 주식 시장 활성화 위한 이바지한 것 하나도 없다. 모멘텀 없는 부재 당연한 결과다. 개미들 자금 고갈로 이어진 시장 누가 손해 보면서 돈 뿌리면서 많은 종목 주가 끌어올릴까?

정부? 연기금? 외인? 기관?

신용금 10조 원 시대 그 금액도 폭락할 때 강제 매매 당하고 미수 상환해서 줄어든 금액이다. 그런데도 아직 10조 원 유지하고 있다.

증시 활황 잠시라도 올 때는 신용 금액 줄어들 때마다 변동성 장세 될 것이다. 주가 20~30% 올랐다, 내렸다 하여도 활황장 되지 않는다. 호재 = 정상 판문점 회동 미·중 무역 규제 완화 악재 = 일본 아베 보복 제재 계속될 것이다. 어떤 이슈 나오던 증시 상승 동력 빈약한 증시다.

반복되는 주가 조심

비상식적 요동친 주가 샘코 5,000원대에서 36,000원대까지 올랐다가 50% 급락, 작년 영업 손실액 17억 원, 누가 올린 주가일까? 추종 매매자 중 꼭지에서 잡은 개미 누구일까? 올랐다가 시류에 따라서 내리는 것이 주가라지만, 이 종목만 그런 것은 아닐 것이다. 앞으로 주식 시장에 계속 나타날 것이다. 묻지 마 추종자 가슴앓이 투자될 것이다. **(나도 한때는 그랬습니다. 지금도 시세창 보면 충동 매매, 참기 힘들지요)**

세계사**(개인적 생각임 '님'존칭 모두 생략)** 2019년 6월 30일. 너무나 잘 짜여진 각본, 연출이었다. 찡한 소설처럼 만난 세 정상 보는 모두에게 드라마틱한 감동 전해주었을 것이다. 50. 6. 25. ~ 53. 7. 27. 3년 전쟁 **(정전)**휴전, 맺은 지 66년 기억 너머 흐릿해진 역사. 지금도 아물지 않은 살아있는 고통이다.

역사란…?

누구를 위한 것이 아니라 그 시대 일어났던 것을 명백하고 정확하게 기록해 알고, 배우며 잘못된 길 가지 않게 하는 지침서다.

평화란…?

대통령의 행한 모습 보면서 진정성, 노력.

다만, 결실의 결과는…?

힘의 논리 인간사에서 보고 배운다. 중, 일 봐라. 자국의 이익 행여 흠이라도 나면 날까 봐, 힘 믿고 행한 사드, 위안부 대한 행동을.

틈만 나면 중, 일 계속 몽니 부릴 것이다. 이웃사촌 잘되는 것 못 보는 근성이 있어, 미, 힘 앞엔, 중은 곰, 일은 서생원으로 변했다.

한반도 트럼프 심는 소나무 독야청청 통일의 밑거름 되면 트럼프 연임 성공될 것이고 김정은 노벨상 세계가 줄 것이다. 각본 없는 드라마 상상처럼 실현된다면, 경제 또한 좋아지는 것은, 당연한 결과로 따라올 것이다. 그렇게만 된다고 하면, 상상한 것이 정말 현실로 실현된다면, 현 대통령은 헌법 개헌하여 3선까지 한다고 하여도, 국민 중 뭐라 하는 사람 없을 것이다.

민주주의 반대론자가 있는 것은 당연하겠지만.

분단국가 통일.

평화 담보한 물꼬라면 어쩔 수 없다는 것도 받아들여야 될 것이다.

한반도 평화 프로세스 주인공, 피스메이커 트럼프 그 어떤 형용사를 썼던 주연 대통령이었다.

기관, 외인 먹이

오늘도 많은 종목 급락했다. 지수는 조금씩 빠지는데, 주가 폭락, 급락이다. 지수 2,050p대~2,150p에서 매번 못 벗어나고 있다. 누군가 지수 억지로 받쳤다가 뺀다 한다. 지금 흐름이라면 후반기 또한, 주식 투자 신중하게 해야 될 것이다. 주식은 많이 알면 알수록 소극적 투자가 된다. 적극적으로 나서기엔 너무도 많은 시련 투자 경험했기 때문이다.

인버스 ETF는 지수 하락분만큼 수익 내는 상품. 일명 청개구리 상품이라 일컫는다. 6월 약세장 이어질 것으로 예상한 개미 투자자는 한 달간 약 10% 넘는 손실 보았다고 한다. 기관, 외인은 5월 하락장 이후 지수 상승분 2배 이익 나는 레버리지 상품 ETF 배팅. 이 기간 해당 종목 상승으로 수익을 냈다.

기관은 이 기간 레버리지 ETF 집중적으로 매수 지수 상승분 수익 소화했고 개인은 구조적 세력에 비해서 모든 타이밍 뒤처질 수밖에 없어 자금력, 정보력, 증시 상승, 하락 만들 수 있는 힘**(돈)** 없어 후행적 늦고, 늦는. 투자밖에 할 수 없는 관계로 현물이던 선물이던 투자는 당할 수밖에 없는 주식 시장 구조다. 동전의 양면처럼 동전의 양면도 힘으로 누르면 언제든 바꿀 수 있듯 선물, 현물 주식 시장 상품 무조건 조심 투자해야 될 것이다**(시황 인용 참조)**.

에이치엘비 매매량을 봐라, 공매도 물량, 외인 매도 물량.

이 종목만 놓고 그러는 것 아니다. 공매도 폐지건 아무리 외쳐도 마이동풍. 주식 시장 공매도 꼭 존재해야 시장이 돌아가는 것일까?

공매도 전유물 기관 외인, 투신, 큰손, 세력만이 할 수 있다. 몇백 몇천만 단위 투자하는 투자자는 공매도 근처도 못 가고 주가 하락할 때마다 공매도로 인한 피해 고스란히 개투들이 모두 떠안는다.

금융권 제도권 밖 공매도일까?

정말 누구 위한 주식 시장일까?

미, 다우, 나스닥 떨어질 때마다 개미 등허리 부러지고, 공매도 물량 터질 때마다 나오는 곡소리. 000티슈진, 에이치엘비 등 기타 종목 터질 때마다. 매 맞는 개미들이다.

공허한 메아리 이런 글 큰 메아리 되어 만인 가슴 개투들에게 모든 공감대 형성된다면, 투자든 투기든 보유 금액 10%만 가지고 주식 시장 투자한다면 투자에서 오는 가슴앓이 많이 줄어들 것이다.

지수 오르던 주가 오르던 매일 반복되는 투자는 + 되는 계좌 절대 되지 않는다. 소형주에서도 몇천 주씩 공매도 던지는 자들도 있다. 공매도 투자 비법 아니라 돈주, 전주 배부르게 먹으라고 주는 제도다.

주식 시장 영원한 봉인 곰, 개구리 먹잇감으로 전락한 개미라고 말하면 이의 제기하는 개투있을까?

금융권은 공매도 폐지 신중하게 생각해야 될 것이다.

잘못된 만남

미래 먹거리 제약, 바이오다. 00생명, 000티슈진 여파도 거두지 못했는데, 에이치엘비 임상에 관한 미달로 인하여 제약, 바이오, 직격탄 주가는 하락하면 언젠간 다시 오른다. 그때를 염두에 둔 제약, 바이오주 계속 투자 관심 종목이다.

인생의 삶에 있어 재물은 많을수록 좋고, 건강은 건강할수록 더 좋다는 것 누구든 생각할 것이다.

그러나 결혼 생활에 있어 돈이 전부일까?
타인이 만나 인연 되어 하나의 궁합으로 맺어지고 만들어 가는 가정. 그속에선 돈보다 더 소중하고 귀중한 말, 글로는 표현할 수 없는 믿음, 존중, 사랑. 파뿌리 될 때까지 해로할 수 있을 것이다.

황혼 이혼 높아지고 있는 시대 젊은 세대라 하여 방심할 수 없는 결혼 생활. 결혼이라는 것 신성하고 고귀한 맺음 결실이다. 고작 1년 8개월 헤어지는 커플 두고 하는 말 사랑했기에 결혼하였고 성격 차이로 헤어진다. 예상치 못한 상황 변수였겠지만 즉흥적 끓어오른 성적 만남이었기에 극복하지 못한 것이다.

사랑해도 헤어지는 연애사 돈이 전부 아닌 남녀 애정 관계 비밀. 신도 앞날 모른다고 할 것이다. 진정한 사랑은 국적, 신앙도 사랑 앞에선 벽이 되지 못하고 무너진다. 환경, 재물, 사랑, 성격 모두 극복할 수 없다면 섣부른 결혼하지 않는 것만 못할 것이다.

결혼은 해도 후회하고, 안 해도 후회한다고 한다. 하지 않는 결혼보다는 하고 헤어지는 결혼 아픔 남는다 하여도 서로의 상처 되지 않도록 보듬어 주는 합의 이혼 또한 잊힌 하나의 사랑이다.

보내야 될 때 보내는 것 남녀가 겪는 결혼이 겪는 삶의 의미다. 유책주의, 파탄주의, 법으로 해결하는 사람 되지 않기를 많은 젊은이에게 말하고 싶다. 이별 후 아픔 상처 있다 하더라도 플라토닉 러브, 아가페 사랑 서로에게 보내면서 행복 빌어주는 커플이 되기 바란다.

이별 후에도 서로의 행복 빌어 주는 마음 사랑의 예 아닐까 싶다.
세상은 좁다. 인연의 연 헤어져도 다시 만나게 된다.
사람의 연, 인연의 연. 신도 모르는 비밀이다.

연탄과 주식

밤새 곁에서 22개의 눈동자
뜨거운 정열 훈훈하다.

머리에 피어오른 돈육 향기
위장 채워주고 살신성육된다.

내일의 몸 위한
원기 가득 채웠다.

함께 마신 곡차
폐부 울린다.

횃 치는 소리에도
해님 늦잠 자고,

뜨겁던 정열의 검은 빛
하얗게 이별한다.

빛 잃고 떨어지는 **(다우 나스닥)**
유성의 몸통
개미 등허리 부러진다.

외출

소문에 사 뉴스에 팔라는 말 투자하는 분 모두 알고 있을 것이다. 기관, 외인, 세력 종목 주식 매수해 놓고 그럴싸한 평가한다. 저 평가 종목이다. 매수 중이다라고 하면서 메뚜기 한철이라고 주가 오를 때는 정말 짧은 시간이다. 확 오르는 주가 보면서 충동 매매 상투 잡는 개미들, 그렇게 하면 안 된다고, 마음 소리치지만 눈 뇌, 마우스 키 누른다. 그렇게 매매 습관 빠진 개투 주식 시장 많이 있다.

나도 그런 매매 일관되게 해왔으나 지금도 알면서도 가끔 매수하게 되고 당한다. 시장 관찰하면 가끔 운칠기삼 오른 종목 보인다. 그럴 땐 다른 종목 자금 묶여 있어 자금력 부족하다. 1년 딱 세 번 하면 수익 내는 확률 높아질 텐데 작심삼일이다. 최소한 투자할 종목 PER, PBR, WB, 전망성, 흑자 기업, 대표, 주주 등 관찰 요해도 가끔 실패작 나오기도 하지만 무작정 뽑기식 투자하는 것보다는 주식 실패율 적어진다.

괜찮은 종목 매수해도 기관, 외인, 왕개미 손절성 물량, 공매도 물량 투하엔 견뎌내지 못하고 당한다. 자금력 부족하고 신용 쓴 금액 갚을 날 다가오면 말 그대로 주가 오르지 않지 하락한 종목 매도하긴 싫지만 어쩔 수 없이, 주식 시장에선 우군 하나도 없다.

돈 가져가세요, 공짜로 드릴게요, 하는 분 세상 있을까?

투자금 뺏지 않으면 고맙지요.

주식 시장에선 합법적으로 투자금 몽땅 가져가도 뭐라할 사람 없다. 허위 공시, 주가 조작, 허위 소문내고 종목 포장해도 밝혀내기 쉽지 않고 개미 투자자 걸려들어도 소 잃고 외양간 고치는 것 주식 투자다.

합정역 『주식하지 마』 2탄에 대한 책 출간 의논하려고 출판사 방문.
점심시간 약속했기에 점심 공양하고자 직원 모두 가자고 하니 부담준다고 이 선생, 임 부장만 동행한다.

"직원들에게 '밥 사는 재미' 한 번 출력해 읽어 보세요."

회덮밥집 점심시간인데도 우리 일행뿐이다. 이런저런 이야기 나누면서 식사 맛있게 먹고 나오면서 주인께 "맛있게 먹고 갑니다. 다시 들리겠습니다."
밖으로 나오면서 출판사 주변은 그런대로 장사 잘되는 줄 알았는데, 문득 시황 기사 생각난다.

30대~50대 구직 단념자. 경제 이상 신호. 경제의 축 무너지고 있다.

왠지, 하늘 본다.

전철 안, 옆자리 앉은 한 남자 장시간 전화 통화하길래, 주의 주었더니 금방 예 하고 통화 끊는다. 예의 바른 사람인 것 같아 호감이.

학생인가요? 몇 학년, 몇 살 어느 학교, 순천향대 복학생 2학년 전자과 22살.

읽는 책 있나요? 혜민 스님 책 읽고 있다고 한다. 나도 글 쓰고 있는데 한 번 읽어보세요. 하면서 오늘 무슨 날인 줄 아세요?

잘 모른다고 하길래 6·25라고 하니 아, 그래요 한다.

육이오 전쟁 아직도 끝나지 않은 전쟁이다. 많은 젊은이에겐 살아가는 삶 빡빡하여 육이오는 잊혀진 전쟁으로 기억되고 있다.

오죽하면 그럴까. 정치가 정치인이 보여 주고 있는 세상의 모습, 정치인 세태가 보여 주고 가르쳐 주는 것은 예, 덕, 치, 합, 모두 불일치로 행하고 있으니 옛 말씀 중 인생의 스승은 부모요. 임금과 군신은 충효의 근본이 된다고 했다.

'지금 시대에 얼빠진…' 하면 할 말이 없다.

하지만 이 말은 하고 싶다. 윗물 맑아야 아랫물 맑다고.

9시 뉴스 대통령 임기 중 처음으로 북침이라는 말했다.

호국 영령 그 말씀 들었다.

개미는 왜 실패할까

주식 시장 종목 발굴하기 개미는 쉽지 않다. 보유 종목 수익 얻고 매도하였다 하여도 그 종목 매도 후 주식 안 한다면 괜찮겠지만 수익 본 종목 재매수하는 경우는 드물다. 그렇다면 다른 종목 매수하여야 될 텐데 매수 종목 고른다는 것 힘들고 이 종목 저 종목 고르다가 장가 안 간 아들에게 비단 고르려다 삼베 고른다는 말처럼 신중하게 고른 종목 잘못 선택하여 수익 본 것 토해 내고도 손실 더 커진 투자 사례 많다.

6월 지수 연기금서 지탱한 것 같다. 2,000p~2,150p 박스권 갇힌 시장이다. 미·중, 북이란 상황 변화에 따라 시소 게임장이다. 미·중 상황 봉합될 리 없는 수술대다. 언젠간 터질 것이 빨리 터진 것뿐이다. 어느 한쪽 선택하라고 하는 후안무치한 지도자다. 이럴 때 북의 허세 예나 지금이나 변한 것 하나도 없다. 세상의 변화 눈뜬 지도자는 변해야 변화가 있어야 저도 살고 인민도 잘살 수 있다는 것 알고 있기에 젊은 나이 머리 빠개질 108번뇌보다도 더 클 것이다.

지금처럼 좋은 시기는 앞으로 오지 않는다.

미·중 내심 바라는 것은 어떤 나라든 명분만 있으면 그 나라는 어떻게 되든 화약고 만든다. 세상은 무력 앞에선 약육강식밖에 될 수 없는 것 약소국 운명이다. 미·중만 그럴까? 일, 러 또한 더한 망상하고 있을 텐데.

지혜, 지식 이성 이런 사실 인지하고 있으면서도 권력욕 미친 광기, 영달과 권위만 생각하고 있지**(권위의 착각)**, 국가 미래적, 국민 고통, 주권, 위상 알면서도 외면이다.

탄탄한 국가도 자원이 많은 국가도 제대로 된 이성 지도자 나오지 않는다면 그 나라 국민 불 보듯 뻔한 잔인한 통치로 지옥 생활 만든다.

아직도 그런 지도자들 때문에 내란, 우환, 내전 겪고 있는 많은 나라의 내전 소식 듣고 있을 것이다.

이런 세상에서 호기로 찾아온 황금 시기 북한 김00은 오판하고 시기 놓치게 된다면 그 화의 결과 비극 넘어선 비참함, 참담함 결과 만들 것이다.

죽어서도 눈 못 감고 3대 뿌린 죄의 결과 살아 있는 자들의 몫으로 분명하게 나타날 것이다.

노벨상이냐? 히틀러처럼 될 것이냐?

많은 정세에 따라서 움직이는 주식 시장.

남북통일 다리만 놓아도 단번에 주식 시장 지수 3,000p 뚫고 날아갈 것이다. 더욱 진전된 화해 된다면 지수 10,000p… 어디까지 오를지 아무도 모를 것이다. **(즐거운 상상)**

모든 개미 투자자가 예민하게 주시하고 있는 박스권 갇힌 시장에서 단비처럼 들려올 소식은…

그런 때 대비한 실탄 확보 후 종목 변화 예의 주시해야 될 것이다(**글은 개인적 생각임**).

귀천지서

꽃을 본다.

(화무십일홍)

사람을 본다.

(인무삼만일홍)

봄바람 신의 부름 없어 좋다

(춘풍신래불호)

꽃을 본다. 사람 본다.
봄바람 신의 부름 없어 좋다.
아직 부르지 않아서 좋구나.

돌아가는 길, 어디일까
돌아갈 때 볼 수 있을까
달, 별도 찾아오는데
저 거리보다 더 가까운 곳 있을

인연의 기억
신호등 아직 파란불이다.

부름 없어 좋은 날
꽃에 앉은 호접
우리 그림자라면.

(두보 만나 함께 지은 시)

주식 무엇을 기다리고 있나

지금 주식 시장에서 과도한 매수는 피하라. 상승 하락 반복되고 있는 시장이다. 주식 투자하면서 우리는 늘 수익만 얻을 수 있다는 생각하면서 주식 투자에 열정을 쏟고 있다.

종목의 무궁한 변화무쌍 생각지 않고 매수하고 있으면 되겠지 하는, 그러나 대부분 많은 종목 주가 실망 넘어 삶 좌절케 하는, 주가 비극 맛보게 하는 것이 다반사로 언제든 주식 시장에서 일어날 수 있는 주가 방향성이다.

TV에서 듣고 보는 투자 수익률 애널들은 모두 고수다. 자금력, 정보, 분석 등 개미 투자자가 따라갈 수 없다. 몇 주차 수익률 200%~300% 고수의 수익률을 보면서 저런 주식 투자할 수도 있다는 생각하면서 종목 매수하지만 대다수 투자자들은 매번 뒷북치기 투자가 된다. 원금 잃고 주가 하락에 상담창 상담하면서 매수가 대비 손실률 몇 % 하고 자막 뜨는 것 보고 들을 때마다, 저절로 한숨 나온다.

내가 상담받는 것도 아닌데 상담받는 투자자 마음은 어떨까, 고민의 마음 전해진다. 개미 투자자는 왜 매번 매년 주식에서 손실 보고 있다고 하는데도 매번 주식 투자만 고집하는 것일까를 생각하게 한다. 왜 그럴까?

다변화된 자금 투자처를 찾아서 분산 투자를 해야됨에도 주식, 현물, 선물, 채권, 외화, 금, 다수의 투자처) 자금 투자처에 대한 것도 잘 모르기에 주식처럼 쉽고 편하게 할 수 있으니 분산 투자 안 하고(모르기에) 주식 투자에만 매달리고 있는 것은 아닐까?

아니면 분산 투자하기엔 자금이 적다 보니 에이, 몇백 몇천만 가지고 무슨,

주식, 채권, 외환, 선물, 어찌하랴 하는 생각이기에, 잘 모르는 채권, 선물, 외화보다는 쉽고 언제든 매매할 수 있는 주식 투자.

또 잘 투자하게 되면 금방 빠른 회전력으로 애널들 수익률처럼 원금의 몇 배 오를 수도 있다는 생각으로 주식 투자만 고집하는 개미투자자들.

분산 투자엔 상식이 없기에 개념 없이 어쩔 수 없이 주식 투자 현물에만 투자할 수밖에 없는 투자자가 주식 시장엔 상당수 있을 것이다.

주식 투자 무엇을 생각하고 무엇을 기다리면서 투자할까.

오를 때를? 내릴 때를?

내릴 때 매수해도 손실, 오를 때 매수해도 손실 볼 확률 높은 것이 바로 주식 투자다.

주식 무엇을 기다리고 해야 되는지 투자할 때는 다시 한 번 생각한 후 해야 될 것이다.

시황에 이런 글 읽고 참조 각색해 본다.

주식에서 금액의 10%는 자신을 위해 통장에서 빼라.

계좌에 금액 많아도 전금액 매수하지 마라.

스스로 팔 때 살 때(**매수, 매도**) 판단할 수 있는 지혜를 갖춰라.

주식에서 성공할 수 있다는 자신을 가져라.

주식에 대한 두려움 벗고 언제든 시장 상황 받아들일 준비하여라.

매 순간 인생역전 노리고 투자하지 마라.

초심 투자부터 실패하는 종목 가능한 피하라.

작은 투자금부터 시작하고 큰 종목 골라라.

꿈은 꾸는 것이 아니라 노력 투자로 만드는 것이다.

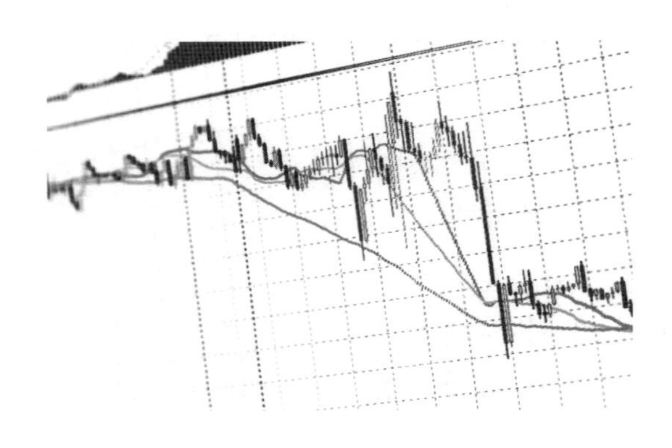

인생 관계의 연

U-20 환희가 부른 비극, 주어진 왕좌 지키지 못했다.
노력과 운.
화룡점정 그리지 못했지만 잘했다.

스포츠나 사업이나 정상 오른다는 것이 얼마나 많은 노력이 따라야 되고 많은 노력 한다고 해서 모든 것이 다 정상에 오르지 못한다.
그런 것들이 인생에서 주어지는 결과다.

이만큼의 세월 살다 보니 내일에 대한 두려움 많이 벗겨졌다. 아직도 버리지 못한 용암 덩어리 간직하고 있지만 순리 따르는 것도 편함의 노력이다. 오지도 않은 날에 대한, 생각해 보면 망상이었던 것을. 맺는, 맺은 인연마다 죽을 때까지 이어질 것이다 하던. 돈보다도 사람의 정 우선이었다. 남자는 싸워야 정들고, 사업은 많이 실패해 봐야 크게 된다고 많은 세월 살아본 분들의 무용담 듣고, 읽고 배우면서 실천했던 날들. 흑과 백 뚜렷하여 때론 관계의 벽이 두꺼워서 쉽게 다가오지 못한 때도 있었다. 인간관계란 다다익선이라 하지만 그런 시간도 늙는다는 것, 멀어진다는 것, 지워진다는 것이다.

보고 싶은 사람은 앞에 없어 그립고
보기 싫은 사람은 매일 만나 괴롭고
세월에 변하지 않는 것은 없다.

죽음 또한 불변 진리다.

젊음의 껍질은 뱀의 허물처럼 몇 번의 탈각 거쳐야 생의 단단함, 내 것이 된다. 멀어졌다, 가까워졌다 하는 것도 번뇌다.

부부의 연 또한 운명의 줄기라, 끊고 맺음 부작용 또한 내일에 대한 두려움 때문이다.

가야 할 때 바로 알고 가는 이의 뒷모습 얼마나 아름다워라
분분히 지는 낙화

나보다 더 많은 세월 살았던 분의 시.

부부의 연 또한 관계의 연 또한 혼탁한 시대에서 한 구절 인용해 본다.

민법에 의한 1965년 첫 판결 후 지금까지 고수하고 있는 유책주의 혼인 파탄 원인 제공자는 이혼 청구할 수 없다. 파탄주의 혼인 파탄 제공자도 부부의 연 지속할 수 없다면, 원인 당사자도 이혼 청구할 수 있다. 법원 판결은 양쪽(피고-원고) 혼인 관계 지속할 수 없다고 인정할 때만이 이혼 결정 내릴 수 있다.

민법, 유책주의와 파탄주의 대한 정의(시황참조).

세상에서 소중하고 존중해 줘야 하는 것이 우리들이 맺고 끊는 인연들이다. 그런 인연들이 아예 만나지 않는 것보다도 못한 것들로 변해 가고 있는 시대에서 각성하고 배워야 하는 부부의 연이다.

주식 시장 투자 왜 무서운가

맑은 물엔 고기가 많이 모일 것 같지만 물고기는 맑은 물엔 많이 모이지 않습니다. 왜 그럴까요?

인간의 극한 잔혹함이 아니라면 흑과 백, 백과 흑 뒤섞여 가는 것도 중용의 도 되지 않을까 하는 생각 해 보고 있는 오늘입니다.

백과 흑 섞인다 하여 그 색마저 변하지는 않습니다. 법칙주의 다 만사는 아닐 것입니다. 올바름의 정의 다 옳다고 하기 전, 인성, 인정, 먼저인 것이 우선일 때 우리는 더불어 웃음 나눌 수 있을 것입니다.

하지만 지금 시대는 지각변동 넘어서 관계 앞에선 적, 우군, 친구, 국익 앞에선 모두 무용지물로 변합니다.

개미 도살자 종목 상장사, 지와이커머스뿐일까요?**(시황 참조)**

주식 투자 왜 무섭다고 말씀드리고 있을까요.

주식 시장 보든지 안 보든지 매매 후 매수하고 있다면 주가 출렁임 예상하고 투자하고 계실 것입니다.

미·중 갈등 무역에 관한 것만 아니라 패권, 주권을 놓고 겨루고 있는 강대국의 치밀한 계산하에 국익, 1등 국가라는 심리 기술 차원 넘어선 힘겨루기 하고 있고 증시 열리고 있는 국가는 어쩔 수 없이 주가 변동성 겪어야 하는 현실입니다. 주식 시장 머물면서 계속 투자하고 있어도 종목, 기업, 증시창, 공시창 올라있는 공시 외 개미 알고 있는 기업 정보 빙산의 일각만 보고 짐작 투자할 수밖에 없는 것 바로 주식 투자기 때문입니다.

늘 말씀드리고 있지만 주가는 오를 수도 내릴 수도 있기에 투자 주의하면서 주식 매도, 매수하겠지만 이런 종목 매수하게 된다고 하면…**(아직 확실한 결론 난 것은 아닙니다)**.

1년 매일 주식 투자하다가 보면 매일 운 좋은 날과 운 좋은 투자만 할 수는 없을 것입니다. 피해 갈 수 없는 주식 투자라면 재무 구조 우량한 종목 선택하는 투자한다면 주가 지금 바닥기고 있다고 하여도 언젠간 주가는 오를 것입니다.

전문가들이 좋은 종목 관심주라고 말하고 있는 테마주도 하락 시 손절 라인 5~8% 심하면 3%도 말합니다. 개미들이 따라 하기엔 위험하지만. 손절 지키는 개미도 적겠지만, 상승 시 8~15% 선을 늘 말하고 있는 것 유의하고 유념하는 투자 하신다면…

미·중 갈등으로 인한 문제 쉽게 가라앉지는 않을 것이다라고 생각하고 있습니다. 미·중 갈등으로 인하여 주식 시장 쉽게 폭락하지도 않을 것이라고 생각하고 있습니다. 미·중 갈등보다 더 무서운 것은 내국, 기업 상황으로 인한 별안간 거래 정지되는 종목들입니다.

인트로메틱. 현재가 5,500원 6월 14일 오전 9시 30분 거래 정지,

5월 24일부터~6월 13일까지는 몇백만 주에서 몇십만 주까지 거래되고 있었는데 6월 11일 대표 이사 교체 3일 후 채권자 의한 파산 신

청 풍문으로 거래 정지되었습니다(**참조**).

이 풍문 사실로 밝혀진다고 하면, 6월 17일 오후 6시까지 풍문 사유 해소되지 않는다고 하면 계속 거래 정지되고 더한 문제 발생한다고 하면(**그렇지 않기를 바라고 있지만**) 주식 투자 왜?

무서운지 직접 해 보고 몇 번 상폐 종목 경험하게 되면….

그래서 주식에 대해 아무리 말씀드려도 겪고도 모르는 것이 주식 투자입니다.

밥 사는 재미

소리장도 = 웃음 뒤에 칼 숨기다.
믿게 하여 안심시키고 그동안 몰래 책략 가다듬다.
그리고 충분히 준비 갖춘 다음 움직이기 시작한다.
움직이되 적에게 변화 갖출 시간 주지 않는다.
겉으로는 유화한 것처럼 가장하고 내심은 강하고 살의 품는다.
36계 중 10계에 있는 병법입니다(**책 참조**).

주식 또한 매도, 매수 물량 쌓아 놓고 투자자 속이는 투자법이겠지요. 월요일 장 너무 겁먹지 마세요. 2,000p 무너지면 매수세 들어올 것입니다. 지금 장 보유한 투자자라면 손절 의미는 이미 지났습니다.

인생의 재미 하나 더 늘었다.
테니스, 축구, 야구, 당구, 바둑, 볼링. 한 때 푹 빠졌었다. 지금은 주식에 빠져있지만, 어울리는 사람과 시간 가는 줄 모르면서 웃고 나누던 시간들. 인생의 기억에 차곡차곡 쌓였는데 지금 그 사람들은….
하늘 아래 살고 있는 사람도 있고 먼저 북망산 올라가 기다리고 있는 사람도 있고, 이승서 지금 만나는 사람도 있다. 하지만 예전처럼 젊은 날처럼 시간 가는 줄 모르면서 날밤 새우는 그런 날은 지나갔다. 기억에 있는 것만으로도 감사하며 추억에서 꺼내 보는 얼굴들이다.

운동할 때 야유회 갈 때 회비 거둬 경비로 썼지만 개인적으로 만나

즐길 때는 신들이 준 머니로 자주 썼다. 누구를 만나도 지금이나 예나 식대, 주대는 선뜻 먼저 내야만 마음이 편했다.
주머니 사정이 넉넉하지 않을 때는 아는 분 가게나 아우들 운영하는 곳에 들려 "내가 냅니다." 하면 고맙게도 내 말을 따라 주었다.
세월이 빨리 흐른 것인지 세상이 변한 탓인지 하나둘 찾아오는 사람도 내가 찾아가는 곳도 줄어들었다.

친구도 벗도 지인도, 젊을 때 의기투합하고 호형호제하지 그 시기가 지나면….
지금 다시 이 나이에 새로운 사람을 만나고 사귄들. 꽃을 보아도 시들해지는 나이인데, 그 누구를 만나서 예전처럼 마시고 놀고 하면서 우정을 관계를 즐거움을 만들 수 있을까.

생활이 지루하고 무료해도 바쁘다면서 홀로 외로움을 만드는 황혼의 시간들. 즐거움은 자신이 만들어야 할 것이다. 그러다 보니 찾아오고 찾아가는 벗, 지인, 타인에게도 함께 식사, 가벼운 한 잔의 이슬 놓이면 만남의 즐거움 값으로 누가 낼세라 먼저 계산대로 향한다.
미리 계산하든지, 받지 말라고 하면서 계산하는 즐거움 무엇과 비교하랴. 그렇다고 내가 재물이 많아서 내는 것이 아니다. 찾아준 벗의 고마움에 내가 찾아가니 만나 주는 고마움에 밥 사는 재미로 지금 회춘하고 있다. 지금이나 예전이나 벌어 쓰고 있으니 누가 뭐랄까.
아니, 한 분 계시다. 돈 있으면 내 돈 갚아라, 하시는 분…?**(마음으로)**

재미있는 일과 재미없는 것은 무엇일까. 재미있는 일과 재미없는 일엔 꼭 머니가 함께한다. 재물은 많아도 탈 없어도 탈이라 했지만 없는 것보다는 많이 있는 것이 살아가는데 재밌게 삶을 즐길 수 있다. 누구나 생각할 것이다. 그렇다고 누구나 다, 재물을 함부로 쓸 만큼 쌓아 두고 사는 것은 아닐 것이다. 또한 노력하고 피 터지게 일해도 재물 많이 모이는 것도 아닐 것이다.

재물이란 많이 갖고 싶어도 가질 수 없는 것이기에 기를 쓰고 많이 가지려 할수록 생활은 곤궁하고 지치게 만든다. 희망, 마음까지 헝클어질 때 삶은 정말 피곤해진다.

생활을 즐겁게 살아가는 방법은 무엇일까?

본인이 조금만 더 노력하고 열심히 일한다면 사회는 굶주리게 하지 않는다. 삼시 세끼 먹는 것 지출하는 금액은….

그렇다고 매일 황금 밥을 먹는 것도 아니고 진수성찬 황금 고기를 올리는 것도 아닐 테고 뱃속 황금 밥을 먹어야 건강해지는 것도 아닐 것이다. 마음대로 쓸 만큼의 재물이 있어야 재미있게 사는 것도 아닐 것이다. 화려하게 살고 있는 몇 안 되는 모습들을 보면서 나도 저들처럼….

평생 한 가장이 평생 모을 수 있는 금액은 얼마나 될까?

평생을 벌고 쓰면서 유산으로 남겨둘 금액 10억 원도 안 될 것이다. 재산 못 물려주었다고 해서 능력이 없고 못나서가 아닐 것이다. 재물이란 쌓고 싶어도 인연이 닿지 않는다면 쌓아지지 않는다. 그런데도 사람들은 우리는 악착같이 벌어야 부자 되고 안 쓰고 모으면 된다고 하는 산술적 계산법이 고정관념 되어 세상을 치열하게 살아가는 돈의 노예가 되고 만다. 재물이 인연 닿아서 부자가 되었다고 그들이 세상을 재미있게 살고 있다고 생각하는 것은 그런 이들을 보고 있는 부러워하는 눈들의 생각이지 모두의 눈은 아닐 것이다.

나도 젊을 때 노력 이상의 재물도 모았지만 내 것이 아니었기에 다시 주인에게로 돌아갔다. 새벽 별 보면서 뛰어다니다 보니 나도 모르는 사이 서쪽에 걸쳐진 해를 보고 있다. 부자로 살고 있는 사람들을 보면서 그런 사람들을 동경하면서 부러워도 했지만 어느 날 나와는 상관없는 일이란 것을 지는 해를 보면서 깨닫게 되니 모든 것이 무의미한 것이구나 하는….

꿈은 이루어진다, 꿈을 이루기 위해선 남보다 더 뛰어야 한다. 꿈을 꾸는 사람들의 몫이지 내 것이 아니다 하는 현답을 알게 되니 마음 편해 온다. 세상을 재미있게 사는 방법은 큰돈이 아니라 식사값 낼 수 있고 곡차값 낼 수 있는 생각을 하게 되었고 마음 가는 데로 행하니 '아하 이런 것이 사는 살아가는 재미로구나' 생각하게 되었다.

작은 것에서 기쁨 만드는 것. 요즘 밥 사는 재미 살 맛 더해졌다. 늦게 깨달음 얻었지만 찾아오지 않으면 찾아가 백반이라도 함께….
오늘 찾아준 벗에게 고맙다 말한다.

그런데 이 친구 왈 하는 말
그래, 네가 계속 다 내라, 그러면 천당 가고 나는 계속 얻어먹으니 지옥 갈란다 하는 말
기독교인도 아닌데, 즐거운 투정한다. 쯔쯔쯔 당신 나이가 몇인고?

아이들 아직 출가 못 시키고 있으니 애들 다 출가시킨 후
그땐 계속 밥 사세요. 얻어먹는 즐거움 맛볼 테니까요.
밥 사는 재미다.

때론 한두 번 서너 번 아니 일 년 내내 밥 사도 음식값을 내도 이제 당연시하는 이도 있다. 고마워하기는커녕, 으레 돈 많으니 내는 것이겠지 하는 그런 마음 보았을 때는 웃는다.

상부상조라.
밥 사는 재미 언제까지… 죽을 때까지 이어졌으면 좋겠다.

님에게 남은 인생 수명

당신은 몇 살까지 살고 싶으십니까?

오늘 텍사스, 다저스 경기는 야구는 투 아웃부터 시작이다라는 말을 다시 알렸다. 야구, 8승, 축구… 결승 컵은, 이름을 안 써도 누구란 것을 금방 알 것이다. 스포츠맨이라면 누구나 기다려지고 잠 설쳐 가면서 보고 싶은 경기다. 내일, 모레 새벽 시작될… 보고 즐기고, 웃음 지으며, 이기든 지든 스포츠맨답게 최선을 다하고 멋진 경기 펼치는 선수들에게 마음의 박수 치면 즐거워진다(**때론 화날 때도 있지만**).

100세인이 되기 위한 연구 결과에 의하면,
취미, 모임, 걷기, 즐기고 즐겁게 하는 구기 종목, 생활 습관이 최우선적 장수 비결된다고 했다. 치매 방지 신체 기능 저하를 막기 위해선, 걷기 등 즐거운 마음으로 보고, 듣고, 하는 꾸준한 운동만이 장수비결이라 한다(**시황 인용 참조**).

살면서 생로병사, 희로애락 비켜갈 수 없는 것이 인간이다. 다만, 노력하고 꾸준히 반복된 좋은 습관을 가진다면 노화를 방지하고 스트레스로 받는 많은 것들도 줄고 건강하고 활기찬 생이 될 것이다.

내 삶이 즐거우면 타인의 삶도 함께 즐거워지는 예가 많아진다.
웃는 얼굴 침 못 뱉는다고 미소 띤 웃는 얼굴 보면 나도 모르게 함께 스마일 닮아지는 얼굴 된다. 일이 잘 안 풀린다고 생활이 궁핍하다고 누가 도와주지 않는다고 가족에게 화풀이하고 가까운 이들에게 짜증 내고 알코올에 취하고 흡연에 절고 하면 만나는 관계 또한 점점 멀어진다.

힘들고 찌들고 주식에 속앓이하는 삶일지라도 남을 배려하고, 노력하면서, 알코올도 적당하게, 담배도 적당하게(**끊으면 좋겠지만**). 도가 넘치는 것은 모든 병의 근원이 되어 좋은 약이라도 독이 된다 했습니다.

남을 즐겁게 해 주려고 하지 말고 내가 건전하고 올바르게 생활한다면 즐거움 자연히 따라와 얼굴에 그려진 미소 보는 이도 덩달아 웃게 만든다 합니다.

중독증 도가 넘치면 자연히 생깁니다.

게임 중독 = 질병, 주식 중독 = 질병, 담배 중독 = 질병, 알코올 중독 = 질병, 음식 탐욕 = 질병, 돈 욕심 = 질병

Who에 서한 보냅니다. 세상의 모든 것도 넘치면 질병이 됩니다.

인간의 탐욕 또한 질병 중 하나입니다.

모든 것에 욕심부리지 않는 적당히 즐기는 것이 장수 비결입니다.

공포(트라우마)의 주식 시장

어디서부터 튀어나올지 모르는 악재들 수면 위 부상하였다. 미, 다우, 나스닥, 하락, 폭락… 지수 떨어지면 안절부절못하다. 국내 증시 미 지수가 하락하면 부작용 일으키지 않을까 조바심이고 미 증시 폭락하는 날은 좌불안석이다. 주식 시장 늘 이런데도 개투들은 나는, 하면서 증시창 본다. 갠 날보다 흐린 날 더 많은 주식 시장 오늘도 나는 무엇을 하고 있는가 하는 우문현답하면서 떠나지 못하고 증시창을 본다.

5. 28. 밤 초반 미 증시 상승하길래 편안하게 잠들었는데,
5. 29. 새벽녘 다우 나스닥 폭락인지 하락인지….
국내 시장 도처 파란불 켜진다.

인보사 사태로 코오롱 그룹 주가 그 끝이 어디가 될지 모른다. 그런데도 IPO 시장은 올 10월 상장시킬 종목 대거 포진해 있다고 하는 시황을 읽었다. 그동안 상장주 대부분 개미 가슴앓이시켰는데 상장시킨 몇 종목 올랐다고**(10%도 안 됨)** 하는 시황 뉴스 보면서 허허 웃게 만든다**(코오롱 생명과학 몇 년도 상장사?)**.

매번, 매년 반복되고 있지만 망각의 뇌 탓인지 반복되는 주가 보면서도 쉽게 잊는 투자를 하고 있다. 자금력 많은 개미들이 많은지 힘들게 벌어 계좌에 계속 넣어 주식 투자하는지 요지경 주식 시장이다.

많은 종목 도무지 오를 기미 보이지 않는다. 조금 올랐다가 왕창 빠지는 것도 변하지 않는다.

코스닥 예측대로 700p 무너졌다. 코스피 2,000p에서 지지대 형성되지 않으면 2018년 10월 1,950p까지 밀린 것처럼 밀리지 않을까 심히 우려된다. 너무 부정적으로 시장을 보는 것은 아닐까 하는 생각도 하실 것이다. 지금처럼 부각된 많은 이슈 수면 밑으로 가라앉지 않는다면….

주식 시장 주가는 악재 거름 삼아 주가는 올라간다 하는 격언도 있지만, 언제든 다시 터질, 밟기만 하면 터질 이슈 주위에 너무 많다. 화웨이 사태는 힘겨루기 넘어섰고 환율 전쟁 또한 심상찮다. 현명한 강대국 지도자들이라 하여 신이 아니다. 국익 앞세운 힘의 논리 친구도 벗도 없는 소 귀 경 읽는 우이독경 마이동풍이다. 이런 불확실성 높아지고 있는데 주식 시장 머물고 있는 주식 투자하고 있는, 하려고 하는 많은 개미 눈과 귀, 나처럼 단세포 뇌 가지고 있는 것은 아닐까 하는 생각을 해 본다.

외국 여행하는 부자들 다른 나라 고기 맛있다고 싸오지 마라. 아프리카 돼지 열병 병원체 가져오면 3대가 죄인 되고 그야말로, 구제역은 양반이다. 뉴스만 보고 듣고도 아프리카 돼지 열병 무서움 전해진다.

많은 악재 터져도 주식 시장 열린다. 현금 50%라도 준비하고 있으면 기회는 언제든 찾아올 것이다.

공매도 + 투자금 위력

글은 제 개인적 생각입니다.

첨단 바이오 관리 강화 인보사 케이주 코오롱 생명과학 2액 연골 세포 아닌 신장 세포로 확인됐다. 코오롱 생명과학 형사 고발.

거래 정지된 두 종목 코오롱 티슈진, 코오롱 생명과학.

이 종목 보유했던 개미 투자자들 허탈을 넘어서 자괴감 그리고 주식에 대한 회의가 올 것이다. 이 두 종목만 그럴까?

주식 시장을 보면 총체적 난국이다. 어디로 튈지 모르는 불확실성의 불꽃들 사방 천지다. 외풍, 강풍이 센들 주식 시장 몽땅 무너지진 않겠지만 약한 종목의 주가 연처럼 변하는 것은 불 보듯 뻔한 결과로 나타나지 않을까 싶다.

대권욕인지, 정치욕인지, 도무지 모를 모습은 그동안 공들여온 경제의 공든 탑을 모래성으로 바꾸지는 않을까 심히 우려된다.

퍼주는 것 모두 능사가 아닌데도 저소득층을 위한 노인을 위한 편의 취지는 당장은 곳감이겠지만 왠지 빚만 떠안는 생각이다.

너, 나 모두 불통이다. 주식 투자자도 불통이다. 나도 불통이다.

이러니 매번 하락장 뻔히 온다는 것 알면서도 늘 대처가 늦다. 이런 주식 투자 방비하기 위해서 늘 예상될 글을 쓰고 있는데도 뜻대로 따르지 않은 결과. 가슴앓이 만든다.

미·중 갈등 역린까지 건드렸고 이제 민족성, 애국심 호소하는 지경까지 왔다. 총소리 없다 뿐이지 경제의 먹구름 세계를 덮고 있다. 만약 이란의 갈등 풀지 못하고 도화선의 불꽃 붙는다고 하면 북한 또한 얌전한 고양이로 있을까, 때를 놓칠세라 그 못된 심성이 돌출될 것이다.

반도체 자동차, 통신, 굵직한 애국 주 몰매 맞고 기절할 때까지 기다리지 말고 이해득실 떠나 협치 상생만 총체적 난국 현상 정치권은 슬기롭게 풀어내야 지금까지 쌓아온 공든 탑 무너트리지 않게 될 것이다. 굳건한 성도 쌓기는 수백 년 걸려도 무너트리는 것은 순식간 이뤄진다.

초보 투자자들 드러난 악재는 이미 악재가 아니다라고 하는 주식 격언 있지만 이미 돈 냄새 취한 왕손(**외인, 기관, 세력**)들은 때를 기다리면서 개미 투자자를 트라우마로 몰면서 보유한 주식 헐값 매도하게 만들 것이다. 그런 때 대비한 신용금, 미수, 투자 줄이고 보유 비중 줄이면서 세력처럼 때를 기다리는 투자한다고 하면 좋은 주식 결실 얻어질 것이다.

나 또한 내가 하고 있는 글 쓰면서도 한 귀로 흘려 듣고 있는 투자를 매번 하니 그 결과는 늘… 주식 미련 주가 미련 관을 보고서야 늘 땅을 치고 있다.

무기력한 증시에 대한 예측

무기력한 장이다, 상장사 80%는 주가가 하락하였을 것이다. 그나마 제약주는 선방한 날이다. 새벽 미 증시의 폭락에 오늘 장은… 하면서 아예 주식창을 보지 않으면서 뉴스를 살피다가 그래도 하면서 보유 종목을 쳐보니 웬걸, 대어가 입질하길래 얼른 컴퓨터를 켜고 살피니 11% 오르다가 툭 떨어진다. 그래서 매도는 타이밍의 예술이라고 하는가 보다.

관심주 스무 개 중 두 개만 올랐다. 그것도 제약주만 정말 예측하기 힘든 장이다. 오늘 장은 아예 포기한 장이라고 생각하면서 뉴스 살피다가 급등한 보유주를 보곤….

속이 쓰리다 이런 것이 주식 투자다.

요즘 장세에서는 일희일비, 단타, 단투론 승부하기가 어렵다. 저평가 되고 분기 실적도 괜찮고 매매량 많아진 종목 관심주로 편입하여 놓고 기다림의 미학을 그려본다면….

전문가가 올린 시황의 글을 인용한다.

환율 1,190원대에선 증시가 지지부진하니 차라리 환율 1,200원대가 넘으면 증시 활황이 되지 않을까 하는 견해다.

그 근거는

1. 그동안 외인은 환율 1,200원대에선 주식 매수했다고 한다.
2. 환율 1,200원 위에선 내국인들이 해외 투자하기가 부담스러울 것이다.

3. 신흥국 중에서도 원화 가치가 1,200원까지 떨어진 상황이면 수출 활성화로 외국인들의 국내 여행 수요가 늘어날 수 있다는 기대치가 형성될 것이라고 본다.
4. 부진한 한국 증시 달러화 대비 저평가 매력있다고 한다.**(시황 글 인용)**

초보 투자자는 주식 투자하기가 겁날 것이다. 주식은 계속 내려가지는 않는다. 마치 시소게임 하듯이 하다가 관성에 따라 관성을 만들어서라도 주가의 시소게임을 큰 손들은 하수인들은 만들어 왔던 것이 주식 시장이라고 보면 된다.

좋은 종목 상폐가 되지 않을 종목이라면 지금 같은 장에선 손절의 의미도 무의미하다. 내리고 흔들고 수차래 투자자의 혼을 빼놔야 보유 종목 털어 내야 그 종목 주가가 오르지 정체되어 있으면 전문가도 그런 종목은 입질도 하지 않는다.

하락장에서 매매량 많이 늘어나는 종목 유심히 관찰하시면 좋은 투자의 결실도 함께 주어질 것이다. 그리고 매도는 타이밍의 예술이라 했다. 욕심부리지 말고 매수가 대비 무릎이나 어깨에서 던진다면 수익 또한, 오늘 나처럼 손안까지 들어왔던 주가도 다 놓치게 됩니다. 때론 매매량 늘어난 종목 하락시켰다가 반등시키는 확률은 높아지기도 합니다.

한 달 후 이 종목 물타기 했지만 손실 20%다. 어쩔 수 없는 장기투자 되고 있다. 이만큼 주식 투자 무섭다.

공매도 폐지 청원

주식 시장 개미 투자자 위하고 나를 위해서 공매도 폐지 청원합시다. 그리고 공매도에 대한 글 이야기하기 전 이곳 글 올리는 분들, 지금 시대의 흐름에 역행하고 있는 닉네임 등 온갖 정치 프락치들이 이곳 글을 도배하고 있습니다. 대통령의 이름을 견처럼 아무렇게 부르지 않고 있나 역대 역사도 제대로 모르면서 정치 프락치처럼 제 맘에 안 들면 욕이나 해대고 주식 시세창에다가 도배질이나 하고 당은 당끼리 정치는 정치인끼리 하게 이곳에서는 닉도 조심히 쓰고 정치이야기는 되도록 삼가해 주시면 고맙겠습니다. 주식에 대한 것을 토론하고 알고 있는 유익한 정보를 서로 공유하고 초보 투자자들에게 주식 투자에 도움될 글을 써주면 서로가 상부상조하는 주식창이 될 것입니다.

공매도 폐지 건은 예민한 문제라 누구도 함부로 나서지 못하고 있습니다. 이럴 때 이곳 주식 토론방에서 작은 바람(나비효과)을 일으켜 미래의 개미 투자자들에게 밝은 주식 투자의 길을 만들어 줍시다.

어머나, 어마나 이러지 마세요. 노래 가사가 아니다. 각 종목마다 공매도 물량은 하락의 주가를 만들고 있는 1등 주범이다. 이 종목은 일일 매매량 (5. 20.)41,000주인데 일일 공매도량 8,900주가 나왔다. 하락장을 예상하고 내다 판 모양새다. 이 종목만 놓고 보면 한 달간 공매도 물량은 43,000주가 된다. 외인 보유 주식 현재 2.71% 32만주 4.3% 보유 주식에서 내다 판 모양이다. **(모두 외인 탓이라고는 할 수 없지만)**

이런 공매도 물량을 보고 이 회사…?

이렇게 생각하는 개미 투자자들도 꽤나 있을 것이다. 그런데 이 회사 2018년도 4분기 실적도 흑자였고 2019년 1분기 실적도 적은 금액이지만 2억 흑자로 나왔다. 그런데도 주가는 한 달간 15% 정도 빠졌다. 5. 21. 매매량 11만 주가 넘었는데도 공매도량은 약 4천 주 나왔다. 공매도 물량 매도자가 누군지 정확하게 알 순 없다. 상장된 종목 중 공매도 물량이 많은 종목이라면 좋은 종목이라고 하여도 매수자는 머뭇거린다. 정확한 정보를 알 수 없기 때문이다. 이런 것이 유형무형의 공매도 피해일 것이다.

지금 주식 시장은 찔끔 올리고 왕창 빼고 있다. 주식의 아이러니다. 세계 경제 왕좌를 차지하기 위한 무역 전쟁은 그 끝을 모른다. 어느 쪽이 그 자리를 차지하던 고래 싸움에 등 터지는 것은 새우다. 풍성한 논, 밭에 철새는 텃새를 쫓아내고 있다. 주인이 뒤바뀐 주식 시장에서 철새가 뿌리는 공매는 주가를 난장판으로 만들고 있다. 그나마 철새가 흘린 먹잇감 두고 개미는 서로 못 잡아먹어서 안달이다. 철새가 흘린 먹이 먹으려고 풍성해 보인 논, 밭에 앉아도 먹이는 없고 쭉정이 먹이 쪼려다가 목에 걸려 체하지 않으면 죽는다. 이 비극의 장 누굴 탓하랴만, 그나마 텃새 보금자리라도 지켜 주려 한다면 앞으로 미래의 개미 투자자를 위해서는 공매도 폐지를 과감하게 주장해야 될 것이다.

텃새들이 아무리 많은들 숫자뿐이지 날카롭지 못한 뿌리와 발톱으론 속수무책이고 기관 투자자라고 하여 개미 투자자들을 도와줄까요?

매의 눈에 보이는 것은 개미와 참새뿐인데, 번식력 강한 개미, 참새 떼는 늘 좋은 먹잇감이다. 주식 시장은 철새, 매의 놀이터 될 뿐이다.
사계절 온들 주식 시장은 늘 찬바람만 분다.

공매도 폐지 주식 시장에선 꼭 필요한 문제 제기가 되어야 한다. 공평한 주식 시장 공평한 주식 투자를 위해서는 공매도 폐지 제창 삼창을 해서라도 꼭 해결해야 될 문제다.

적폐 청산은 이런 것을 두고 말해야 할 것이다.
내당 네당 싸우지 말고.

개미 보따리 싸라

15일 발간된 뉴잉글랜드 의학 저널에 게재된 이 사례는 남녀 성비가 복잡해지고 있다고 한다. 성별 고정관념에 경종을 울렸다. 성전환자가 여성(**남성**)으로 전환 후 임신한다는 것이 충격적 현실이 되었다. 의료진이 성별(**남**) 표시만 보고 임신 사실을 몰랐다가 나중 탯줄의 일부가 산도로 빠져 있는 것을 보고 제왕절개 수술을 했지만 시기를 놓쳐 죽은 태아를 낳았다고 한다. **(성전환자들에게)** 인간에게 주는 충격적 교훈이라고 한다. **(시황 참조 글 인용하였음.)**

불 보듯 뻔한 수식어를 써야 할 것 같다. 악재, 이미 드러난 암초는 보이기 때문에 향해 하는 배는 피해갈 수 있다.

미·중 무역 갈등은 많이 드러난 것 같지만 빙산의 일각이다.

미·이 지역 전운은 보이지 않는 앞과 같다.

미·북 또한 드러난 암초 같은데도 그 끝은 보이지 않고 있다.

덩달아 주식 시장 또한 개미들 보유 종목은 하락세를 탄 것인지 도통 주가가 오르지 않는다. 거 2,000p 코 700p대가 무너지는 것은 시간문제지 불 보듯 뻔한 결과될 것 같다.

앞일에 대한 것 예측한다고 하여 모두가 대비할 수 없다.

소낙비 내릴 때는 우산도 소용없다.

모든 것 내려놓고 쉬는 것이 생에 도움될 것을 알면서도 우리네들은 혹시…. 의문을 품는다.

수없이 많은 세월 겪었던 경험인데도 주식 투자에선 피해갈 수 없다. 질기고 질긴 연이라 끊을 수 없는 것일까? 단순해지는 지혜가 마음을 편안하게 하는 것을 알면서도 단순해지지 못 하는 것은 영악한 너구리가 만약을 대비해 굴을 많이 파 놓았다고 생각해서 그런 것일까?

주식 시장 흐름 많이 정체되어 있는 것 같다. 늘 말하지만 정체된 물은 썩는다. 외인이 보유한 종목 중 하나**(약 1억 5천 정도 금액)** 수량 14,000주 정도 매도하니 주가는 3%가량 하락이다.

연 며칠간 빠졌으니 10% 정도 일일 매매량 금액 또한 2~3억 원대인데 1~2억 매매금 때문에 주가가 2~3%씩 빠지니 만약 5억~10억대 매도금 나오게 되면 주가는….

이런 것이 중소형주의 비극이다.

개인에게 있어 1억 2억은 큰 금액이겠지만 종목 일일 매매금으론….

지금 시장은 이유가 있는 하락세를 함께 타고 가는 것 같다.

불필요한 투자는**(단기 투자)** 피해야 할 것 같다**(내 경험상)**.

주식 시장 불편한 진실

세상일엔 호사다마 있다. 인생이나 주식에는 불변 진리가 있다. 사람은 누구도 한 번의 생사는 피해갈 수 없다. 주식 시장 또한 박스권에 갇히면 폭락이 온다. 속절없는 폭락, 하락은 개미들을 비웃으면서(**누가 주식 하랬어**) 조롱하며 비웃는다.

이번 미·중 갈등 무역 전쟁 넘어 국민감정까지 역린 거스르는 대결장으로 변하고 있다. 미·이 갈등 또한 시간문제지 쉽게 가라앉지 않을 것 같다. 북한 미사일 도발 또한 냉랭함, 냉기류 만들고 있다.

마치 2,200p가 마의 지수대처럼 변하고 있다. 2,100p대가 밀렸다 하여 후반기 좋아질 전망만 보인다면 단숨에 지수대는 2,200대 뚫고 오를 것이다.

상저하고, 상고하저 어느 지수대 맞을지는 아무도 모른다. 다만 전문가 예상 지수대는 2,300p대를 보는 것 같다.

6~7월 2~3분기 상장사 실적들이 좋아져야 그나마 예상치 지수대 맞을 수도 있지. 위에서 거론한 일 중 하나라도 나쁘게 터진다면 지수 2,000p는 무너질 것이다.

주식 시장 정상적 종목 찾기가 힘들다. 모든 종목 비이성적 주가를 만드는 것 같다. 테마에 따라 정치인 행보에 따라서 주가 또한 출렁댄다. 그러다 보니 개미들 정석으로 배운 공부론 수익 내기 어려운 곳 주식 시장이다.

우량주는 언젠간 오른다. 그러나 그 기간 언제 될지는 오직 세력만 알고 있다. 예를 들어 오늘 3만 원대 주가다. 3만 원 매수 후부터 이유도 없이 시장 급락에 따라 30~40% 주가 하락했다고 하자. 2만 원대까지 하락한 주가가 급락을 멈추고 다시 오른다면 괜찮겠지만 하락한 주가가 제자리 찾아가기까지에는 언제가 될지 모른다는 것이 주가의 무서운 함정이다.

제대로 된 기업이라면 매수가까지 오르고 더 오를 수도 있다. 더런 주가가 선반영되어 폭락 후 바로 폭등하는 종목도 있겠지만 대다수 종목은 주가가 한 번 빠지기 시작하면 관성의 법칙 적용된다.

시류에 따라 테마에 따라 정치에 따라서 움직이는 많은 종목을 놓고 장기 투자하라고 하는 것…. 장기 투자가 얼마나 힘들다는 것 주식 시장 움직임 보면 알 수도 있겠지만 개인들이 몇 년 주식창만 볼 수 있는 보는 투자자들 몇 분이나 계실는지.

주식 시장 말도 탈도 많지만 흔들이지 않는 투자 하기 위해선 스스로 터득하고 경험하고 배우고 하여 급한 지금이 아니고 여유 있는 자금으로 할 때 시장이 급락하고 요동치고 보유 종목 주가 하락하여도 견뎌낼 수 있는 주식 투자할 수가 있다.

후반기 좋아질 수 있다는 전망은….

국내외적 변수 크게 변한다고 하면 맨 먼저 맞는 곳 주식 시장 주가다. 후반기 주식 시장 전망 너무도 불투명하다. 이럴 때 초보 투자자들은 발 빼고 기다리는 현명한 투자해야 할 것이다.

주식 시장은 전문가의 영역이지 푼돈으로 급한 자금으로 빚내서 주식 투자하기엔 시한폭탄, 암초들 주식 시장엔 너무 많다.

귀천서

모든 것은 나고 자라 흙으로 하늘로 돌아간다.

글 또한 때가 되면 연기로 사라진다.

Fast track으로 인한 양당 갈등 협치는 없고 투쟁이다. 오랜 야당 생활에서 얻은 지혜 여당이 되어 전법을 제대로 썼다. 여당이었던 야당 물오르지 않은 뭉쳐야 산다로 대처하였지만 그 결과는….

두 당의 불통, 투쟁은 손자병법 삼십육계 중 성동격서 금선탈각을 보는 듯하였다. 그들이 말하는 새 정치의 국회 국민을 위한 것이라면 왜? 당론의 운명까지 들먹이면서 사생결단 아니면 답이 없는 것처럼 물리력까지 동원해야 되었는지**(패스트트랙)** 결과를 놓고 역사가, 저술가들은 어떻게 기술할지 세월 가면 분명하게 확인될 것이다**(권력을 위한 것이 아니라 새 정치와 국민을 위하였다고)**.

이왕지사 이렇게 된 것 상생의 협치 모습 아이들이 학생들이 보고 배우는 정치의 그림자 되기를 온 국민의 바람일 것입니다.

성년이라면 대한민국 국민이라면 누구나 투표할 수 있고 주식 투자 또한 할 수 있습니다.

선거 연령이 20세에서 18세로…?

주식 투자 나이 또한 20세에서 18세로… 주식 계좌는 미성년자도 개설할 수 있지요. 주식 투자 누구나 할 수 있고 누구나 쉽게 접근할 수 있는 곳입니다. 아무런 제약, 구속 없고 오던 가던 잡는 이 없는 곳인데도 내 맘대로 할 수 없다고 하면 믿지 않을 것입니다.

주식이라는 것 그러기 때문에 무서운 투자처입니다.

마음 내키는 대로 이 종목 저 종목 매수 매도할 수 있는데, 주식 투자 쉽게 할 수 있는데… 왜, 쉽게 빠져나오지 못한다고 할까?

부연 설명드린다고 하여도 이해 못 하시는 분 있을 것입니다.

주식 계좌 개설하시고 직접 주식 투자 실전으로 해보시면 알게 될 것입니다.

자유로운데, 자유를 묶고 있는 보이지 않는 사슬들.

제가 쓴 책을 읽고(**『주식 하지 마』**) 출판사에 번호를 물어 문자 후 통화 나눈 분 이야기입니다. 주식 투자하고 싶고 주식에 관한 것 많은 책 읽고 계시고 거주지 분당 연령대 60대 주식 관한 것 더 알고 싶어서 분당 00서점에 들려 책 구입 후 글에 공감이 와 통화하고 싶고 주식 투자 또한 했으면 하고 해서 주식에 관한 노하우 얻고 주식 입문하고 싶다고 하길래, 선생님 지금 하지 마시고 아이 다 출가시키고 마나님께 생활비 넉넉하게 드린 후 여유 자금 가지고 주식하시면… 앞으로 3~4년은 주식하지 마십시오.

말씀드렸더니, 주식 그렇게 힘들어요?

주식 공부는 계속하세요. 그러다 보면 기회 올 때 행운 잡을 수 있을 것입니다.

주식 시작하겠다는 분은 언젠간 주식 투자할 것입니다. 많은 분의 관심사 많은 투자처가 있어도 주식만큼 쉽게 입문할 수 있는 곳. 그러나 실전 투자에 뛰어들 때는 생각과는 너무 다른 비이성적 주가 흔듦에 휘둘리게 된다는 것입니다. 주식과 인연 닿는 분들이야 나는 꼭 주식 투자에서 실패하지 않을 것이다고 하는 자기 암시적 생각으로 주식을 하게 되고 주식과의 사투를 하게 됩니다. 그런 후 또 다른 인생관 큰 경험 얻게 됩니다. 분명 누군가는 TV에서 나오는 몇백% 수익 보았다 하는 분들처럼 성투할 수 있을까요.

주식 투자 생각하고 한다면 좋은 결과 얻어질 것입니다.

귀천

3승이다. 류현진의 투구에 푹 빠지니 세상 시름 잠시 잊는다.

북망산 올라가 시름 잊고자 하나 벗들이 담근 술 아직 덜 익었다고 세상구경 더하다 오라고 등 떠민다. 자식들 딴 세상에서 잘들 지내고 있는 것 같다. 생각하니 마음 편하다.

여의도 연못

연못이 시끄럽다.
연못에 살던 왕개구리 다른 왕개구리에게 쫓겨나니
왕개구리 따라온 개구리 온갖 흙탕물 친다.
연못 차지한 세에 밀려 쫓겨난 개구리들 주인 잃고 우왕좌왕이다.
한 연못 안 두 개구리파 싸우니
개구리 울음 세상 시끄럽게 만들고 있다.

상생도 모자라 좁은 연못 안 작은 먹잇감 두고 사생결단이다.
이러다 이웃 검은 왕개구리 좋은 먹잇감 생겼구나 하고
이 연못 차지하려 든다면….

지금 주인 왕개구리라고 영원한 연못 차지하지 못한다.
나중 다른 왕개구리에게 연못 뺏긴다면,

5월도 안 되었는데 개구리 울음 연못 안 진동한다.
영문도 모르는 사람들, 저 연못 살고 있는 개구리들
몽땅 추방하든지 잡든지 해야지 동네방네 시끄러워 살겠나,
보릿고개라 먹고 살기 힘든데
개구리 울음 잠 설치게 만든다.

푸념의 계절
이럴 땐 정말 심한 장맛비라도 쏟아진다면 연꽃인들 제대로 피려나,
정말 소낙비 내려 개구리 울음소리 멈췄으면 좋겠다.

개구리는 천상 개구리인데 비 내린다 하여 비 무서워할까?
사람의 발자국만큼 무서운 것 없는데.
영악한 개구리는 발자국소리 들릴 땐 깊은 연못 안으로
숨는다.

사람의 지혜, 개구리의 지혜
사람과 개구리 상생하면 자연 평화롭고
들녘 꽃내음 벌, 나비 부른다.

주식 즐기는 투자하자

이미 예고된 하락장이다.

나는 세력, 작전, 투신, 기관, 외인 투자자가 아니라서 주가를 만들 수 없다. 다만 많은 경험으로 얻어진 나만의 감을 가지고 종목 주가 변동성 매일 체크하다 보니 조금씩 오를 종목들 눈에 들어온다. 눈에 들어왔다 하여 100% 오른다는 보장을 못 한다. 다만, 예전처럼 급속히 무너지는 종목은 피하고 있다.

수없이 많은 세월 주식 중독자처럼 쉬지 않고 매매 하다 보니 불현듯 깨닫게 된, 주가 형성 과정 생각하게 되어 얻어진 경험이다.

오늘도 주식 시장 개미 투자자 힘들게 하고 있고 투자 피해 피해갈 수 없게 만들고 있다.

3월 상폐 종목 결산기 끝났다 하여 무조건 안심하고 투자할 수 있는 주식 시장 주가라면 많은 개미들 성투할 수 있는 주식 투자겠지만 자연 기후 변화보다도 더 예측하기 힘든 것이 주식 시장 주가다.

주식 시장 주가는 어떤 테마주 건 순환매 장세로 끝없이 이어진다.

밀짚모자 우산 장사 둔 어머니 마음처럼 주가는 늘 개미들의 마음 걱정하게 하는 것이 주식 투자다.

지금처럼 조정장서도 투자 피해 비켜갈 수 있는 투자 방법 없을까.

상승장이던 하락장이던 주식 투자 계속하고 있는 개미 투자자라면 주식할 수도 안 할 수도 없게 만드는 주가 흐름 보게 된다.

상승장에선 주가 수익 극대화 시키고 하락장에선 주가 피해 최소화 시키는 투자 방법 있다면.

그런 주식 투자 방법은 분명 있다.

다만, 나나 개미들이 투자 방법을 많이 알고 있으면서도 주식 투자 하면서는 방법을 잊거나 주식 100% 보유하고 있을 때 꼭, 하락장세가 소리 없이 찾아온다.

주식 시장 주식 투자 발 담그고 있는 투자자라면 주가 하락을 피해 갈 수 없다.

다만, 조정장세다 할 때는 정보 자금 부족한 초보 투자자라면 무조건 그런 장에서는 잠수하고 쉬어라.

주식 투자 고수라고 칭하고 자금력 뒷받침되는 투자자라면 이유도 없이 동반 급락하거나 하락하는 많이 떨어진 종목**(우량기업)** 1~2개 압축한 후 2~3일 하락할 때 30~50% 선에서 매수해 놓고 주가 흐름 지켜본다고 하면 의외로 수확 거둘 수 있다.

주식 투자 국가가 망하지 않는 한 계속 시장 문 열린다.

꼭 주식 고집하고 있는 투자자라면 참는 투자 힘들겠지만 즐기는 투자해 본다면 가슴앓이 주식 투자 많이 비켜갈 것이다.

무엇이든 노력하는자 즐기는자 이기지 못한다는 것이 세상 이치다.

노력도 좋지만 인생도 즐기면서 일한다면 장수 비법이다.

큰 폭락 소리 없이 온다

봄은 소리 없이 옆에 와있다. 봄꽃들 향연 바람이 전해온다. 코스피 지수 연 14일째(4월 17일) 오르다가 지금은 주춤 하락하고 있다(am 9시 50분). 역대 최장기 일 오르는 것이라고 한다. 야금 찔끔씩 지수는 올라 2,251p까지 오르고 있지만 각 종목 주가 보면 강세장인지 약세장인지 알 수가 없다.

전문가들 코스피 지수 오르면 덩달아 코스닥 지수 오를 테고 이제 강세장 들어섰다고 하는 의견들 분분히 나오고 있다.

반도체, 자동차, 수출 등 앞으로의 전망 흐림이다. 언제 주식 시장 활기찬 기지개 켤지는 아무도 모른다.
강성장 진입이라는 전문가의 말 무성하지만 주식 시장 시세창 보노라면 과연 그럴까 하는 의문이다.

증시, 증권 활동 계좌 또한 2,780만 개라는 뉴스에 뜨는 숫자 보았다. 증시 활황장 된다고 하면 개미들의 계좌도 미소와 웃음 그려질 것이다. 그러나 + 가 되어 감에도 많은 개미의 계좌는 – 로 변할 수도 있다. 5~6월 보릿고개 기다리고 있다. 박스 갇힌 물 흐르지 않으면 썩는다.

한·미 정상 회담 마치고 남·북 정상 회담 그리지만 김00은 녹록하지 않은 검은 기운 어디로 튈지 모르는 탁구공이다. 세계 대세야, 훈풍이다, 하는 섣부른 판단 내리고 있는 분 많겠지만 남·북 관계 산 넘어 산이고 미·북 관계 또한 쉽지 않다. 좋은 관계라고 트럼프와 김정은 말하고 있지만 속은 비수 감추고 있다. 좋은 관계라면 친구라고 말할 것이다. 서로 시간 벌기로 탁구를 하고 있지만 연말까지 시한 못 박은 탁구 경기. 자치 탁구대까지 부수는 핑퐁으로 간다면…. 아니, 핑퐁 끝까지 안가도 주식 시장 무성한 소문들로 융단폭격 맞을 것이다.

지루한 장세 속 연예계는 마치 화려함 속 숨은 치부 여지없이 드러내고 있다. 남녀평등 시대라고 하지만 옛 어른들 들려준 말씀 생각난다. ㅈ뿌리, 말뿌리, 손뿌리 조심하면 아무 탈 없는 인생 살 것이라고.

주식 시장 호재 뜨던 악재 뜨던 쉼 없이 열린다. 지금 주식 시장 어찌 보면 거꾸로 가고 있다. 주위 여건들이 심상찮은데도 악재는 수면 밑으로 잠수하였고 도리어 모멘텀 없는 주식 시장 지수 14일째 오르고 있다가 숨 고르기 하고 있다. 신용 미수금 아직도 10조 원대다.

오직 하나 1월부터 4월까지 외인 매수세 7조 원대 매수하고 있다는 이유로 지수 오르고 있다. 그렇다면 기관, 투신, 주식 시장에서 얼만큼의 금액 매수하였나? 외인만큼 매수하였다고 하면 중소형주 많은 종목 개미들의 계좌 웃게 만들어 주었을 것이다.

강세장이건, 약세장이건 개미 투자자들 무조건 조심하는 신용금 줄이는 주식 투자해야 유사시 큰 폭락 예고 없이 올 때 투자 손실 최소로 줄일 수 있다.

주식, 인생 삼매경

책 제목『주식 하지 마』, 몇 권이나 팔릴까?

이승에서 우리가 만나는 사람 몇 명이나 될까?
그중 주위에 가깝다고 하는 이, 몇이나 될까?
주식 투자하면서 주식에 관한 토론하는 지인 몇이나 될까?

살다 보면 어떤 연관성으로 이어지든 인연으로 만나든,
이런, 저런, 요런, 싫은, 좋은, 사랑한 사람 등 수없이 많은 사람 만나고 사귀고 인연 맺다가 헤어지기도 하고 지금도 만나고 있는 사람들 있을 것이다. 헤어져도 보고 싶은 사람 있고 매일 만나도 싫은 사람 있다. 안 보면 보고 싶고, 보고 있으면 지겹고 짜증 나고 하는 사람 분명 있다.

아무리 평시에 좋았던 사람도 호의적이던 사람도 작은 이해관계로 직접이든 간접이든 돈에 연결되고 본인에게 연결되어 해 되고 손해 보는 일 생길 때는, 열 길 물 속 알아도 한 길 사람 속 모른다는 속담대로 행동 나타난다. 언젠간 상대방에게 보여 주게 되는 민낯 우리는 가지고 있다. 사귐 가지면서 간혹 만나면서 그런 민낯 보이지 않고 정 나눌 수 있다면 그 얼마나 좋은 이승에서의 인연일까….

오늘도 만나고 내일도 만날 사람들, 지금은 헤어져 있어도 보고 싶은 사람들, 저승 먼저 가 있어도 가끔 생각하게 하는 얼굴.
회자정리라 하는 것 인생살이지만 사람의 관계 가교와 같아 건너고 오가는 것이다. 50년~70년대 초(**주민등록 전산화되지 않던 시대**) 사회 생활하면서 나나 이 글 읽는 분 중 많은 이가 사회 생활에서 겪은 많은 에피소드 우여곡절 겪었을 것이다. 때론 평범하지 않은 생활했던 사람도 있었고 군에 갈 때도 사정상 늦게 입대한 사람, 국민학교(**초등학교**) 입학할 때도 제 나이 때 아닌 들쑥날쑥 나이대 많았다. 우리나라 나이로는 3년 차까지 생기는 경우다. 그러다 보니 나이에 대한 무감각 아니면 장유유서 마음 생긴 탓인지. 고향을 떠나 객지 생활하게 되면 친구 사귐에 있어 똑같은 또래 아닌 몇 살 터울까지는….

그래서 50~60년대는 객지 벗 10년이다 하는 유행어 있었다. 10년 터울은 친구요. 15년은 아저씨요 20년 차이는 아버지뻘이라 하던 시대상이다. 보통 주먹 싸움에선 나이 상관없었다. 몸담고 있던 물에선 주먹 세거나 리더 역할 하거나 선배였다면 나이 차 5~6년도 모두 아우로 칭하고 당연한 듯 상대도 깍듯이 형님 하는 존칭 쓴다. 군대 동기 또한 급한 환경에 놓였다면(**전쟁터에서 나이완 상관없는 우정 쌓게 된다.**)

그래서인지는 모르겠으나 그 당시 사회상 많은 사람의 나이 고무줄 나이가 되어, 주민등록 전산화 이루어진 70년 후반기부터는 친구끼리 술좌석 모여 티격태격 농담 주고받으면서 주민증 까자 얌마 하면서도 우정에 대한 것은 변치 않았었다.

그런데 지금 사회 분위기는 어떤가?

친우 건 친구 건 꼭 나이가 같아야 하고 같은 해 태어나고 학교도 같이 들어가야 하고 같은 해 태어나야 친구 되는 시대다.

진정한 친구는 어떤 곳에서 어떻게 맺어지는가에 따라 함께한 험한 곳에서 맺어질 때 그 우정의 가치 돌처럼 굳다.

예, 지, 덕. 의 알고 지킬 때 관포지교처럼(**관중 과 포숙**) 평생 우정의 탑 쌓을 수 있다.

주식, 인생 삼매경(2)

오늘도 여지없는 참패다. 주식 투자를 하면서 매일 매매자는 손실 50만 100만 정도는 생각해야 될 것이다. 손절가라고 생각하면 된다. 나는 늘 시초가에서 매수 후 시장가 던진다. 때론 수익도 보지만 투자금 작다면 작고 많다면 많은 금액이지만 내가 하는 투자금으론 작은 액수다.

그러다 보니 잦은 매매하게 되고 단타 할 수밖에 없게 된다. 전문가 영역 들지는 않았지만 전업 투자자라고 생각하면 될 것이다. 잦은 매매 많은 종목 교체하다 보니 주식 시세창 떠오르는 시황들 많이 보게 된다. 그러다가 빠지는 주식 삼매경이다.

위치란 것이 사람 바쁘게도 하고 바쁘게 보여 주기도 하고 바쁜 척도 하게 할 것이다. 시간 내기 힘들기도 하지만 시간 내어 봤자 가까운 사이도 아닌데 무의미한 만남이라면 바쁜 척하는 것도 위치와 직책이다.

몇 개월 만에 점심 하러 온다는 전화 온다. 만나면 물어볼 것이 많지만 정작 중요한 위치에 있으면서도 주식에 관한 것 물으면 노코멘트다. 나도 될 수 있으면 만남에 불편 줄까 봐 주식에 관한 것 될수록 안 하지만, 사람 마음이란 그러지 않아 우회적으로 주식, 시황 관련된 것 이야기 꺼내지만 항상 작은 미소로 답변 피하고 정작 정보가 되는 알맹이는 꺼내 주지 않는다. 00지점장이란 위치가 무겁고 책임 있는 자리라 그런가, 나를 만나면 업무상 스트레스받는 이야기 꺼내며 간단한 주식 관련 업무 관련 대한 것 이야기하면서 스트레스 풀고 가는 젊은 지점장 보면 그런 위치 있는 사람 입 무겁구나 하는 생각 갖게 한다.

아침 늘 시초가 매매 매수하여 시장가 매도 자주 하는 나는, 가끔 일당 넘어서는 수익도 챙기지만 매일 시세창 뚫어져라 보아도 요동치지 않는 주가 보면 지루하다. 이 종목 저 종목 갈아타도 증시 상황이 여의치 않으면 주가 잘 움직이지 않는다. 어쩌다 몇 개월 봐둔 종목 있어 매수하면 세력의 큰 흔듦 때문에 밀려오는 공포로 인하여 어쩔 수 없는 손절로 대처하게 된다. 손절 후 그 손절한 종목 주가 더 떨어지면 괜찮겠지만 손절가보다 비웃듯이 5~10% 상승하면 그 배 아픔은….

많은 매매 잦은 매매하다가 보면 수없이 많은 투자 경험 쌓게 된다. 하지만 자치 돈이 관련되어 있어 집착하고 돈에 취하면 내공 약한 개미 투자자들은 인성 파괴와 함께 깡통 계좌 차는 것은 기본이고 가정의 삶까지도 자치 무너지게 하는 것이 바로 무서운 주식 투자다. 주식 투자 무섭다는 것 꼭 잊지 않는 투자자 된다면 험난한 주식 시장에서 오래 살아남을 수 있다.

내가 세력이 아니라면 저평가주 매수해 놓고 기다리면 좋은 결과 나올 수 있다. 나는 세력이 아니라 주가 올릴 수도 내리게 할 수도 없다. 보유 종목 흔들 때 주가 살피면서 매도하면 된다. 물타기 또한 쉽지 않지만 끈기로 버티다 때 되면 한 번쯤 시도해도 되겠지만 물타기 전문가 아니라면 하지 않는 것이 정석 투자다. 저평가주 좋은 종목이라면 꼭 때는 한 번 온다. 그러나 그 때란 것 우리는 모른다. 세력만 알고 있고 세력만 주가 만든다는 것 암기하면 그래도 험한 주식 시장서 수익 내는 개미 투자자 될 것이다.

주식 시장은 화약고

3월의 달력 본다.

무심한 세월 오늘도 세상사 감싸면서 내일로 가고 있다.

한 잔의 술 언제나 마음 심쿵 하게 만든다. 좋은 벗은 하나둘 떠나고 생의 화룡점정 찍을 날 언제일까 하는.

연예가 클럽 폭력 사고 단초 되어 도미노처럼 번져 폭풍 된 버닝선.

카톡 성에 대한 철부지들 무지.

하룻밤 자도 운우 정 나눠도 만리장성 쌓는다는 만담은 이제 인간 원초적 짐승보다도 못한 금수 Sex로 변질된 사회 자화상입니다. 성의 노예 시대도 아닌데 잘못된 젊은이들의 연애관은 차 한 잔 만남으로 냄비처럼 끓었다 식는 쾌락만 쫓는 변질된 이 시대의 슬픈 자화상입니다.

또한 요즘 전국 강타하고 있는 문00인은 김00이의 수석 대변인이라는 돌직구에 여, 야 정치권 난장판입니다.

쇼크 중 쇼크인 막말 왜? 이런 말까지 나왔는가에 대한 반성 없는 정치권. 여, 야 또는 야, 여 집권당만 바뀌면 정치권은 존엄 상생 없고 물어뜯기 추락은 정치의 급. 국민들에게 잘 보여 주고 있습니다.

우리는 무엇을 배우고 있을까요?

타인의 눈, 귀 끄는 이슈도 때가 되면 망각증으로 쉽게 소멸됩니다. 도덕적 교훈 무엇으로도 바꿀 수 없는 진리입니다. 정치가 어떻든 연예가가 어떻든 지금 나라는 북한발 이슈에 온, 귀 열려있습니다. 비핵화, 문제는 미래 운명 달려 있습니다. 지금 미국은 명분 쌓기 열중하고 있고 북한 약속한 명분 잃게 되면 한반도는 터지는 화약고 될 것입니다. 전쟁 일어나지 않는다면 좋겠지요. 전쟁 바라는 사람 1%도 안 될 것입니다.

그러나 준비한 자 이긴다. 미국은 이미 북한 칠 준비 되어 있을 것입니다. 다만 비핵화 대한 의지 표현으로 명분 쌓기에 있고 지금 100%는 아니지만 충분한 국제적 명분 쌓았습니다. 이럴 때 북한 도발 돌출적 반발이 도 넘는다면 그 끝의 결말 정치적 이슈로 끝날까요? 북한 또한 100% 북핵 포기는 스스로 자멸한다는 생각 때문에 인민을 위하여 권력, 권좌, 김정은과 특권층이 모두 내려놓을까요? 모두를 위한 현명한 김정은이가 될까요?

쥐가 고양이에게 대들어 봤자, 그 끝 결말은?

고양이가 장난 놀다가, 놓치는 고양이는 있겠지만 도망간 쥐, 고양이에게 복수할 수 있는 힘 있을까요?

과격한 언사 정치권 소용돌이 만든 돌직구. 그러나 다수의 사람은 조용히 있습니다. 그렇다고 던진 돌직구가 사실은 아닙니다. 품위 없는 언사였지만 제 식구 감싸는 대응이 타인의 눈엔….

정말 미래를 위한 김정은만의 결단이 이 한반도 뇌관 제거가 될 것입니다.

위 글은 제 개인적 사견입니다.

주식 시장 늘 화약고 뇌관 품고 있습니다. 어느 종목 급락할 것인지는 그 종목 포진한 세력만 알고 있을 것입니다. 3, 4, 5월 보릿고개입니다. 제 경험상 논리입니다.

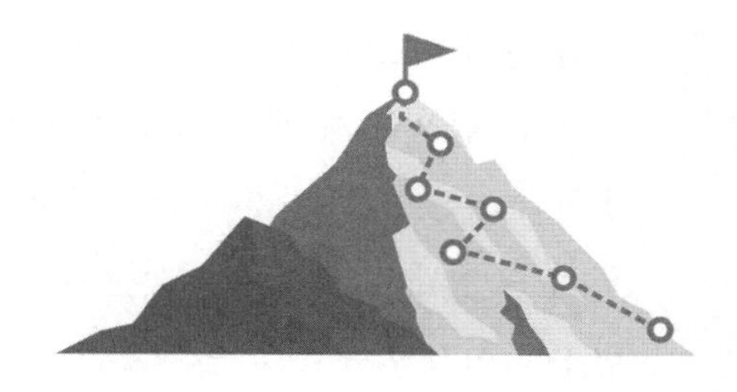

2~3개월은 주식 쉬세요

관을 보고 눈물 흘릴지라도 태어나지도 않은 생의 죽음 미리 생각한다는 것은 왠지….

어디로 흘러갈지 모르는 것이 인생이다,

많은 것 생각한다.

주식 투자 도박이라고 말하는 이들이 주위엔 의외로 많다.

그런데도 주식 하는 이들도 많다.

나 또한 도박이라고 말하는 이들처럼 생각하면서 주식 투자하고 있다.

성공 비율 고작 5%도 안 되는데 주식 멀리하지 못하니 주식 중독증…?

주식 중독증 걸렸다 하여도 일상 생활 예전보다도 더 열심히 뛰고 있으니**(투자금 모으려고)** 아이러니한 생이다.

이승 머물 날 앞으로 아니, 주식 투자 할 날 앞으로 몇 년 될까?

가는 세월 빠르다는 것 느끼니 나도 노년층 동참한 것 아닐까?

천안

하늘 아래 제일 편안한 동네다**(한문 표기 뜻)**.

천안에서 북쪽으로 8km 올라가면 천안과 맞닿은 곳인데도 기후 변화 완전 다르다. 천안 눈, 비 와도 이곳은 오지 않고 이곳에 눈, 비가 오면 천안 맑게 개여 있다. 불과 8km 거리인데도 하늘의 변화 무쌍하다. 이곳 풍수지리는 한문 그대로 가뭄 홍수 피해 보는 경우 거의 없는 동네다. 그런데 어제는 우박, 비, 눈보라 등 짧은 시간이었지만 예측하기 힘든 기상 변화였다.

이곳에 머물고 있는 나는 매일 만나는 주변 많은 얼굴이 있어 그들의 얼굴 보면 나의 얼굴도 주름지지 않는다. 때론 이해 상충 관계로 육두문자 쓰기도 하지만 서로 상말하는 이 있다는 것도 **(서로 이해하면서 해학처럼 육두문자를 쓰니)** 인생 즐거움 중 하나가 아닐까 싶다.

환갑 넘은 아우에게 환갑 가까운 아우들에게 야, OO아 해도 웃는 해맑은 얼굴이 있어 속으론 늘 감사드리며 살고 있다.

세월의 빠름 알려 주기라도 하듯 10일만 지나면 세상에 나올….

『주식 하지 마』 2019년 3월 25일생

돌로 만들어질 것이라면
큰 바위처럼 만들어다오
길가 아무렇게 뒹구는 돌멩이라면
이리 차이고 저리 차여도
신음 소리 내지 못하니,
세상 자리 잡았다 하여도
의지완 상관없이
어디로 흘러갈지 모르니
너도 차고 나도 차고 던지고 버리고 화풀이해도
내 안에 가꾸지 않은 돌멩이
꺼내는 날
보석 원석처럼 누구나 보는 아름다운 돌 되다오.

화의 근원 뿌리

올 증시도 순탄치 않고 삐걱거릴 것 같다. 지수 또한 고점대라고 갑론을박하지 않을까, 등하불명 주식 시장 민낯 매일 본다.

속담에 절이 싫으면 중이 떠나야지, 주식 투자 또한 주식 시장이 떠나지 않는다. 개미는 돈 냄새에 떠나지 못하고 맛과 향 없는 무색무취에 중독된다. 중독되면 그 끝은 뭘까?

바로 입춘의 절기다.
하늘이 무심하면 봄의 들녘은 신음 소리 낼 것이다.
농부 마음 또한….

반토막 났던 주가 그나마 10% 회복된 종목들 있을 것이다.
주식 시장 보고 있노라면 본전 생각뿐이다.
주식 투자 경험도 주식에선 무용지물
화려함 뒤 숨은 주가 휘청인다.

언젠간 주식 시장 머물고 있는 개미 주식 투자 그만둘 때가 온다.
그만둘 때 어떻게 그만두느냐의 차이가 삶의 명암 만든다.

주식 차트는 형식적 공부지 실전에선 모든 상황이 뒤바뀐다.

투자자가 세력이거나 세력의 일원이 아니라면 주식 투자는 알고도 속는다. 주식 속담 중 소문에 사 뉴스에 팔아라. 세력은 선취매 후 좋은 이슈로 포장한다.

주가는 꿈을 먹으며 오른다고 말한다.
현실의 꿈 주식의 꿈, 꿈일 뿐이다.
꿈에서 깨면 허망하고 냉혹한 것 주식 투자다.
내성이 쌓인 개미도 주가의 회오리엔 휘둘리고 빨려든다.
블랙홀 빠진 개미 나일까? 당신일까?

인생에서 화의 근원인 것 세 뿌리가 있다.

말뿌리 손뿌리, 0뿌리**(생식기)** 무심코 하는 것들이 다툼 송사까지 번진다. 그 중 아무렇지 않게 하는 말뿌리가 사소한 시비 넘어 큰 싸움 된다. 말뿌리 중 다 또는 요 같이 끝말에 대한 오해가 그렇다. 국어 끝까지 듣지도 않고 반말이야, 반토막이야,

혹시 귀성길 귀향길에 예기치 않은 상황 처한다면 끝말에 요, 다 붙여 말한다면 사소한 접촉은 말로 해결되고 미소를 만들 것이다.

혼탁의 도시

화려함 뒤 숨은 그림자 보인다.
꽁꽁 언 손 녹여 줘도 십시일반 나눠 줘도 그때뿐이다.
어찌해야 꽁꽁 언 속 녹여 줄까
어찌해야 더불어 걸을까.

도시는 시가 없고 철학이 없다.
인성 망각 되니 영혼 황폐하다.
걷다 부딪치고 마주쳐도
살가운 눈인사가 아니라
번뜩이는 살기다.

이 사람이 저 사람이, 조현병 정신병자?
혹시 나도, 신경은 맹수의 발톱 된다.
어쩌다 용기 내어 다가서면
병자 아닌가 하는, 의아스런 눈길

밤바람 소리에도 서생원 양상군자
가슴 쿵
길지도 않은 생에 그리는 그림
길지도 않은 인생 천태만상

체면 자존심 떼어 내면 자유로운 새 될까?
마음 납덩이다.

모정

떠남도 만남처럼 익숙해질 때
우주 떠돌던 생명체 뇌에 안식한다.
배앓이 가슴앓이, 주식 앓이
잉태된 20년 고통
어떻게 생겼을까.
산고 토해질 때마다 꿈꾼다.
자궁 밖으로 나올 때 어떤 모습일까,
누가 뭐라던
내 낳은 아이다, 내 귀한 자식이다.
크면서 불효자? 효자?
생각 안 한다.
건강하고 이쁘게
한 송이 꽃처럼 피면 좋겠다.
사랑받았으면 좋겠다.

아무도 모르는 비밀

행복하고 행복하지만 지금에 이르러서도 불만 많다.
토해 내지 못한 응어리 있어서 일까?
현철 아우와 이슬 놓고 김치찌개 벗한다.

회자정리 거자필반 유붕자원 방래 불역락호라.
써준 글 지갑에 넣는다.
아우 부르는 이는 떠난다.

옛 시절 떠오른다.
나는 누구일까, 내 나이 몇 살일까?

현저동 101번지 비둘기 와 앉는다.
구구구
남긴 밥알 몇 알 창살 너머 던진다.

비둘기 와 우는 날
누군가 하나는 북망산 오른다.

비가 추적추적 내리고
비 내리고 웅덩이 고이면
그 물가 누군가 빙 돌아서 간다.

빙 돌아서 가는 발자국
이승 영원한 이별이라는 것 모른다.

창살 안 있는 이는 안다

애환 조국 지금에 와서
무슨 소용 있으랴.

인생 재물 위해 살까.
인생 재미 위해 살까.
인생 보람 위해 살까.

주식 투자 무엇 위해 할까.
주식 투자 누구 위해 하고 있는 것일까.

나는 무엇 위해서 이승에 머물까.

내일 두려워 말라

기해년 새해 개미들 주식 투자에서 대박 아니더라도 중박은 나서 돈 좀 벌어서 펑펑 쓰시기를 기원합니다. 돈을 써야 내수도 상인도 살고 누이 좋고 매부 좋은 한 해 되었으면 합니다. 돼지는 황금 뜻하니까, 어디로 뛸지 모르는 주식 시장 중소형주 더도 덜도 말고 현 주가에서 50%는 올라갔으면 좋겠습니다.

인생에 있어 재물 잃으면 조금 잃는 것이요. 신용 잃으면 많이 잃는 것이요. 건강 잃으면 모두 다 잃는 것이요. 하는 말 생각난다.

오지도 않은 내일 왜 두려워하고 있을까?

그놈의 고뿔 올 들어 두 번째다. 으슬으슬 기운도 없고 콧물도 나오고 감기 몸살기다. 그러나 감기몸살 왔다 해도 아직 병원 문턱 넘지 않았다. 예전 테니스 함께 하던 왈 의사라. 그 형님 하는 말 감기 웬만하면 주사 맞지 마라 하시던 말씀 각인되어 있어 고뿔 심하게 와도 0화탕이면 퇴치된다. 이날까지 건강 힘들이지 않고 무탈하게 살았다. 그런데 세밑 찾아온 이번 고뿔 육신 힘을 빼고 있다.
출판에 대한 것 심각하게 생각하고 있는 탓일까, 되지도 않은 과욕 부린 것 아닐까?

그까짓 출판비 몇천만 드는 것도 아닌데 고민할까 싶다.

하루에 주식 투자로 몇천만, 몇억도 손실 보았었는데, 주식 투자 아닌 출판비에 왜?

000님 지금 망령 나셨어요? 지금 나이 몇인데, 책을 낸다고요?

유명인 아니고 작품성 없고 누가 그 책 사 간대요. 내 손에….

그만해라, 나도 왜 그랬는지 모르겠다.

마음 이끄니 무엇인가 남기고 싶고 내가 써 놓은 글 누군가 보고 주식 투자 미몽에서 깨어났으면 생각 들어 서두른 것 같다.

사실 이번 계약 수필 하나 시집 하나 계약했는데, 시집은 다음 내고 수필집이나 내려고 한다.

아야 네가 좀… 그래도 걱정해 주는 이 있어. **(이런저런 생각에 시계 보니 점심때다.)**

우리 지역 성환읍 순댓국집 몇 곳 있다. 순댓국 맛은 전국 어딜 내놔도 맛 빠지지 않는다. 내가 머무는 곳이라 지역 자랑 아니라 정말 순댓국 맛 일품이다. 60년 세월 품은 맛 3대까지 운영하는 곳도 있다. 몇십 년 먹으면 질릴 법도 한데 안 질린다. 진한 국물 머리 고기 살 순대 넣은 순댓국 한 그릇 게눈 감추듯 금방 비워진다. 장 날은 사람 몰려 줄을 서기도 하기에 지역민은 그런 날 알고 될 수 있으면….

오늘도 고뿔에 순댓국 먹으러 가니 아는 얼굴 몇 보인다. "00 새해 복 많이 받으세요." 하는 인사 받고 "함께 늙어 가면서 새삼 인사냐, 아우님도 새해 건강하시게." 덕담 나누면서 점심 공양 마치고 나온다.

"언제든 찾아오시게 시간 나면 점심 공양할 테니까." 하는 말 남기고.

하늘 본다 아침보다 기온 많이 풀렸다.

오지도 않은 내일 왜 두려워할까?

그까짓 부딪치다 보면 또 해결되겠지 뭐, 매사 이런 식으로 살아왔던 생활 변할까. 책 안 팔리면 다 나눠주면 되겠지.

얼른 고뿔 달아났으면 좋겠다. 그래 봐야 2~3일 고생하겠지만, 나 같은 사람만 있으면 병원 약국 모두 문 닫을 거다.

(선전하는 것 같아 지역 안 적으려고 했습니다. 이곳에서는 성환 친구 닉 아무도 모르기에 지역명 썼습니다.)

이화시장

책에 묻혀 사니 신선이다.
주식의 인연도 끊는다면 우화등선…?
인생사 덧없음도 위장은 채워야 하지 않을까?

국밥
정성으로 만들고 정으로 먹는다.
먹어도 먹어도 질리지 않는다.
손 맛 정 맛
매운 맛 순한 맛
이슬 두꺼비 벗하면
4~50년대 추억 열차 찾아온다.
돼지 창자 채소 열 가지 섞어
비비고 삶고
육돈님 공양살, 뜨거운 육수
들깻가루 띄우면
이슬 타고 태백이 찾아온다.

그런 맛 정말 있소?
있습니다. 00 3대가 정성 들여 많은 시간
끓이고 만드는
언제든 찾아오시구려
내 맛인지 님 맛인지
이슬에 공양살 드리리다.

모든 것은 내 잘못이다

살아가면서 사람 판단한다는 것 무척 힘들다.

대화해 봐도 진실과 실체 판단한다는 것 오랜 인연 맺는다 하여도 모른다. 열 길 물 속 알아도 한 길 안 되는 사람 속 모른다고. 그래서 사람들은 몇십 년 사귀고 우정 나눠도 평생 살아도 백년지기 아니 십 년지기도 만나기 힘든 것 우리의 관계다.

그동안 살아오면서 이런 글 쓰고 있는 나는,

나를 가만히 들여다본다, 나는 상대방에게 어떤 존재였을까?

부족해도 너무 부족한 나의 실체 몰랐다. 지난 일들 가만히 들여다보니 지금까지 무탈하게 살아온 것이 신들의 배려 아니었나 싶다.

2018년 12월 29일 밖 바람은 차다. 청명하다. 마치 가을 하늘빛이다. 태양 눈부시고 하늘 맑고 곱다. 데운 배즙 들고 사각 귀퉁이 찢고 조금씩 입안 넣으며 하늘 본다. 목젖 타고 기도 통해 내려가는 찬바람 속 몸과 마음 따뜻해져 온다.

출간 너무 서두른 탓일까, 예전처럼 이렇게 해 저렇게 해 하면 알아서 잘해 주겠지 하는 생각으로 늘 그런 생각 가지고 무슨 일이건 주식 투자건 해왔으니 잘 될 리가….

이번 계약 건도 잘 읽어보세요, 하는 이 선생 말도 귓전으로 들으며 계약서 무슨 소용입니까, 서로 잘해 나가면 되지요, 신뢰 있으면 되지요. 하면서 출판사 대표 최00 도장 찍은 옆에다 싸인 하고 출판 금액 대한 것 어떻겠든 하는 안이한 생각으로 계약하였다.

"짧은 시간이었지만 진솔하고 의미 있는 만남이었습니다. 나중에 서점 꼭 들리겠습니다(**언제든 환영합니다**)." 하는 이 선생 문자.

그 문자 보고 고마운 마음 들어 답신 보낸다.

"고맙습니다. 앞으로 좋은 인연의 벗 되기 바랄뿐입니다." 하는 문자 보냈다. 그리고 아무렇지 않게 받아온 출판 계약서 내용 꺼내 본다.

도서출판 0000

의뢰인 성환 친구(**저작권자**)이가 갑과(**와**) 도서출판 0000(**이가 을**)은 갑의 저작물 출판에 대해 다음과 같이 계약 체결한다.

4항 읽어 보니, 제작, 규격, 국판, 수필집 250쪽 이내 4항에 생각이 머문다.

250쪽이라, 책장에 꽂힌 다른 분들이 쓴 작품 페이지 살펴 본다. 보통 350~530페이지다.

망설이다가 유선으로 전화 건다. 이 편집장님 계신가요?

어디세요? 하는 여직원 목소리. 누구라고 전할까요?

성환 친구라고 하세요.

이 선생과 출간할 책 페이지에 대한 것 문의한다.

요즘 출판 책 대세가 수필집 250쪽 내외라고 한다. 이 선생이 퇴근 시간대라 바쁜 것 같아 31일 다시 이야기하기로 하고 전화 끊고는 컴퓨터 켠다.

증시 토론방 실린 글 제목 하나하나 내용 살피면서 분량 나눠 본다.

휴우…. 책 1권 출간하는데 250~300페이지만 실린다 하여도 50~60개의 목록 분량 글이라고 하여도….

휴우 한숨이 나온다.

이곳에 실린 내용의 글 다 출간한다고 하면 10권의 책….

현실의 도시 걸으니 현실로 다가온다. 생각과 현실의 괴리는 커도 너무 크다.

이미 엎질러진 물, 시작하였으니 **(출간에 대해선 출간은 하되 책 페이지 조정 및 출간비 대한 금액 조정해야 됨을)** 이 선생에게 진심으로 사과드린다.

빨리빨리가 능사 아님을 다시 상기한다.

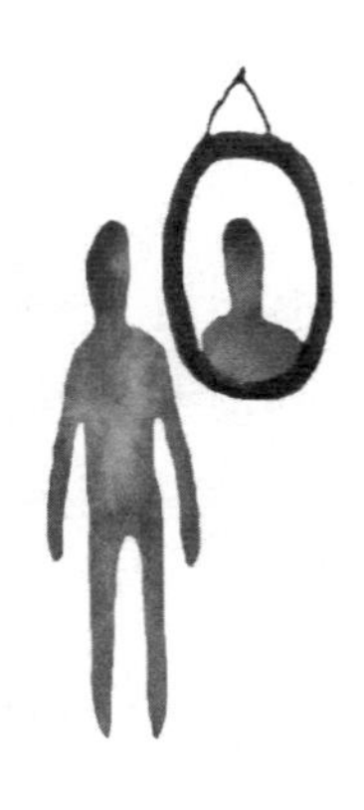

개미 투자 습관

지수 하락 투자자 가슴에 과중한 압박 가하고 있다.

주식 시장 보고 있노라면, 씁쓸한….

증권사 직원 00 약정 금액 때문에 받은 업무성 압박 견디지 못하고 **(삼가 고인의 명복을 빕니다)**, 주식 시장 일어나는 문제는 개인의 사생활들이라고 치부하기엔 와닿는 절박함 증권사 직원이 받는 스트레스 과중할 것이다. 주식 투자 피 말리고 있는 것 개미 투자자 뿐 아니라 주식으로 업 삼고 있는 증권맨도 마찬가지다. 전문업 평생 직업 택하였다 하여도 주식에 몸담고 있는 직장인 수명. 타 직장 근무 연한 보다도 매우 짧다. 그만큼 업무에서 받는 스트레스 가중은 인내의 한계치 넘어서 심신에 주는 압박 크다. 증권맨들 매월 회사 정한 일정액 매매금 달성하지 못하면 궁핍한 지경까지 몰리다 못해 삶의 구석까지 밀린다**(더런 잘 나가는 맨들도 있겠지만)**.

주식 투자에 있어 누구나 다 돈 벌려고 늘리려고 주식 투자 할 것이다. 그러나 주식 투자는 그 어느 투자 분야보다도 힘들다는 것을 모르고 대드는 개미들도 많다. 주식 투자를 오래한 투자자님들은 투자의 경험에서 느끼고 있을 것이다. 직접 투자할 때 손실주는 스트레스 있겠지만 남에게서 받는 가중 압박 없을 것이다. 그러나 증권맨들이 받는 상사의 눈길… 업무에서 받는 이중압력으로, 그만큼 주식 투자 업무에서 받는 스트레스는 타 분야에서 받는 피로보다 더욱 심신 황폐하게 하고 삶 힘들게 할 것이다. 더군다나 이번 하락에서 받는 공포 말 그대로 심신에 가중한 스트레스 압박이었다.

그런 증권맨들 투자자보다는 그래도 덜 압박받았을 개미 투자자들.

조급함에 수익의 조급함에 손실의 조급함에 몰린 개미 투자자 한 방에 복구하고 싶은 심정으로 신용으로 매수한 개미 이번 하락장에서는 안절부절못하고 악몽의 시간에서 밤잠 설치면서 사는 게 사는 것 같지 않은 먹는 게 먹는 것 같지 않은 심정되었다. 매일 뜬눈으로 미 시장 등락에 귀를 곤두세워 가면서 과중한 스트레스 받고 있을 것이다.

그러나 개미 투자자들의 심정과는 반대로 그런 약점 파악한 무리들. 물에 빠진 사람 건져 주는 것이 아니라 아예 들어내 놓고 합법적으로 물속에서 허우적대는 개미 밀어 넣는다**(이럴 때 연기금은 무엇 하고 있는지)**.

매번 주식 시장의 무서움 알면서도 매년, 매번 이번 하락장 같은 시기 올 수 있다는 것 알면서도 내가 투자할 때는 아니겠지 하는 바람 가지고 투자하지만 주식 시장 그런 생각 뒤집고 개미들에게 많은 투자 아픔 만들어 주고 있다. 더군다나 미수 쓰지 않았다면 신용으로 매수하지 않았다면 그래도 하락장서 견뎌낼 수 있는데 주식 투자가 주는 압박성 스트레스 받고 있지는 않을 텐데, 그렇지 않은 개미들은….

미수 사용 금지 3일제 폐지 위하여 글 쓴 날들 미수 3일제는 폐지되었지만 아직도 신용 매수 제도는 그대로 남아 개미 투자자들을 삶의 올가미에 가두고 있다.

주식 투자에 있어 필요악 신용 투자 주식 매수.

이번 하락장에서 주식 투자의 무서움 신용 투자 무서움 다시 알려주고 있다.

투자의 나쁜 습관

1. 단타 이용한 투자 생각한다.

2. 미수 이용한 투자 하고 있다.

3. 신용으로 100% 몰빵 투자한다.

위 열거한 3가지 투자만 자제하여도 주식 투자로 받는 가중한 스트레스 압박 없을 것이다.

(나의 투자 경험에서 얻는)

개미 시장 이길 수 없다

글 쓰는 것 자중하여야 하는 기간인데도 글 쓴다는 것은 나에게 던지고 있는 인생 화두다.

중국 긴축, 미국의 오바마 발언, 북풍 등**(북한 0들은 00을 일으킬 용기도 없으면서 매번 안방에서 무력시위만 하고 있다.)** 으이그, 0000들 19세기 방법만 쓰고 있으니, 지금이 어느 시대인데, 정말 같은 민족으로서 부끄럽다.

악은 다 불거져 나왔나?

그러나 주식 시장 더욱 무겁게 침체 모습 보이고 있다.

주식이라는 것 평생 주식과 벗한다 하여도 주식 실체의 진실 벗길 수 없다. 끝없이 상승할 것 같았던 주식 시장 분위기 단 며칠 새 오바마 발언 중국 긴축 북풍으로 인하여 다시 주식 시장 금방이라도 무너질 것 같은 분위기다. 어찌 시장의 분위기 사람의 마음과 똑같을까.

애널들의 말 바꾸기는 다반사요. 주가 1% 오르기는 힘들어도 10% 내리기는 눈 깜짝할 시간이니 개미들 마음 어떨까.

일 년 365일 하락하는 장 360일이요. 상승하는 날 5일이라는 속담 격언이 모두 맞는 말인 듯싶다.

쉴 새 없이 주식 시장 지켜보고 있다고 하여도 짧은 시간 머무는 상승에서 개미들 수익 얻기란 주식 시장 이기기란 거의 불가능한 일이다.

연 나흘간 지수 무려 100% 빠졌다.

상승세 지속될 것이라는 말하던 애널은 지금 말 바꾸기 한창이다. 이미지 관리 뒷전이고 아직도 종목 늘어놓고 있다. 신용 융자 무려 0

조… 억, 억, 억.

개미들 외상. 미수금 폭발적으로 늘어날 때는 어김없이 해외든, 국내든, 악재 터진다. 마치 하락 명분 기다렸다는 듯 주가 곤두박질치게 만든다. 그리고 매년 매번 개미들 골병 들만도 한데 또, 때가 지나면 주식의 무서움 망각한 개미 투자자 온갖 이유 갖고 와 주식 투자에 다시 열 올린다. 매번 되풀이되고 있는 주식 시장 소용돌이다.

늘 한탄하면서도 후회하면서도 주식 시장 침 뱉으면서도 다시 지수가 빨간 불빛으로 유혹하면 언제 그랬냐는 듯 개미 주식 투자 뛰어든다.

그동안 많은 세월 주식 시장 동고동락하여 왔지만 변화를 읽는다는 것은 불가능하다는 것 느끼면서도 주식 손 뗄 수가 없다는 것은 이미 주식 중독증에 만성 되어 있다는 증거 아닐는지….

내일은 오르겠지, 다음엔, 꼭 만회할 수 있겠지 하는 생각하고 있는 개미 투자자들은 주식 투자 미련 못 버리고 있는 개미 투자자 주식 시장 주인 하이에나의 좋은 먹잇감으로 전락한다는 사실 명심하기 바랍니다.

개미들이여,

계란으로 아무리 바위 쳐 본들 바위 깨지겠습니까.

계란 바위에 던지고도 이만큼 계란 던졌으니, 바위도 조금은 금갈 것이다 하는 생각으로 오늘도 바위에 계란 던지고 있는 개미 투자자 많을 것입니다.

설령, 계란으로 바위 깨트릴 수 없다는 것 깨닫는 개미도 때 지나면 또 잊고 다시 주식 투자에 손대는 것이 개미의 운명이다.

인생에서 주식 시장에 발 들여 놓은 개미 주식 투자 환상에서 벗어날 수 없다는 것이 주식 투자의 무서운 중독성이다.

00에 나와서 종목이야기 하는 사람들은 그 종목이야기 하기 전 이미 매집 물량 확보해 놓고 00에 나와 좌담 형식으로 이런 종목 한 번 매수해 보겠다는 뉘앙스 풍긴다.

그런 종목 거론할 때는 이미 매도 시점 정해 놓고서 매집한 물량 순진한 개미 투자자에게 떠넘긴다. 개미 정녕 주식 시장서 이길 수 없다.

많은 경험 쌓았다 하여도 투자 경력 오래되었다 하여도 개미의 신분으로서는 정녕 주식 시장 이길 수 없다**(초보 분들 특히)**.

온갖 루머 판치고 유상증자, BW, 횡령, 배임 허위 공시 등 이루 말할 수 없는 함정 도사리고 있는 주식 시장에서 주식 투자로 은행이자라도 만들 수 있다는 생각 자체가 바로 하이에나 먹잇감으로 변한다.

이번 폭락장 의미 깨닫지 못한 개미 언젠간 주식 시장 주포 먹이로 전락할 것이다. 이번 하락 신용 매수자 00 위한 하락이니만큼 당분간 신용 매수자 투매 나올 때 하락의 저점이라고 생각한다.

기관, 외인 속셈

지금은 매도 시점 아닙니다. 끝없이 오를 것 같았던 지수 주가 추풍낙엽 주식이라는 것 무척 힘들다는 것 알 수 있을 것입니다.

투자에 있어 어느 한 가지든 잘못 맥 짚는 날이면 투자의 마음 앓이로 끝나는 것 아니라 생의 파멸도 짊어질 수 있는 것이 주식 투자 무서움입니다.

투자자들은 주식 생각하면서 투자하면서 매수, 매도만 잘하면 되지, 손실 나면 손절매 원칙으로 삼고, 더러 장투 생각하면 되고 우량주에, 몇 년… 하는 생각하면서 주식 투자를 합니다.

그러나 그런 투자들은 마음으로 끝나는 것이 주식 투자라는 것 모르고 있는 것이 주식 투자입니다.

주식 잘 모른다고 하여도 매번 주식 투자에서 실패하는 것은 아닐 것입니다. 때론 수익도 많이 얻을 수도 있을 것입니다. 그러나 수익 얻을 수도 있겠지만 한 번이라도 잘못 매수한 종목이라도 있으면 모든 공든 탑 무너지게 하는 것도 모자라서 다시 투자할 수 있다는 희망마저도 거두어 갑니다. 주식 투자 무서움입니다.

이번 미 대통령의 발언 계기가 되어 미 시장 급락세 있었고 다행히 어제 미 시장 반등 주었지만 우리 주식 시장 며칠 강타한 것도 모자라서 후폭풍까지 지금 불고 있습니다.

조심하면서 우량주다, 튼실한 중소 종목들 투자 대안으로 매수하였다 하여도 개미들이 매수한 종목들은 늘 몰매 맞는 것이 현 주식 시장 모습입니다.

어느 누구든(**외인, 기관, 증권사, 투신**) 개미 투자자들 주식 투자로 돈 버는 것 반기는 자들 아무도 없습니다.

어떻겠든 개미 투자자 울고 털고 해야 주식 시장 혈맥 혈류 돌아갈 수 있다는 듯 어떤 풍파 일으키든 털어 내고 다시 유혹의 불 피워 수 없이 많은 개미 투자자들 끌어들여야 주식 시장은 힘차게 돌아간다는 것입니다.

주식 투자하지 말라고 하면 더욱 대드는 것이 우리 국민성일지도 모릅니다. 아무리 주식 투자가 위험하다고 알려 주어도 투자자 자신들은 주식 투자로 언제든 수익 볼 수 있다는 생각을 가지고 있어, 언제든 주식 투자하게 된다는 것입니다.

각 종목 흐름 보십시오. 종목 흐름 지켜보고 있다고 하여도 어느 종목이 어느 때 오를지는 개미 투자자들은 모른다는 것입니다.

정책에 따라 테마에 따라서 일희일비하는 종목 골라 투자할 수 있는 지혜 가지고 있는 개미 투자자 몇이나 될까요. 정책에 따라서 테마성에 따라서 움직이는 종목들 재무 상태 보면 과연 투자 대상이 되는 기업들이라고 말할 수 있을까요.

적자 기업 아니면 겨우 고만고만한 기업의 재무 상태인데도 정책에 따라서 테마에 따라서 주가는 춤추고 개미 투자자 발가벗기고 있다는 것입니다.

주가 오르는 모습 지켜보다가 소외감 느끼는 투자자들이 인내하지 못하고 있다가 뒤늦게 매수에 동참이라도 하면 매수 가담한 개미 어느 날 망연자실해질 것입니다.

누굴 탓할 수 없고 원망할 수 없는 것이 주식 투자라고 하겠지만 개미 투자자 정보력과 자금으로는 주식 시장 흐름을 견뎌낼 수도 없거니와 참고 기다릴 용기 인내 또한 부족하다는 것입니다.

악성 루머 판치고 때 없는 풍파 몰아치는 살얼음 주식 시장.

내일이 되면 또, 언제 그랬냐는 듯 주가는 개미 유혹하는 모습 보여줄 것입니다.

어제 장 마감 20분 남기고 이유 없는 급락 모습 보여준 것이 과연 누구 소행이었겠습니까?

기관 아니면 외인이었겠지요.

오늘 또한 투자자 마음 흔들고 있는 자들 또한 누구겠습니까?

개미 투자자들을 위해서 누구 하나 도와줄 자 주식 시장 없습니다.

손절도 중요하지만 이만큼의 하락서 손절의 의미 부여할 수 없을 것입니다.

조용히 관망, 인내만이 투자 보상 거둘 수 있을 것입니다.

회자정리 거자필반

며칠째 원고, 수정, 교정하느라고 손까지 아프다.

일요일, 따르릉 일하는 사무실에서 온 전화다.

일요일에… 다음 주 사무실 나와 술 한잔 하자고 하길래,

개인적이요, 단체요?

개인적이라 말한다. 할 말 있으면 하세요,

괜찮아요, 말씀하세요 하니 내년부터는… 해직 통보다.

그동안 많이 했지요, 괜찮습니다. 9월 것 일하려면 다음 주 들릴게요.

12월까지 계약 기간이니 더 열심히 남은 시간 마무리해 줘야겠다.

내년까지는 일하려고 했는데.

나이가 몇인데, 거울이 나를 보고 웃는다.

고마운 사람들 많았다.

한 달 두어 번 보는 얼굴들이었지만 항상 챙겨주고 맑은 미소 따뜻한 정 보여 주었다.

그 덕분인지 힘들고 고생도 많았지만 고생이라고, 힘들다고 생각한 적 많지 않았다.

만나는 사람들로부터 환대도 받았고 마치 이웃 벗들처럼 만나면 웃고 더운 날은 음료수까지 챙겨 나와 안 받으려고 하여도 주머니에 조끼에 넣어 준다.

추운 날은 묻지도 않고 따뜻한 커피 타서 내오곤 한다.

이제 4개월, 다음 00 검침원 위하여 유종의 미.

내 나이 몇이던가….

무엇을 하던 더 열심히 노력할 것이다.

나이는 숫자에 불과하다.

늘 부족한 나를 위해서 도와주고 거들면서 검침부 수령하는 날은 짜증 한 번 안 내고 역까지 늘 차를 태워다 주었던 서0춘 님에게 고맙다고 전한다.

서0춘 주사가 있었기에 일하면서 그 흔한 민원**(억지 민원 빼고)** 한 번 없었던 것 같다.

내가 00시장이라면 표창장 하나 줄 텐데….

묵묵히 음지에서 억지 민원인에게 시달리면서도 어쩔 수 없다는 듯 일선에서 일하며 짜증 내지 않는 불혹의 나이 넘은 서0춘에게 진심으로 고맙다는 말 글로 전한다.

행복

눈 뜬다.
따뜻한 한 잔의 물 혈관 타고
장기 서서히 잠서 깬다.
시린 마음 아직 잠 자고 있다.
육신 따로 놀고 있는 정신 **(뛰라고)**
두 볼 부딪친 바람들
공복 따뜻한 물 **(장기 기름친 것처럼 잘 돈다)**
칠 공 제 역할 다하고
어느 것 하나 부실하지 않다.
일 공 없는 자도 즐겁게 살고
이 공 없는 자도 행복해 하고
삼 공 잃은 자도 최선 다하는 삶
칠 공 뚜렷한 육신이건만
행복의 투정 투정
세상 변하지 않는 것 없다.
오늘의 내가 내일의 네 모습 될 수 있고
내일의 네가 오늘의 내 모습 될 수 있다.
변치 않을 것 같은 **(사랑, 우정)**
세월의 무게에 빛 잃는다.
생각은 안개 숲 헤매지만
사물 분명하게 앞에 있다.

눈 내린 대지 설화 만발하고
너 보고 있노라면 차가운 바람
견딜 수 있다.
취한다.
눈에 취하고 정에 취하고,
주식에 취하고 눈물에 취한다.
사랑에 취하고 우정에 취하고,
술에 취하고 세상에 취한다.

눈 오는 날의 여행

2009년 12월 27일 am 11시 45분

사랑하는 아우와 함께 어머님이 잠들고 계신 먼바다를 바라보고 있다.

2009년 12월 27일 pm 7시 30분

눈 내리고 있다. 이제 쉬라고 하는 어머님의 배려인 듯 내가 있는 곳 지금 모두 하얗다.

꿈이라면… 아니, 지금 꿈꾸고 있다.

꿈이었다면 그 얼마나 좋을까, 잡아 묶어 놓으려 하여도 시간을 묶어 놓을 수 없다는 것 알면서도 간절히 묶고 싶은 심정이다.

12월 22일 오후 10시 35분 따르릉 따르릉 전화벨 울린다.

여동생의 목소리 수화기 타고 들려온다.

"엄마가 방에서 미끄러지면서 엉덩방아를 찧고 넘어지셨어, OO병원에 입원시켰는데 OO뼈가 부러졌대. 여러 가지 검사를 하여야 자세한 증세 알 수 있다고 하는데…. 아무 걱정하지 말고 있어." 하는 여동생의 말(**내 동생이라서 이런 말은 아니지만 효심이 깊은 아이다**).

오지 말라는 동생의 말을 듣고도 전화를 끊자마자 부랴부랴 어머님을 뵈러 나선다.

10시 55분경 병원 앞차를 타려던 동생과 매제를 보았다.

"나다, 어떻게 된 일이냐?"

"왜 왔어? 엄마 뼈 부러진 것 외엔 아무 이상 없대. 생필품 가지러 집에 갔다 오려고 해."

병원 문을 연다.

무척이나 늙어 뵈는 모습 보이신다.

"엄마 괜찮아요?"

나를 향한 눈길은 아무런 상념 없는 무념의 눈길로 나를 바라보신다.

"엄마, 많이 아파?"

부러졌다는 다리를 묶은 받침대가 눈에 들어온다.

"아프지 않다"는 엄마의 말씀이 들린다.

휴우, 다행이구나 하는 안도의 숨결이 뿜어진다.

"엄마 누우세요, 움직이지 말고 누워 있어야 뼈가 빨리 붙는데요."

앉은 채로 일어선 상반신의 등을 손으로 받치면서 눕는 것을 도운다.

"여자들의 병실이라… 밖에서 지켜보고 있을게요. 푹 주무세요."

아픔의 표정이 없는 모습의 반응이라 다행이구나 싶어 509호 병실을 나온다.

여동생과 매제가 필수용품들 들고 온다.

필수용품들을 놓는 동생에게 "너, 너무 피곤해 보인다, 오늘은 집에 가 쉬렴. 어머님도 괜찮은 것 같으니, 오늘은 내가 엄마 보살필게."

매제를 보면서 "집사람 데리고 들어가시구려. 내일 매제도 출근을 해야 하지 않나. 그리고 내일 나오면 되지 않는가."

내 말을 몇 번이나 듣고는 예, 하는 대답한다.

병실 휀하다. 간호사 2명 카운터 지키고 있다. 일일 3교대 근무한다고 한다.

"우리 어머님 괜찮겠지요?"

"뼈 부러진 거라 괜찮을 거예요. 혈당이 꽤 높으시지만 괜찮을 거예요." 한다.

24일 새벽 2시 병실의 문을 열고 보니 어머님이 일어나 앉아 계신다.

눈길은 무표정한 모습으로 나를 바라보고 계시다.

배가 고프다 하시지만 여러 가지 검사를 마칠 때까지는 물도 드려선 안 된다는 간호사들의 말에 "엄마, 참으셔야 되요. 빨리 나오시려면…."

내 말에 고개를 끄덕이신다.

"엄마 이제 누워서 쉬세요. 지금은 잠 잘 시간이에요."

몸이 불편하신지 갑갑하다는 말씀을 하신다.

다리를 고정시켜 놓은 받침대를 보면서 앉아 계신 어머님의 상체 손으로 받치면서 뉘여드린다.

새벽 4시 어머님 침대 옆에 있는 다른 환자의 보호자가 우리 어머니가 찾으신다는 전화

병실 문을 열고 들어가 보니 오줌보가 찼다 한다.

침대 밑을 보니 오줌보가 팽팽해져 있다. 근무하고 있는 간호사에게 달려가 이야기를 하니 소변 통을 내어 주면서 병실로 함께 와 소변보 잠금장치에 대한 설명을 해 준다.

가르치는 지시대로 소변 통에다가 가득 차 있는 소변보 잠금장치를 연다.

소변에서는 심한 지린내도 안 난다.

새벽 5시 30분 다시 들어가 가득 찬 소변 통을 가지고 나오면서 "이 소변 어떻게 할까요?" 묻자, 버리라 한다(**소변을 보는 데로 가지고 오라 하여서**).

오전 8시 30분 여동생이 밝아진 얼굴로 병실로 온다.

어머님의 상태가 건강한 것을 보고 병원 밖으로 나온다.

오후 4시경 여동생의 전화가 왔다. "언니 내려왔어. 형부는 손자 때문에 어머님 병문안하고 올라가셨고 지금 언니와 함께 있어."

오후 6시 병실을 찾아간다.

"오셨어요?" 누님께 인사한 후 어머님의 상태를 확인한다.

괜찮으신 것 같다. 엄마, 괜찮아요? 괜찮다 하신다.

그러면서 하시는 말씀**(누님과 동생은 병실 밖에 있었다.)**

네 누나 오늘 자고 가라고 해라, 하는 어머님의 말씀이 들려온다.

병실을 나와 누님에게 말을 전한다. 누나, 엄마가 자고 가래.

누님도 집안의 고민 때문에 어머님 병실을 지킬 사정은 아닌듯싶지만 어머님이 하신 말씀을 듣고는 웃으시면서 "노망 들으셨나, 생전 처음 그런 말 하시게."

밤 9시 누나가 자고 가겠다 한다. 집안일도 급하고 자주 내려올 수도 없고 하니 하면서 오늘 밤은 어머님을 누나가 보살피겠다고 한다.

매제 갑시다. 여동생과 누나를 보면서, 그럼 누나 수고해, 어머님 곁에 남기고 병실 밖으로 나온다.

부러진 뼈 수술이야 정형외과에선 가장 기본적인 수술인 것 같아 아무 걱정 안 했던 마음이다.

12월 24일 오전 9시 여동생과 통화 오늘 오전에 수술한다고 했고 바로 수술실로 옮긴다 했어.

혈당 수치가 높아서 혈당 수치를 200까지 내릴 때 수술하겠다는 이야기를 들은 바 있어.

아무런 걱정든 마음이 아니었다.

12월 24일 병원을 찾아가니 3층 수술실 앞에 누님과 동생이 앉아 있다.

어머님은? 수술실 들어갔어, 대답하는 여동생의 말

의사가 가운을 입고 밝게 웃으면서 다가선다.

여동생과는 안면이 있는 것 같아서 더욱 안심이 드는 마음이었다.

수술할 환자의 아들입니다. 잘 수술해 주십시오. 말을 건넨다.

의사 왈 아무런 걱정마세요. 다만, 고령이시라….

수술 집도할 때마다 환자의 보호자들에게 통상 의무적으로 수술할 환자의 보호자들에게 건네는 말들인지라, 아무런 걱정 없이 그런 일 없겠지요?

의사도 웃으면서 수술실로 들어간다.

오전 11시 수술 걸리는 시간 1시간 30분쯤 소요된다 한다.

밤새 어머님 곁에서 병실을 지키다 아침 겸 점심을 먹으려 했는지 아침을 거른 것 같은 누님에게 점심 먹으러 갑시다?

오전 11시 40분 식당으로 가 비빔밥으로 여동생의 아들과 함께 식사를 한다.

식사가 끝나고 병실로 올라가는 도중 여동생의 핸드폰 벨이 울린다. 따르릉

간호사가 동생에게 수술 끝났다는 것을 알려 주는 전화였다.

수술 끝나고 중환자실로 엄마 옮겼대요.

중환자실 앞 바로 앞에 수술실이 마주 보고 있는 00병원의 구조다.

집도 의사가 나온다. 수술 잘 되었다고 한다.

고맙습니다. 의사 선생님 인사를 드렸다.

뼈 수술이라. 그리 큰 걱정은 안 하고 있었던 나의 마음이었다.

12시 30분 이젠 괜찮겠다는 생각이 들어 누님과 여동생을 중환자실 앞에 남기고 나는 병원 문을 나왔다.

그리고 다시 집으로 와 일 정리를 하면서도 괜찮다는 생각이 들던 마음에… 오후 3시

이상한 기류의 파장들이 마음에서 일어난다.

눈 오는 날의 여행(2)

오후 3시 아프지 않던 몸에 이상한 느낌들이 전달되어 온다.

아프지 않던 어금니도 통증을 동반하고 있다.

어머님이 있는 병원을 다시 찾아간다.

병원 가까이 오자 핸드폰 벨이 울린다.

빨리 와야 되겠다는 누님의 다급한 목소리다.

다 왔어요.

빠른 걸음으로 중환자실 앞에 도착하였다.

들어오라 한다. 순간 이상한 느낌이 들어….

20대 후반의 가운을 입고 있는 남자가 어머님의 심폐를 누르고 있다.

빠른 손길로 심폐소생술을 펼치고 있다.

어머님은 의식이 없이 호스를 낀 채로 누워 계시다.

뇌파 전달하는 장치의 숫자가 40을 가르키면서 오르락내리락한다.

엄마 일어나, 지금 가시면 안 돼.

심폐소생을 하고 있는 남자를 제치고 어머님의 심장을 빠른 손놀림으로 수없이 눌렀다 놨다 한다.

엄마, 엄마, 엄마….

나의 외침에도 아무런 반응이 없으시다.

의사 두 명이 옆에 서 있다. 하나는 어머님을 수술한 의사고 한 놈은 나완 상관이 없는 의사였다(**지금도 누구를 욕하고 싶지는 않다**).

그 의사의 눈길은 애타게 몸부림치는 필사의 심폐소생을 하고 있는 내 모습을 보면서….

허허허 전달해 오는 눈길은 애도도 아니었고 한마디로 한 방 날리고 싶은(그 급한 상황에서도) 충동이 일어나고 있는 마음이었다.

혈당 수치가 200으로 내리길 기다려 수술하였고 12월 24일 11시(오전) 수술에 들어가신 어머님이셨다.

12시 20분 예정시간보다도 20분 빠른 수술이 잘 되어 중환자실로 옮겨지고 마취 취면에서 깨어나 회복되기만을 기다리던 중이었는데….

수술 후 깨어나지 못하시고 심장 박동의… 심폐소생을 펼치고 있는 간호복 남자의 모습과 심장을 눌렀다 놨다 수없는 반복을 하고 있어도 어머님의 의식은 돌아오지 않고 있다.

심장의 기계 초음파의 수치만 40 – 50 – 140을 오르고 내릴 뿐이었다.

이것이 웬 청천벽력이람.

그래도 어머님의 심장에 자극을 주어 어머님을 소생하게 해 보려고 계속 시도하는 나를 보고 바라보던 누님이 그만하라고 하는 울음 섞인 목소리를 귀로 흘러 들으면서 나의 손은 계속 어머님의 심장을 눌렀다 놨다 하였다.

뇌파 장치의 전달되어 오는 숫자가…. 그러기를 몇 분일까… 참으로 긴 시간이었다.

심폐를 누르고 놨다 하면서 눈물을 쏟으면서 어머님의 이마를 집어본다.

냉기가 전달되어 온다, 이제는….

의사 왈 5분 동안에 심폐소생으로 환자의 의식이 돌아오지 않으면 살아날 확률은 절망적이라 한다.

내가 오기 전에 이미 20여 분간 심폐소생을 위한 행동을 취했다 하면서….

거의 사망 선고를 말한다.

청천벽력이었다. 아무런 생각이 안 든다.

일 년만 더 살다 가시라고 그렇게 외쳤지만…. 끝내 어머님의 의식은 깨어나지 않았다. 집도 의사가 앞으로 온다. 그 의사를 미워하고 원망하고 싶은 마음은 없다. 다만 눈길에 퍼지고 있는….

의사 선생님 정형외과 기본적인 수술이 뼈 부러진 것 맞추는 것 아닌가요? 차라리 고령의 몸이라 수술을 할 수 없다고 거절하시지…. 자신 있는 얼굴로 수술 잘 되었습니다. 하는 말이나 마시지…. 의사 선생 당신을 원망은 않습니다. 당신은 의사가 직업이라 앞으로도 고령의 환자든 나이가 적은 환자든 남녀노소를 불문하고 아픈 환자들을 수술 할 것일 테니 다시는 사람을 죽이는 수술은 하지 마소. 내 어머님은 나이가 많다는 핑계를 댈 수 있지만….

누님이 말리신다. 여동생은 말이 없다. 원망하고 싶다.

누님 여동생 의사 최선을 다했다는 것을 알면서도….

오후 7시경 어머님의 시신과 함께 영구차를 타고 00장례 문화원으로 들어선다.

이곳도 이미 와 있는 죽음의 벗들이 누워있다.

오후 10시 늦게 연락받고 달려온 분들이 있다.

식사 후 조문객은 돌아갔다.

상복으로 검은 양복을 맞추었다는 누님의 말씀이 있다.

누님, 나 죄인이라 상주지만 상복 안 입고 조문객 맞을래요.

그래도 격식은 갖추어야 한다고 말씀하시는 누님의 말을 귓전으로 흘려듣는다(**사실 입고 있는 옷 그대로 조문객 맞으려고 생각한 확고한 마음이었다**).

12월 25일 오전 10시 30분

매형, 매제, 조카들 모두가 상복을 입고 있다.

나는 평시 차림으로 멍하니 어머님이 있는 영정 앞만 바라보고 있다.

조카도 상복을 입어야 한다는 말을 하고 있다.

조카들에게 미안한 마음 들면서도 정말 죄인이라는 생각이 들어서 확고한 생각으로 굳어지고 있었다.

영정을 바라보던 눈길을 접고 일어선다.

00장례 문화원 2층 202호실을 벗어나 아래층으로 발걸음을 옮긴다. 누님의 작은 아들인 세영이가**(장가 갔음)** 나를 따라 나오면서 저랑 이야기 좀 해요? 하는 말이 들려온다.

이 이야기 저 이야기를 하면서 상복 입는 것이 도리라고 조심스럽게 말을 건넨다.

나는 죄인이다. 죄인이 어떻게 상복을 입냐?

그냥 이대로 있으련다. 단호한 나의 말에**(괴팍스러운 행동이 될지언정 어쩔 수 없다는 확고한 나의 생각)**

한참을 이야기하던 중 사랑하는 조카가 말한다.

그럼 찾아오시는 문상객들을 그런 모습으로 조문 받는다고 하여도 괜찮겠지만 어머님, 이모, 작은 이모부 사돈들 외의 조문객들은요?

조카의 말에 순간 쇠망치 맞은 기분이다.

죄인인 내가 상복을 꼭 입어야 되나? 어머님을 돌아가시게 한 큰 죄인이 난데….

휴우, 한숨을 뿜으면서 조카를 따라 누님이 전하는 상복을 입는다.

누님이 어깨를 두드리면서 아유 이뻐 이뻐 하신다.

어머님 같은 누님 나이 차는 얼마 안 되지만 늘 자상하게 이야기하시는 누님에겐 어떤 말도 들어야 했고 항거할 수 없는 주눅든 마음이 되곤 한다.

어머님의 영정을 바라본다.

가족의 문상객들이 찾아와 조문을 한다.

처음이자 마지막인 상주의 역할.

사실 부고장도 안 돌렸고 연락도 안 했다.

죄인의 마음이라 그냥 가족장으로 하고 싶었다.

그러나 내 맘대로 안 되는 것이 세상의 일, 지켜야 할 작은 규범도 존재하고 있다는 것이다.

익현, 병창, 춘종, 경섭, 선규 등 찾아온 문상객들의 고마움을 필설로 전하진 못하지만 고맙다는 마음 글로 대신합니다.

자식의 힘든 짐 벗기시고 홀로 가신다.

미소는 바람이 되었고 육신은 천사가 되셨다.

얼마나 아프셨을까? 얼마나 힘드셨을까?

원망도 미움도 성냄도 화냄도 없이 훨훨 창공 날아가신다.

자식의 가슴 멍듦 남을까.

아픔, 슬픔, 모두 거두어 가신다.

회상

네가 부처가 되는 선을 베풀면 네 자신이 부처다.

인생에서 자신의 수명을 알 수 있다면 그 인생은 재미가 있을까? 없을까? 막연한 생각에 젖는다.

회상

형의 차남인 00이가 늦은 밤 큰 배설을 하는 공간에 써 있는 글이 눈에 들어온다.
그곳을 다녀간 님들은 이 글을 읽고 어떤 생각들 할까?

사. 생각을 바르게 하고
모. 외모를 단정히 하고
언. 언행을 공손히 하고
동. 행동을 바르게 하라. 낡은 그림의 유채꽃과 절벽의 소나무 그림이 있는 공간(WC)

12월 27일 밤늦게 매형과 누님. 매제와 여동생이 찾아왔다.
안 올라가셨어요? 나에게 줄 것이 있다고 하시면서, 유품이라는 것을 내 손가락에 끼워 주신다.

12월 25일 밤 눈보라가 사납게 휘몰아친다.
밤하늘을 본다. 택시가 00식장 안으로 들어온다.
택시에서 내리고 있는 000님 오늘에서야 연락받고 달려오는 길이라고 한다. 그 고마움.

12월 26일 육체가 재로 변할 00공원으로 향한다.
다행인 것은 그렇게 성나게 몰아치던 눈보라가 오늘은 거짓말처럼 날씨가 쾌청하게 맑아졌다.
모시는 길 자식들 힘들어할까 봐 배려하고 있는 모정일까?

오후 2시 0호실 화로에 어머님이 누우셨다.
오후 3시 45분 한 줌의 재로 변하신 어머님 유체 수술0를 이어 주었던 둥근 링도 보인다.
한 줌의 재로 변한 유체가 내 품에 안긴다.

많은 사람의 따뜻함, 00공원 접수자의 따뜻한 커피 대접,
매제 친구인 철진 아빠 부부의 헌신적인 정성,
하루였지만 식구가 되어 주었던 이계묵 님.
끝까지 나를 도와준 춘종(**모두 고맙습니다**).
만나는 님마다 따뜻한 배려의 손길이었다.

이미 정해진 운명처럼 00장소에서 어머님과 형님의 해후.
우연이었을까? 필연이었을까?

그렇게 몰아치던 바람도 어디로 불지 모르는 눈보라도 모시고 가는 길엔 불지 않았다.

어머님을 보내드리고 늦은 식사.
살아 있는 자들은 먹어야 했기에….
이슬을 한 아름 안고 온 문어의 눈물에 두꺼비가 위로한다.

무슨 말이 필요할까? 이심전심인 가족의 도리라고 하여도 나의 파격적인 행동들을 마다 않고 이해해 주는 따뜻한 마음들을 내 어찌 모를까.

시간은 바람이 되었고 모정은 천사가 되었다.
이젠 되돌릴 수 없는 걸음 걸으시는 헝클어진 모습 보이지 않으신 모습은 영원토록 가슴에서 숨 쉴 것이다.

바람도 성나게 불던 밤
눈꽃은 빙꽃 되어 가슴에 꽂혔다.

성냄도 미움도 아닌 그리움의 꽃 가슴에 심어 놓으신다.
이미 정해진 운명처럼 시간은 흘러가고 있다.

이젠 글도 조금 쉬어 가면서 써야겠다.
산 정상에서 내 전화받은 벗에게 내 어머니 불러보라는 부탁했는데….
불러 주겠지.

행복한 사람들

행복

님은 지금 행복하십니까?

사람은 살아가면서 행복에 대한 기대와 희망 가지고들 있습니다.

그러나 정작 진정한 행복은 무엇인지 잘 모르고들 살아가고 있을 것입니다.

작은 것에 만족하는 사람 큰 것에도 만족해하지 않는 사람

큰 것과 작은 것에도 시큰둥해하는 사람 등

저마다의 삶 속 녹아든 생활은 물질의 풍족만 추구하면서 오늘도 살아가고 있을 것입니다.

진정 행복한 것은 크고 작은 것이 아니라 자주 만나볼 수 있고 언제나 보고 싶을 때 볼 수 있는 사람들 있다는 것이 바로 행복이라면….

보고 싶을 때 볼 수 없다 하여도 하늘 아래서 함께 살아가고 있다고만 하여도 그 살아 있는 자체가 마음에 가져다주는 행복이라는 것을 사람처럼 정겨우면서도 무서운 모습들은 세상에 없을 것입니다.

한없이 착한 사람처럼 보이는 겉모습도 속 들여다보면 큰 허물 지니고 있다는 것 알게 되고 한없이 악한 사람처럼 보이는 겉모습도 속 들여다보면 한없이 착한 맑음 지니고 있다는 것 알게 됩니다.

사람은 겉모습으로는 판단의 가치 잴 수 없습니다.

오래 살아도 사람의 진실한 진면목 볼 수 없습니다.

물속 깊이는 잴 수 있어도 사람의 마음속은 잴 수 없다고 하였습니다.

정말 나에게 닥쳐온 비보 꿈도 꾸지 않았고 생각도 못 했었습니다.

언제나 죽음은 두렵지 않았고 이승 떠날 때 추하지 않게, 아프지 않게 코끼리 같은 죽음으로 가기를 어머님과 나는 가끔의 대화에서 그런 삶의 장식을 원한다고 하면 어머님도 고개를 끄떡이고는 하셨습니다.

어머님은 의료사고였지만 늘 생각하고 계시던 삶의 마지막을 맞이하셨습니다.

나에게 마음의 슬픔 주고 가셨지만 홀연히 떠난 어머님은 웃고 계실 것입니다.

수술 후 수면상태에서 못 깨어나신다는 것 그리 흔치 않은 일입니다.

수술 후 깨어났다가 사망하는 경우는 있어도 수면 마취에서 못 깨어나는 일은… 고령의 몸이라고는 하지만.

다만 담배를 자주 피우셔서, 그게 걱정이었지만.

이번 입원 때 엄마 아직도 담배 피우세요? 물었더니 담배 끊은 지 한 달 되었다고 말씀하셨는데…. 그런데….

행복하다는 것 그 행복의 기준은 모든 사람들마다 다 다를 것입니다. 그러나 물질의 풍족함으로 느껴지는 육체의 편안도 행복의 부분은 될 수 있겠지만 진정한 행복은 내가 볼 수 있는 사람들을 언제든 볼 수 있고 사랑하는 사람이 같은 하늘서 함께 살고 있다는 것 그 자체만으로도 행복한 사람이라고 말씀드릴 수 있습니다.

내가 내일 벼락부자가 된다 한들 행복한 사람이 될 수 있겠습니까?

새해 가족의 소중함 느끼고 있다면 님은 지금 행복한 사람입니다.

사람에게 망각이 있다고는 하지만….

잊을 수 없는 일은 잊혀지지 않는 것도 사람이 가지고 있는 기능입니다.

못다 한 이야기

아침 눈 부신 햇살 경인년 새해 문 연다.

일출 보러 나갈까. 생각하다가 다시 이불 속으로 고개 묻는다.

살아 있다는 것…. 세상의 모습은 언제나 바다처럼 모든 것을 감추고 품어주고 있다. 그 고요의 침묵에 찌르고 있는 아픔 바다는 세상은 자기 살 내주면서 햇살 세상에 보내 준다.

내가 이곳에 글을 올리고 있는 것은 노트에 기록하는 것보다도 관리하기 편해서다. 언제든 꺼내볼 수 있고 기억 있는 인연 언제든 만나볼 수 있기에 그 흔적 보기 위한 잊지 않기 위하여 글 올리고 있다.

다음 관리자님

새해 복 많이 받으십시오.

나의 글 책으로 완성되는 날 관리자님 찾아가 두꺼비와 꼭 한 번은 벗할 것입니다. 그때는 주식에 관한 개미들을 위한 글 올릴 것입니다.

못다 한 이야기.

몸과 마음이 지쳤다. 약을 먹고서야(**0화탕**) 조금 기력을 회복하였다(**생전 약 잘 안 먹어도 감기도 잘 걸리지 않습니다**).

아직도 멍한 느낌만 전해오고 있다.

어머님은 분명 가셨다. 그리고 슬픔도 내 안에 있다.

글 쓸 때마다 뜨거움 나를 적신다.

12월 26일 오후 11시 혈연들과 헤어져 조카가 운전하는 차를 타고 거주하고 있는 곳으로 왔다. 문을 열려고 하니 아차, 키가 없다.

3일 전 키 맡겨 놓았던 것이 생각난다.

밤늦게 전화하는 것도**(주무시고 있을 것 같아)** 미안하고 하여서 형수님과 조카를 보내고 주위를 서성이다가 문 앞에 00을 놓고는 두 번 절하고 국화를 놓고는 발길을 돌렸다.

바람은 차고 몸은 천근만근으로 나를 눌러 온다.

한참을 걷다 보니 따뜻한 곳에 눕고 싶다는 생각뿐이었다.

그리고 버스를 타고 30분 이상을 가 찾아간 곳이 00방이였다.

욕조에 몸을 담그고서도 슬픔이 밀려왔다. 새벽 4시 눈 좀 감아야겠다는 생각에 00방으로 내려가니**(평생 처음 00방이라는 곳을 들어와 본다)** 넓은 공간 사람들도 많다**(크리스마스 다음 날이라서?)**.

새벽 6시 00방을 나와 집에 돌아왔다.

새벽 6시 40분 어쩔 수 없어 키 맡긴 분에게 전화를 건다.

키를 찾아서 문을 열고 00을 가슴에 안고 들어서니 냉기가 나를 맞는다.

부랴부랴 불을 지피고 수선을 떤다.

아무 생각도 없다고는 하지만 당장 추위가 육신을 떨게 하니 추위를 피하기 위한 행동을 하게 만드는 것 살아 있다는 증거일 것이다.

따뜻함이 실내에 퍼진다.

생전 실수라고는 좀처럼 하지 않는 내가 어머님을 보내 드리고 나서 산자들은 먹어야겠다는 생각으로 가까운 식당으로 가 끝까지 동반해 준 철진 아빠 부부, 이계묵님 그리고 혈연들 작은 정이라도 나누고 싶어서 상주의 몸이었지만 이슬을 머금은 낙지의 눈물과 두꺼비의 애잔한 마음을 타서 고마움의 정 나누었다.

그리고 그곳을 나와 가족의 차들이 있는 곳으로 돌아오고 있을 때

기사의 기침 소리 들려 껌이라도 꺼내 줄려고 주머니를 뒤져 보니 아뿔싸 허전하다.

외투 잠바를 그곳에 두고 왔다.

증명, 핸드폰. 카드, 장기 기증서가 들어 있는 수첩.

연락을 주고받은 후 주머니에 있던 15,000원은 식당 주인의 딸에게 용돈으로 주라고 하고 보관 좀 잘해달라고 부탁하였다.

그러나 당장 써야 할 핸드폰, 서류는….

12월 27일 오전 8시 30분 춘종에게 전화를 한다.

아우야, 나와 함께 어디 좀 가자?

가는 길가 어제 내린 눈이 하얗게 쌓여있다. 방조제 길을 달리다 보니 아침 햇살 눈부시게 유리창 부딪쳐 온다.

해안 도로 옆 가까운(약 2~3m) 떨어진 곳 나무 새 한 마리가 앉아 있는 모습 눈에 들어온다. 아우와 나는 새를 바라보면서 이 추운 날 날아가지도 않고 저렇게 웅크리고 낮은 나무에 앉아 있나,

신기해하면서도 무슨 새지? 올빼미? 황초롱이?

어느 새라는 것 확연히 구분 짓지 못했다(그때는).

내가 보고 싶어 다시 부르시고 있는 것일까,

2시간여 달려 어머님이 계신 곳까지 왔다. 뜨거움 다시 가슴서 솟구친다.

사랑하는 아우도 보고 싶어서 함께 오라 했던 것일까?

어머님이 계신 사방이 물에 잠긴 섬 근방을 들러본다.

아우야, 식사하러 가자?

아우는 다른 곳에 가서 먹잔다.

옷을 보관해 준 아주머니의 마음이 고마워 그곳에서 점심식사 하려

했는데….

해안 도로를 달리면서 이 어항 저 어항을 둘러본다.

푸른 물결 출렁인다. 찬바람 탓인지 오고 가는 배들은 없고 정박한 배만 많이 보인다.

그때 벨이 울린다. 삼촌, 저에요. 식사하러 오실래요? 사랑하는 조카의 말 들려온다.

춘종아 내 여동생 집에 가서 식사하자?

그러지요, 흔쾌히 승낙한다. 늘 내가 신세만 지면서 내가 필요로 할 때는 늘 곁에 있는 고마운 아우다.

내 사업 실패 후 어머님이 머물러 계시던 곳.

그동안 한 번도 찾아오지 않았던 곳**(어머님이 늘 나를 찾아오셨다)**.

여동생 집 가까이 오자 눈보라가 휘날린다.

매제가 마중 나온다.

점심상 기다리고 있다. 음식이 입에 맞는가 보다. 아우가 맛있게 식사한다.

혈연과의 식사, 이런저런 담소를 하고 어머님이 기거하고 계셨던 방 둘러본다.

(생전 처음 와본 곳)

안사돈님이 들어오시길래 그동안 고마웠습니다.

아들 도리를 다 못하고 폐만 끼쳐드렸습니다. 인사를 하고 밖으로 나왔다.

눈이 더욱 세차게 내린다.

집에 도착.

항상 보여 주는 따뜻한 아우의 배려에 고마움의 표현 감추고 오늘

수고했다라는 말만 해준다.
어머님이 남기고 간 유품 꺼내 본다.
왈칵 뜨거움이 쏟아진다. 어머님의 체취와 손때가 묻은 여러 가지 물건들이 나온다.
유품을 보면서 뜨거움은 더욱 망막을 흐리게 한다.
엄마, 저 걱정 마세요. 그리고 지켜봐 주세요.
꼭….
어떻게 보낸 날인지도 모르겠다. 육신과 마음은 아직도 무겁다.
어머님의 OO에 대한 진실 모두들 고령 탓이라고는 하지만 그냥 묻어버려야 하나 하는 생각이 든다.
누님과 여동생은 모든 것이 어머님의 운명이었다고 말씀하신다.
누구를 탓하고 벌하고, 금품을 요구하는 그런 행위는 생각도 않고 있고 앞으로도 그럴 것이지만 법적인 문제보다는 어머님의 사인에 대한 진실은 알고 싶은 것이 지금의 내 마음이다.
분명 의료 사고다.
그리고 우리 어머님을 수술한 의사도 지금 책임감에 마음은 그리 편하지 않을 것이라는 생각도 해 본다.
앞으로도 그 의사는 다른 환자들을 수술할 것이고 우리 어머님에 대한 죄의식 때문에 평생 마음의 멍울을 가지고 있을 수도 있지 않을까 하는 생각,
그 멍울 또한 벗겨 주어야 하는 것은 아닐는지….
후기는 다음 글에.

눈 오는 날

그대 있으므로
내가 있고
그대 있으므로
나 사노라.
미소만으로도 나의 빈 가슴을 메워지는
단 하나의 사람아
그대 있어
눈 내리는 날도 춥지 않고
비 내리는 날도 외롭지 않네
차가운 바람 부는 골목 어귀엔
언제나 그대의 그림자 있어
삶의 지친 걸음 반겨 맞는
세상에서 단 하나의 내 사람아
그대 있으매 내가 있고
그대 있으매
나 행복하노라.
공존의 이유
잘못이 무엇인가
별은 친구가 못 되어 소용이 없다.
너는 가장 가까운 벗
잘못이라는 것이 무엇이든가

잘못이라는 것이 있었던가
아무것도 아니었는걸
내년 이맘때면
오늘은 비어 있는 내일
인생을 혼자서 가난히 살다간
사람들 같은 것을
까마득히 잊어버리고
웃고들 있을 것을
깊이 사귀지 마세
작별이 잦은 우리들의 생애
가벼울 정도로 사귀세
악수가 서로 짐이 되면
작별을 하세
어려운 말로 이야기하지 않기로 하세
너만 이라든지 우리들만 이라든지
이것은 비밀일쎄라든지
같은 말들은 하지 않기로 하세
내가 너를 생각하는 깊이를
보일 수 없기 때문에
내가 나를 생각하는 깊이를
보일 수 없기 때문에
내가 어디쯤 간다는 것을
보일 수 없기 때문에.

후기
미워도 말라 원망도 말라
오고 가는 것이
어디 사람의 마음대로 되는 일이겠는가
오는 것도 가는 것도
하늘의 뜻인데
슬퍼한들 그 무엇하겠는가
사는 날까지 최선을 다하였다면
결과엔 상관없는 아름다운 삶의 모습이려니
꿈인 것 같으면 현실이요.
현실인 것 같으면 꿈인 것 같은 것이
인생사.
세상은 아무 일 없다는 듯이 시간은 흘러가고 있다.
눈 폭탄이라고 할 정도의 많은 양의 눈들이 내리고 있다.
쓸고 돌아서면 다시 쓸어야 하는….

눈을 치우고 내 쌓아 놓았던 것을 치우고 기억을 지우려 하지만 지울 수 없는 것들도 있다는 것.

2009년 12월 27일 오전 9시 30분 해안 도로를 달리고 있었다.

00방조제 옆 도로 낮은 나무 위 새 한 마리가 앉아 있는 것을 보았다.

목을 날개 깃에 깊숙이 묻고 있는**(아우와 함께)** 12월 29일 오후 4시경 그 해안 도로를 다시 달리고 있었다.

어, 그런데 27일 아침에 보았던 그 새가 그곳에 다시 앉아 있는 모습을 다시 본다.

(우연치고는….) 혈연들에게 어, 저 새 27일 날에도 어머님 뵈러 갈 때도**(잊고 온 서류 찾으러 갈 때에도)** 저곳에 앉아 있었는데…. 지금도 앉아

있네요. 박제인가?

12월 29일 오후 5시 40분경 어머님 계신 곳 둘러보고 다시 돌아오는 그 길가에 그 새가 그대로 앉아 있는 모습이었다.

그 새를 보기 전 박제인가? 살아 있는 새인가? 한 번 확인하고 싶다는 말을 가족과 나누었고 내 마음속으로는 살아 있는 새라면 날개를 퍼덕여 주었으면 하는….

그런데 두 번 볼 때는 가만히 고개를 날개 깃에 묻고 있던 모습의 새가….

내 마음의 말을 들었을까. 그 도로를 지나치기 전 3~4m앞 새가 날개를 하품하는 듯이 퍼덕이는 모습을 나에게 가족에게 보여준다. 아!

어, 살아 있는 새다. 반갑고 신기하게 생각이 들면서,

혹시, 어머님의 영이 저 새에게로 옮겨가지 않았는가 하는 생각에 젖어들었다**(혈연들에게는 말 안 하였지만)**.

그리고 너무나 신기하다는 생각이 들었다.

옷을 찾으러 갈 때에도 보았고 누님과 여동생 가족과 함께 갈 때도 그 자리에 있었고 다시 돌아오는 길에도 보게 되었다.

살아 있는 새라면 움직여 주었으면 하는 내 맘을 알기라도 하였던 듯이 듣기라도 하였던 듯이 꼼짝도 않던, 박제인 줄 알았던 새가 그 길 지날 때 나를 향하여 날개를 퍼덕여 주었다는 사실이, 우연한 일이라고 하겠지만 무심히 지나칠 일이겠지만 나는 그 새에게 어머님의 영이 깃들어 나를 위해서 내 말을 들어주신 것 같다는 생각을 지금도 하고 있다.

그 새는 큰 부엉이었다.

물량의 변화 주가 그림이다

누군가 알고 있는 알려진 주식 투자 비법이라고 하여도 투자자의 적성과 투자금 따라서 투자 실패의 유무 판가름나고 많은 사람이 한 종목 투자한다고 하여도 희비 엇갈리는 것 주식 투자입니다.

주식 시장 투자하고 있는 개미 깨닫고 있을 주식 체력 또한 건강한 체력 있는 투자자라 하여도 주식 입문 후 체력 관리한다고는 하지만 시간이 지날수록 믿어지지 않을 정도로 체력 쇠퇴해지는 것을 어느 날 별안간 변한 자신의 모습 바라보게 될 것입니다.

주식에 신경 쓰다 보면 서서히 알게 모르게 체력 바닥나게 만듭니다. 전문업 입문한 애널들도 이 직업 속성상 수명이 매우 짧다는 것 알고 있을 것입니다. 여타의 직종보다도 피 말리게 하는 온갖 스트레스 동반하게 되는 주식 투자 건만 성공 투자 안갯길 만들고 있는 주식 시장입니다. 한 치 앞 예측할 수 없는 종목의 변화 추이 지켜보면서 투자 포인트 잡는다는 것이 얼마나 어렵다는 것을 투자자들 알고 있지만 때때로 안이한 대응의 투자하다 보면 회복할 수 없는 투자 손실 입게 됩니다.

주식의 본질을 알려면 종목 수량 흐름 면밀히 살펴라.

매매 수량 변화에 따라서 향후 주가 움직임 포착할 수 있고 주가 방향 설정 결정된다.

어느 날은 매매량 적고 어느 날은 매매량 많고 어느 날은 지수 폭등하는데도 왕따 되는 종목 보유하고 있다면, 그 투자자 심정은….

그런 종목들 예전 같으면 급하게 매도해 버리고 관심권 밖으로 밀어

냈을 투자 마음이었을 것입니다. 그러나 그동안 많은 투자의 우 저지르고서야 종목에 대한 편협한, 고질적인 투자 습관 병폐 깨닫고 종목 많은 경우의 예 일어날 수 있다는 것 깨닫게 되었습니다. 예기치 않은 변화의 흔듦 앞에선 기다림, 끈기 끈질김 인내 결집할 때 비로소 열매의 싹 틔울 수 있다는 것도….

그런 글 진위 여부 입증하기 위해서라도 포기하지 않고 지켜본 종목. 장 시초가부터 2%의 상승 매매량 늘고 주가 급상승 보이더니 상한가 안착. 그러나 매도자들 물량 또한 만만치 않게 출현하고 급기야 상한가 무너지고 매도 물량 늘어납니다.

트릭이냐? 주가 올리기 위한 털기냐?

이런 종목들 물량 흐름이라면 여러 유형의 패턴 예상 그려볼 수 있을 것입니다.

1. 그동안 보유하고 있던 투자자들은 장기간의 피로로 매도하고 싶은 심적 갈등 겪게 되고 불안 심리 상태 되어 대부분 15% 상승에서 전량 매도한다.
2. 주가 끌어 올리기 위한 상한가 물량 쌓은 후 상한가 무너지게 한 후 다시 매수 나선다.
3. 하락하는 주가 끌어올린 후 상한가에 보유 물량 털기 매도한다.

일반 투자자 육안으로는 종목의 변화무쌍한 주가에 적절하게 대응할 수 없게 주가 흔들어 댑니다. 주가 현란한 변화에서는 개미 투자자들 불안 의식 표출되어 매도할 수밖에 없게 흔듭니다.

이런 종목 발굴 법은?

무거운 종목에서는 발견할 수 없습니다.

그러다 보니 저가주 매달리게 되는 투자가 되고 개미 투자자들의 성향으론 2~3년의 장기 투자할 수도 없고 투자 적성도 맞지 않을 것입니다. 어느 세력이던 장기 투자 결심하는 투자자들이라고 하여도 수익 안겨 주는 종목 만들어 주지도 않습니다. 알게 모르게 종목과 시장 헤집고 흔들어 투자자들의 주식에 대한 이성 잃게 하고 재투자 유혹하는 현란함 종목 주가에서 만듭니다. 성투 종목 발굴하려면 매매량 면밀히 살펴보는 것이 투자의 중요한 요소입니다.

추세선 살아 있는 종목 매수하라

기축년 한 해의 달력도 12월 가르키고 있습니다.

멀지 않아 캐롤송 제야의 종 소리 들을 날도 이제 30일 남았습니다.

다사다난했다는 말들이 무색해질 정도로 사회는 큰 이슈와 많은 메세지를 던졌고 아직도 세종시, 철도 파업, 4대강이라는 논쟁의 틀에서 벗어나지 못하고 있습니다. 그리고 모래 폭풍 그림자 지워지지 않고 있는 주식 시장의 차고 더운 소용돌이들, 한바탕 휩쓸고 간 시간들, 경인년 내 앞에서 웃고 있습니다.

나는 그동안 무엇을 했는가 하는, 아니 다시 시작이라는 말 쓰기에도 민망한 그렇다고 포기하기에는 너무도 아쉬운 주식 투자입니다.

눈 뜨면 듣고, 보고, 읽고 하는 것이 주식 이야기입니다.

생각 경험 공부 많은 것들 공유하고자 열심히들 말하고 써대고 전하고자 하는 게시판 세상 이야기입니다. 수없이 많은 투자자들의 생각들이 김치 속 양념처럼 버무려지고 주식 생각의 견해들은 저무는 한 해나 시작되는 한 해나 변함없이 이어지고 있습니다.

주식 투자에 대한 생각과 견해 다를 수 있어도 가고자 하는 목적은 단 하나일 것입니다. 주식 성공 투자.

나름대로 지혜를 가지고 끝없는 도전 하고 있는 주식 투자이지만 성공의 문 난공불락 쉽게 주식 투자자들에게 점령하게 만들어 주지 않고 있습니다. 온갖 차트에 대한 것 이해한다고 하면서도 실전 매매서는 모두 무용지물 되는 매매. 많은 시행착오 거쳤다 하여도 하면 할수록 주식 오묘함 극치를 넘어서 언제나 미완성 그림으로 그려지고 있습니다.

안다고 하는 주식 투자 알려고 하면 할수록 깊은 속을 보여주지 않고 완성의 그림을 그릴 수 없다는 자괴감 던져 주곤 합니다. 수없는 시행착오 거쳐 경험한 투자라고 하여도 실전 매매에서는 무용지물 되고 맙니다. 그러나 한 가지는 확실한 투자 매매법이 될 수 있다는 것 알게 되었습니다.

추세선 살아있는 종목은 살펴라.

초보 투자자라 하여도 이런 추세선 살아난 종목 차트 잊지 않는 투자 매매한다면 투자 아픔 적어질 것입니다.

주가 그래프 늘 후행성이다 하는 것은 주식 입문하는 님들이라면 다 알고 있을 것입니다.

모든 종목 주가 그리고 있는 차트. 어느 종목이던 하락선 그리고 있는 종목 피한다면 그런 종목의 차트 그리고 있는 종목 매수하려 할 때는 일단 자제 후 투자 포인트 설정해 보세요, 하는 말씀드리고 싶습니다.

사실 말은 쉽지만 이해 할 것 같지만 실천하기란 쉽지 않은 것 주식 투자일 것입니다. 어느 종목 매수하려 하면 매수 후 주가보다는 더 오르겠지 하는 생각 가지고서 주식 투자 하는 님 많을 것입니다.

주가란 그래서 이런 말 생겨났나 합니다.

층 밑엔 층 있고 층만 있는 줄 알았는데 층 밑엔 지하실 있다는. 지하실만 있는 줄 알았는데 다시 또 지하실 있다는. 그리고 다시 끝난 지하실 주가인 줄 알았는데 다시 또 더 깊은 벙커와 함정있다고 하는.

주가는 회귀 본능 가지고 있다고는 하지만 모든 종목이 하락 후 재상승 하는 것은 아닙니다. 지수와 상관없는 종목 있는가 하면 지수와 상관관계 가지고 있는 종목도 많습니다.

다만 추세선 무너진 종목이라면 우량주라 하여도 재상승선 진입하기까지는 참을 수 없는 시간 고통 주어진다는 것입니다.

추세선 살아 있는 종목이라면 작은 파동 줄지언정 급하락 주지는 않습니다. 누구나 다 알고 있을 수도 있는 추세선 비밀.

그러나 모르고 있을 님들에게 드리고 싶은 조언입니다.

이왕 하는 주식 투자 힘들더라도 추세선 하나만 파악한 후 추세선 살아 있는 종목 투자한다면 투자의 우 범하지 않을 것입니다.

마음 앓이?

생각하면 마음 잔설 날린다.

그리움 시샘한 찬바람.

숲 흔들고 가지 흔들고 새들 날아가게 한다.

추억 낯설게 다가온 오후

부르는 이 없고 보는 이 없다.

너를 향했던 마음 진실

내 마음 다 보지도 못하고

떠난 너에게,

가슴 열어 보여줄 수 없는 시간

올가미 묶여 있다.

갈수록 깊어지는 마음

세상은 새장 깊이 가두는데

보이지 않는 그림자 흔들고 떨게 한다.

너 향하던 그날 마음

정수리 꽂히고 있다.

모래 폭풍 멈춘 것인가?

사막의 바람 멈춘 것일까?
후폭풍 불지 않을 것일까?
거짓말 같은 현실
주식 시장 매번 일어나고 있다.
금요일 패는 신음 고통
원성 소리**(시장 향한)** 끝없다.
월요일
주식 시장 지수 종목
거짓말 같은 현실
하루 짧은 시간 속에서
두바이 모래 폭풍
주식 시장 주무르고 있는 어둠의 손
호재, 악재 속에서 많은 종목
등락 거듭하는 주가
어느 장단 가락.
춤 잘 추어야 노동의 대가 받는다.
주식 시장 장단
이 춤 저 춤 기력 떨어진 개미
땀 뻘뻘 고운 춤사위 못 추고 고갈 난 기력
큰 대자 그리고
거짓말 춤추고 현실이 거짓말
외풍 재채기 소리 고뿔 번져 패닉 절규 신음 난무하고
연일 거센 바람.

길잃은 개미 모습 갈팡질팡
누가 그렇게 만드는 것일까?
거짓말 주식 시장 바라본다
초조함, 저 소용돌이에 뛰어들면
빠지는 것 뻔하다.
바라보고 있어도 다 타버릴 속
내 몫 아닌 주식 시장 흐름
소용돌이 주식 시장 뛰어들다간
힘 한 번 못 쓰고 속수무책 쓸려갈 개미
빨간 불빛 현혹,
남는 것 형체, 흔적 없는 시체 가루 바람 날린다.

올무
숨이 막힐 듯 조인다.
벗어 날수록 몸부림칠수록
더욱 세차게 조인다.
한쪽 잘라 내도, 신음 토해진다.
가야할 길 멀고 달릴 길 넓은데
움직이면 더욱 세차게 조여 온다.
(움직일수록 큰 아픔)
나무 떨고 흙 피에 젖어도
어둠 스산하게 숲 찾아온다.
달 웃는다. 별 웃는다.
숲은 시간 흐르지 않는다.

꿈꾸면 부자 된다

비 오는 오후

주식 생각하면 골 땡길 것입니다.

휴식 취한다 하면서도 주식과 삶 생각들 떨쳐낼 수 없다.

뒤척이다가 늦게 든 잠.

이른 아우 방문 조찬과 중식 함께한다.

다시 찾아온 예식 참석하려다가 시간이 이르다 하면서 찾아온 어르신과 함께 점심 공양. 남의 살 먹으면서 나누는 담소로 위장은 포만감 느낀다. 두꺼비 벗하면서 나누는 담소 흘러가는 시간.

찬 없는 식사 맛있다는 위장의 포만 느끼면서 담소하던 중, 어제 꿈에 집이 모두 물에 떠내려가고 부서졌다는 말씀하시면서 그 꾼 꿈의 반대로 이런 맛 나는 음식과 두꺼비 벗하는 즐거운 시간 주어지니 꾼 꿈은 안 맞는 것 같다는 말씀하시면서 웃는다.

어르신 그 꿈 저에게 파세요. 말씀드렸듯이

암, 팔지. 이런 자리 함께했는데. 하시면서 그런데 꿈은 돈 주고 받아야 효력 생긴다 말씀하신다.

그래요, 얼마 드릴까요?

백 원, 하신다. 얼른 백 원짜리 동전 드리고 악수 나누고

어르신 꾼 꿈 이젠 제가 산 거예요?

암, 나는 팔았지 하시면서 오후 1시 30분 결혼식 가야 하니 일어나네 음식 맛있게 먹었네, 하면서 가신다.

따르릉따르릉. 아우가 가지고 있는 전화벨 소리

한참 누군가 통화하더니 그래, 맛있는 것 우리 둘이서 몰래 먹자는 말 들려온다. 그런 말하면서 미소 얼굴에 그리면서 즐거워하는 아우다.

통화 끝난 후 아우야, 맛있는 것은 나눠 먹어야 제맛 나는 것이야. 음식이란 원래 여럿이 함께 먹어야 덕도 복도 쌓이고 즐겁다 하였더니.

웃으면서 자리 일어서면서 형, 다른 것은 나눠 먹을 수 있어도 지금 먹으러 가는 것은 나눠 먹을 수 없어라고 한다.

아우야 내가 나눠 먹자는 것이 아니라 네 주위에 있는 사람들과 나눠 먹으란 말이다. 하였더니.

다시 웃는 얼굴로 안돼. 형, 이 맛있는 것은 누구와도 나눠 먹을 수 없는 것이야 하면서 웃으며 다음에 다시 올게 하면서 나간다.

그렇게 인색한 아우가 아니었는데…?

그렇게 함께 식사한 후 그 길로 나는 산책 겸 우산을 들고서 밖을 향한다. 나에게 꿈을 판 어르신 생각하면서, 길 걷다가 보이는 로또 판매점.

비 오는 날도 쉬지 않는가 보네. 생각하면서 문을 연다.

로또 한 장 주세요? 손에 쥔 오천 원짜리 복권 한 장.

쳐다보는 주인 얼굴 그리고 주인의 말

이번 365회차엔 1등 한 명만 나왔어요, 한다.

당첨자 번호 5. 15. 21. 25. 26. 30 그리고 31 상금은 무려 10.697,716,800원.

판매점 나서면서 속으로 중얼거린다.

누군가는 좋겠다. 100억 넘는 돈 찾을 수 있게 되었으니,

하늘 본다. 주일마다 매번 이런 행운들이 많은 사람 찾아가는데, 유독 나를 피해 가는 것일까? 하는 한심한 생각해 본다.

지고 온 업 많아서일까, 아니면 아직 행운이 찾아올 인연의 연 닿지 않아서일까, 서민들 누구나 꿈꾸고 있는 소박한 로또 당첨 나도 생각해 보는 꿈. 허황된 생각일까?

나를 보고 웃으면서 헤어지던 아우의 말

형, 이 맛있는 것은 누구와도 나눠 먹을 수 없는 거냐, 하던 아우의 말

그렇게 인색한 아우의 마음이 아닌데 그 나눠 먹을 수 없다는 그 맛이란 것은 과연 무엇일까? 하고 생각해 본다.

혹시? 그것

늘 남자들의 속된 낮 뜨거운 속어들

의무 방어전 치르는 날이라고 하면서 시시덕거리는….

아이구, 아직도 못 깨닫고 있는 이 우둔함의 극치 아우에게 보인 것 아닐까.

비가 오는 오후

누군가 행복해하는 미소 하늘에 그려지고 있다.

맛있는 것 많이 먹그라.

나눠 달라고 하지 않을 테니. 알았냐. 임마. 들리지 않을 소리 허공 던진다.

이 자식 다음에 다시 들리기만 하여라.

아우가 남긴 수수께끼 같은 말의 혼동에 웃어본 날인 것 같다.

다음 주 나도 희망 있다. 주머니 있는 로또.

소나기 피해라

오늘 지수 폭락 보면서 황당한 마음이다.

코스피 지수 75.02 / 4,69% 코스닥 지수 22.15 / 4,67% 말 그대로 폭락. 울고 싶을 때 뺨 때린다. 횡보하던 장 두바이 채무 불이행에 대한 후폭풍. 우리나라 건설사들의 두바이 건설 지분이야 고작 적은 금액이라는데도 왜 우리 증시 지수 폭락한 것일까.

11월 27일 종목 주가 보면 우량주, 잡주 가릴 것 없이 내리는 주가다. 더런 손절 못하고 장기 투자로 보유한 종목 주가 다시 원금 회복하기란 꽤 많은 시간 흘러야 할 것이다.

오늘 이만큼 지수 빠졌으니 월요일 올라 주겠지, 기대치 상승.

지금 주식 시장 흐름에선 먹히지 않는다.

두바이발 악재는 핑곗거리지 실상은 주식 시장 수급 여건 취약해져 있는 까닭이라는 것 개미 투자자들은 믿으려 하지 않고 있다. 주식 시장 원래 출렁거려야 웃는 자 우는 자 있고 부수입 챙기는 곳도 있게 된다. 그동안**(10월~11월 장)** 주식 시장 정체되어 횡보를 보여 주고 있었다. 횡보 중 많은 종목 주가 알게 모르게 빠지고 있다. 썩은 고기 구더기 많이 들끓듯 돈 냄새 나는 곳 사람 몰려 너도나도 투자하려고 대든다.

그동안 주식 시장 활황은 무지한**(나를 포함한 투자자들)** 개미 군단들이 있었기에 상승 요건 만들었을 것이다. 그리고 주식 시장 투자 막는 요인 되고 있는 불순 기업들 걸러내고 있다지만 아직도 지뢰인 부실 기업들 개미 투자자들 노리고 있다. 그런데도 아이러니하게 주식 투자자 주가 마구 흔드는 종목이 많아졌으면 하는 혼탁한 주식 시장 원하고 있다. 자라 보고 놀란 가슴 솥뚜껑 보고 놀란다. 주식 투자하면

할수록 두려움 커지고 인내 또한 무너진다. 다른 영역권처럼 육신으로 견디는 아픔의 고행이라면 참아낼 수 있지만 현실 그대로 피부에 와닿고 있는 보유한 주가 폭락 보고 있으면 기다리는 주식 투자할 수 있을까?

돈이 돈 벌게 해 준다는 말 주식 투자 정답 아닐까.

어느 날 주식과 바둑 비교해 보았다.

바둑 머니 1억 넘는 3단 승급자와 내기하였다(**인터넷 바둑이지만**).

3단 실력 갖추고 있는 기력자와 첫 판에서는 내가 패했다. 머니 50만 잃었다. 그러나 바둑 두는 내용 보니 나보다 두어 수 아래다. 다시 도전 내가 승, 머니는 다시 배로 뛰었고 다시 승. 3단의 기력 도전자 돈 힘 믿고 다시 도전 다시 내가 승. 게임할수록 가지고 있는 금액 믿고서는 계속 도전 신청한다. 상대방 머니 1억 넘으니 그 금액 따기 위해서는 몇 판 두어야 하겠는가. 서너 판 두다가 게임 도전 거절하였다.

바둑두면서 주식 투자도 바둑과 같은 맥락이라 생각한다. 어떠한 종목이라도(**우량주에 한해서**) 분할 매수 선택한다면 실패를 하여도 (**원금이 두둑하다면**)저점에서 계속 매수(**종목 흐름 살핀 후**)하는 투자한다면 언젠간 원금 회복 가능하게 할 것이다. 그렇지만 투자에 공들인 시간의 비용 주어지지 않는다. 결국 원금 회복할 수 있는 분할 투자라고 하여도 이익 얻지 못하는 주식 투자라면 결국은….

하나의 가상 이야기 같지만 실제로 이렇게 투자하고 있는 개미 의외로 많다.

오늘 지수 폭락하였다 하여 주식 시장 문 닫지 않는다.

돌고 도는 주식 시장 자금 부족한 미수 사용 개미 투자자들만 곡소리 내는 아픔 투자다. 누구를 원망할까?

하늘을, 나를.

주식 실패하는 투자자

두꺼비 만나고, 이슬 마셔도 채워지지 않는 허무.

글 쓰는 양심 따라서 읽는 사람에게 독 되기도 약 되기도 할 것이다. 주제 모르는 채 글 쓰는 것 아닐까?

벌써 봄 지나고 초여름 날씨 주식 시장 흐름도 잘 달구어진 인두처럼 뜨겁다. 냄비처럼 쉽게 식지 않는 주식 시장 되기를….

혈한의 피 튀기는 주식 시장 여린 마음으로 행여나 하는 생각 주식 투자하겠다는 개미. 내 글 읽는 순간. 주식 시장 떠나기를 바란다.

주식 시장 계좌 트는 순간 고뇌의 길 걷는다. 처음 주식 투자 하는 개미나 2~3년 차 하고 있는 님이나 연령대 떠나서 성별 떠나서 투자 방법 다를지라도 이미 주식 삶 고행이다. 아니라고 하는 님도 있겠지만 그런 님도 언젠가는….

그런 말 하는, 그런 글 쓰는 님도 자신만의 가면 쓰고 있다. 그리고 세력에 기생하고 있거나 카페에 가입해 있거나 하면서 뭉친다. 수단 방법 가리지 않고 큰 힘과 함께 배팅할 수도 있고 빠른 정보 얻어 빠져나올 수도 있다. 세력과 기관 의해서 주식 시장 언제나 등락 거듭한다. 선물, 현물에서 오는 큰 출렁임 개미들의 계좌 텅 비게 만든다.

홀로 주식의 길 걷고 있는 투자자 중 성공 투자 개미 있다면 그 개미에겐 원탁의 기사 고수 칭호 드린다. 그만큼 주식 시장 투자 어렵다.

외인들만 선물, 현물 주식 시장 쥐락펴락하는 줄 알았는데 시황 글 가면 쓴 노랑머리 세력 외인의 탈 쓰고 혼란시킨다는 전문 애널들의 말 듣는 순간 주식 투자의 무서움 더 크다.

가는 세월 잡을 수 없고 오는 세월 막을 수 없다지만 주식 시장에서 잡으려고 하는 대박 꿈 잡을 수도 놓을 수도 없게 만드는 주식 투자로 대박 잡을 수 있다라는 그런 꿈 정말로 주신의 운명 타고 태어난 사람에게만 주어진다.

투자 무서움 깨닫기까지는 살 베는 아픔, 뼈 깍는 고통 현실 되서야 비로소 깨닫는다. 아픔, 고통 한두 번 실패로는 진정한 투자 깨달음 얻을 수 없다.

운이 없어 공부 게을리하여 실력 부족해서 실패의 원인 대면서 합리화 생각뿐이지, 정작 주식 시장 무서운 실체 안다는 것은 보고 있어도 눈먼 봉사 만드는 주식 시장이다.

투자의 허구성 투자 실체의 무서움 경각시킨들 소 귀에 경 읽기다.

그래도 주식 투자 꼭 하겠다는 개미,

이 글 읽고도 꼭, 주식 투자를 하겠다는 개미,

망해도 좋으니 인생 경험 꼭 쌓겠다는 개미,

시기 잘 선택하여 주식 투자한다면 큰 아픔 비켜갈 것이다.

시기 투자 선택 꼭, 잊지 마라.

사람을 만나고 부딪치면서 아옹다옹, 이해하고 이해 구하면서 살지만 만나면 만날수록, 두꺼비, 이슬 벗하고 달과 춤추는 날 허심탄회 옛이야기 나눈다.

1. 주가 보고 매수한다.

2. 자신의 능력 파악하지 않고서 투자한다.

3. 종목 중독되어 있다.

4. 작은 것 욕심부리면서 큰 것 놓친다(**소탐대실**).

5 매수, 매도 자기 중심으로 한다.

6. 손절 중독형 취해 있다.

7. 탐욕 너무 부린다.

8. 정보 너무 맹신한다.

9. 돈키호테 투자한다.

실패자 9가지 유형이다.

다시 부각된 조정장

연일 상승 피로 잊은 채 지수는 반등 하고 있다.

오늘은 외인들의 물량 개인, 기관들이 받아 주어 지수 상승 이끌었다. 그리고 필명 쥬라기라고 하는 사이버 애널이 유포한 리먼브라더스와 관련 그룹의 거래 손실이라는 유포의 글 올려서 우리 증권 종목 하한가로 하락하게 하였던 장본인에게 사과 받아냈다는 시황의 글 보았다.

과연 사과의 말만으로 끝낼 일이었는지는 시장이 판단할 문제겠지만 그런 유포들로 투자 손실 본 개미들은 어디 가서 하소연할 수 있을까.

그저 운이 없어서 당했다고 고개 숙이기엔 석연치 않는 악성 유포 냄새들. 주식 연계된 많은 글 인터넷과 메신저로 전파 타고 유포되고 있는 것도 현실이다. 그러나 악성 유포됐든 고의 유포됐든 간에 그 위력들은 커서 많은 선의의 투자자 많은 피해 주고 있는 것도 사실이다.

그저 읽는 사람이 가부간 진실 판단하여 대처할 방법밖에 없는 현실이다. 지금 주식 시장 흐름들 장기 투자보다는 단기성 단타 유도하는 흐름들이다. 저점에서 무려 50%나 60%의 오른 종목들도 많이 있다.

고점 가격대에서 그동안 하락한 주가에 비한다면 아직도 많이 올라가야 되겠지만 저점 대비 50% 이상 상승이 있었다면 또다시 조정도 찾아올 것이다. 주식 시장 너무 하락만 하다가 이 정도의 반등은 아무것도 아닌데 하는 투자 마음. 그러나 시장은 투자자의 마음대로 움직여 주지 않는다.

모 증권사 시황 글도 이만큼 반등장에서는 수익 챙기는 것도 안전한 투자 방법이라고 한다. 상승장 찬물 끼얹는 것 아니냐고 반문할 수 있겠지만 급락 후의 급반등, 급반등 후 하락은 필수적으로 찾아오는 것 주식 시장이다. 요즘 웬만한 종목은 2~3일씩 상한가 안착이다. 저가주 인식과 미 선거의 영향 받을 수 있는 종목은 3~4번 상한가다. 그러나 주위 여건은 반색만 할 것 아니라는 징후도 나타나고 있다.

웬만큼 수익 낸 개미들이라면 어깨에서 팔라는 시장 격언 무시하다가는 낭패 겪는다는 것 염두에 두셨으면 한다. 내일 설령 지수가 오를 것이다, 하는 믿음 있다 하여도 이만큼 상승에서는 수익의 열매 더 익게 놔두는 것보다는 수확하는 것이 제값 받을 수 있는 상품 가치다. 주식은 어차피 도박과 일관성 있다고 볼 수도 있겠지만 도박보다는 작은 이익일지언정 안정성 투자가 더 바람직하지 않을까 싶다.

애널들의 말 상승 후 하락은 마치 아름다운 조정장이다, 라는 미사여구다.

이러다 또 급락하는 지수된다면 그때는 또 꼬리말 것이다.

현란한 말들 믿을 수도 없지만 안 믿을 수도 없게 만들고 있는 주식 시장 상기하면서 투자 임한다면 좋은 결실 얻을 것이다.

정말 어려운 주식 투자

참으로 보기 좋은 주식 시장 흐름입니다. 여름의 뙤약볕 이긴 과실들처럼 인고의 열매 맺고 있는 시장 모습입니다. 찬바람 휭휭 몰아치던 것 엊그제였는데, 한바탕 홍역 앓고 살아난 님들 잔치상. 시장은 가을 단풍처럼 빨갛게 보기 좋은 상승 물결치고 있습니다.

자금과의 싸움에서 진 개미 투자자들 심리 싸움에서 진 개미님들. 울부짖고 통곡해도 시장은 마치 투자 실패한 개미 비웃듯 상승 물결 출렁입니다. 지금 내 맘이야 속이 쓰리다 못해 하늘 원망하지만 고통 아픔에서 마음 앓이 가슴앓이하면서 발동동 개미 투자자들이 오랜만에 웃는 얼굴이어서 허공에 보지도 못한 개미 얼굴들 미소 짓는 것 같아 아파하던 마음 달래주고 있는 것 같아 보기 좋습니다. 이럴 때 더도 덜도 말고 오늘만 같았으면 하는 많은 투자자의 바램도 때 되면 달도 차면 기우는 것 세상 이치처럼 기울 때 언제 될지 모르는 주식 시장. 이런 상승 물결에서 찬밥 되고 있는 종목도**(보라님이 보유하고 있는 종목)** 함께 상승 물결 타면 얼마나 좋으련만…. 그저 단순하게 싸다는 이유로 이만큼 떨어졌으니 오르겠지 하면서 막연히 매수한 한 번의 실수로 고통, 투자 비애 느끼게 하는 주식 투자입니다.

주식 시장 보고 있노라면 **(다시, 시작해 빚 얻어 다시 주식해봐? 하는)**

유혹 주고 있는 상승 물결. 휴우, 정말 어려운 것 주식 투자입니다.

동작대교 푸른 물결 위 던져진 한 이름 모를 고인의 영혼 저승서 편히 쉬기 빕니다,

웃어야 할지 울어야 할지

주식 시장 보고 있노라면 하루에도 몇번씩 마음의 동요 일으키게 하는 변수들 웃게도 만들고 울게도 만듭니다. 주식 투자 일희일비하지 말라고 하지만 막상 보유한 종목 등락따라 마음의 변화 안 일어나게 만들 수 없는 주식 시장 급등락입니다. 한·미 스와프, 협정 맺었다는 소식에 주식 시장 한 번도 볼 수 없었던 큰 상승이었습니다. 마치 단풍놀이 절정처럼 온통 붉은 물결 주식 시장 덮었습니다. 어느새 죽겠다는 신음 소리 들려오지 않고 말하는 애널들 입가 뜻 모를 미소. 마치 자신들이 지수 올리는 것같은 말하고 있습니다.

주식 시장 한 치 앞도 내다볼 수 없고 예측할 수 없는 곳입니다. 주식은 전망이나 예측의 영역 아니다**(조지 소로스)**. 주식 투자에서 세 번을 완전히 망해본 사람은 전문가라고 인정한다**(앙드레 코스틀라)**. 어느 글에서 주식 투자는 전망보다는 대응이 중요한 것이다, 라고 하더군요.

2000년도 주식 투자로 1,000억 원대 재산 모았던 사람이 지금은 경제적 어려움 겪고 있다고 합니다. 증시서 큰돈 벌었다는 대다 투자자들도 주식 투자 계속하다 보면 수중에 남는 것은 빚뿐이라고 합니다.

이데일리 뉴스지에서 참조하여 인용한 문구입니다.

주식 투자로 성공한 사람은 종목 잘 찾는 것이 아니라 번 돈 잘 지키는 것이라고 하더군요. 주제의 글 많이 비켜 갔지만 …. 주식 시장 연계된 파생 상품들 너무도 많습니다. 펀드의 이름도 다 외우지 못할 정도로 어지럽게 연결되어 있는 파생 상품들입니다. 이번의 폭락장에서 큰 손실 보았던 많은 펀드 지수가 이렇게 올라도 원금 회복까지는 많은 시일 걸릴 것입니다. 그런데도 또다시 새로운 상품명 달고 나와 투자자들 유혹하고 있는 전문 기관들. 다시 한 번 삼고초려하는 마음들로 파생 상품에 대한 생각해 보아야 할 것입니다. 지금 얼마나 많은 개미 투자자들이 주식이다, 펀드다, 각종의 연계 상품들에 투자한 죄로 삶이 피폐해져 있고 생의 가시밭길 걷고 있는, 이 사회 가장들이 얼마나 많은지 알고들 있겠지요. 주식과 지수에 연계된 파생 상품들 발전시켜 투자 수익 고수익의 투자금 얻게 해 준다는 미끼로 더 이상 많은 국민들과 개미 투자자들 현혹하지 않기 바랍니다.

주식 시장 폭락 악몽 가시지도 않고 있는 지금. 조금 큰 시장의 반등이 있다고 하여 색깔만 바꾸어 달고 주식지수 연계되고 있는 미로 같은 파생 상품들 더 이상 남발하고 만들어 내지 말기 바라는 마음에서 이 글 올립니다.

주식과 파생 상품에 대한 연구하는 기관, 투신, 금융 종사하고 있는 책임자님, 주식 투자다 펀드 투자다 하여 지금 울부짖고 있는 많은 개미의 원성 소리 안 들리는지요? 무엇이 올바른 투자 방법인지 이젠 진실하게 가르쳐 줄 때 아닌지요. 아직 멀었다구요? 장롱 속 숨겨둔 냄새나는 돈까지 나와야 된다구요? 나는 개털 된 것도 모자라서 빚의 무게에다… 창피하지만…. 나 같은 사람 펀드에 안 들어도 된다구요? 주식도 하지 말라구요?

비 오는 날이다. 그리고 10월의 마지막 날.

찾아가도 반겨주지 않을 친구놈에게 곡차라도 내오라고 제수씨나 달달 볶을까.

악성 루머 손실 보는 개미

지금 시간 10월 30일 새벽 두 시.

미 시장은 어제의 상승의 힘을 이어가고 있는 모습입니다.

다우는 54.56 나스닥은 17.60의 상승을 보여 주고 있습니다.

장 마감 되어야 지수의 등락 자세히 알 수 있겠지만 우리의 주식 시장 미친 지수 흐름과 종목들 폭락은 없을 것 같다. 악성 루머가 판치고 있는 주식 시장. 확인되지 않은 루머들이 판친다 하여도 어제 장처럼 그렇게 심한 출렁임 보여줄 줄이야, 상상이나 했겠습니까? 이런 광란의 주식 시장 어디에도 없을 것입니다.

하락의 바닥 징후들 보이는 듯하였는데 별안간 불어닥친 태풍 루머에 개미 투자자들 심한 손실 피해 입지 않았는지….

루머에 대한 시황 글이야, 00상선 부도설, 000자금 유입설 등 확인되지 않은 이야기들 천파만파 쓰나미 해일 몰고 와 개미 투자자들 물귀신으로 만들었습니다. 무수한 종목 덩달아 추풍낙엽 떨어졌고 겁에 질린 개미들 무슨 일일까, 하면서도 덩달아 투매 휩쓸렸고 롤러코스터 장세 어지러움증에 초심 투자 생각 잊고 아이구 하면서 너도 나도 투매 동참. 자라 보고 놀란 가슴 솥뚜껑 보고 놀란 그리고 시장은 또다시 개미 투자자들 조롱하고 우롱하는 모습 보여 주고 있습니다.

매도 안 하면 될 것 아닌가 하는 투자자들의 이기적 핀잔.

이런 주식 시장의 어지러움 속에서 과연 견뎌낼 수 있는 강심장 개미 투자자 몇 명이나 될는지요. 너무도 무기력한 주식 시장입니다.

어디 하나 개미 투자자들 투자금 보호해 줄 수 있는 최소한 안전장치 없고 어떻겠든 도박처럼 투자들 하라고 하는 주식 시장 모습입니다.

다시 피어오를 것 같았던 투심 얼어붙었고 개미들은 언제까지 허허벌판 주식 시장서 벌벌 떠는 한 치 앞 내다볼 수 없는 주식 시장에서 투자의 피 목숨처럼 아껴온 투자금 외인, 기관들에다 언제까지 갖다 바쳐야 합니까?

주식 시장 정말 무서운 곳입니다.

힘들어하고 있을 많은 개미,

언제, 시애틀의 잠 못 이루는 밤처럼 행운의 손길 주어질는지요.

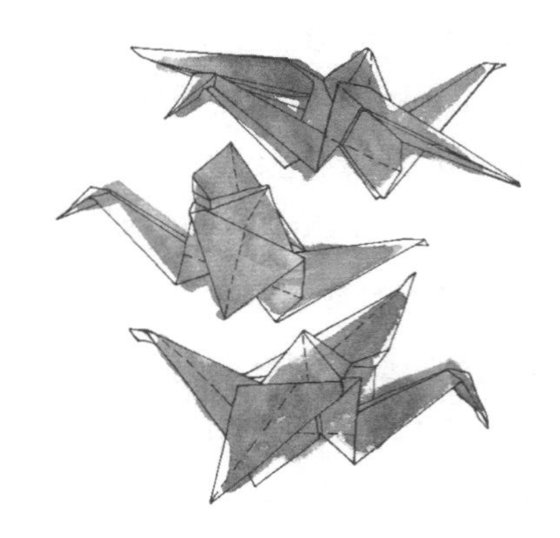

투매 진정 되었나?

기쁜 것인지 슬픈 것인지…. 오늘도 시작되는 날.

여느 날과 다름없는 하루의 시간 나를 깨우고 있다.

눈물 머금고 돌아서는 나에게 시장의 모습은 반가운 것인지 슬픈 것인지 모를 급반등 지수 보여 주고 있다. 주식 시장에 남은 투자자들은 인내의 열매 따는 웃음 잦겠지만 주식 시장 쓴맛 보고 떠난 개미들 마음은, 주식 격언과 주위 환경의 소리 이번에도 정확히 맞췄다.

여기저기 개미 울부짖음과 투자자의 죽음 있게 되면 그 뒤엔 큰 반등 온 다고 하는, 어느 힘들은 개미 투자자는 끝내 이승과 하직하였다는 뉴스 나오자 기다렸다는 듯 주식 시장은 상승하였다. 촉발시켰다.

이제 투매는 진정되었나? 진정되었다고 보아도 괜찮을 성싶은 징후 보이고 있는 주식 시장이다. 그러나 주식 시장 개미의 환호엔 눈물 흘리게 만들고 개미의 아우성치는 신음엔 비정한 웃음 보내온다는 것을….

경제 지표 좋지 않았다는 통계 지표 있었는데도 미 증시는 다우(889,35) 나스닥(147,57). 사상 두 번째의 폭등세 나왔다. 그동안 폭락에 대한 바닥 입박하였다는 시장 심리가 강하게 반등하여 급반등 주지 않았는가 싶다. 그동안 많은 투자자에게 잃었던 웃음 찾아주고 잃었던 투자 손실 많이 메꾸어 주기 바라는 주식 시장. 청개구리 심술장 되지 않기 바란다.

이번 지수 급등에 숨은 마녀의 얼굴 보이지 않는 것 보니 큰 하락은 당분간 수면 밑으로 가라앉아 있을 것 같다.

힘들어하고 있을 개미 투자자 많은 투자 수익 주어지는 오늘 주식시장 되기 바랍니다.

주식 시장 무섭다

찬바람 불다 못 해서 아예 주식 시장 꽁꽁 얼었다. 간혹 움직이는 것 같다가도 제자리 못 지키고 그대로 추락하는 모습 보여주는 많은 종목. 이제나저제나 기다리던 상승장 요원하고 때 되면 오르겠지 하는 희망의 끈 놓지 못하고 있는 개미들. 펀드 가입자 90% 이젠, 펀드 해지 안 한다고 하는 설문 조사 나왔다. 정말 세계 경제 이대로 폭삭 무너진다고 하여도 얼마나 더 손실 입겠냐는 무대책 상책이다.

지금 주식 시장 많은 종목 바겐세일할 정도로 반 토막 아니면 70%~80% 떨어진 주가지만 선뜻 매수 나서지 못하고 있는 투자자 마음입니다. 그래도 이곳 게시판 글 올리고 있는 님들 손실 보았거나 이익 보았거나 저마다의 심정 글로나마 불태우고 있으니 살아 있다는 증거 아닐는지요.

지수 900선 지키려고 하는 매수자와 지수 상관없는 매도자들 서로가 서로의 등 밟고 올라서야 살 수 있는 주식 시장. 고단한 삶이지만 아직은 살아 있어, 아침 해 볼 수 있는 개미들과 나의 눈동자.

주식 시장 연이은 폭락, 하락 보았고 공포와 패닉 경험하였고 투매에 투자금들 모두 잃었을 많은 개미와 아직 매도 못 한 주식 안고서 상승과 보유한 종목 주가 오르기만 기다리고 있을 마음.

이젠 정말 질긴 시간의 싸움에서 인내가 이기냐, 시간이 이기냐는 보이지 않는 처절한 사투 벌여야 하는 주식 시장.

그동안의 투자 시간도 그래 왔었을 주식 투자였겠지만 이젠 정말 시간과 투자자의 인내와의 싸움만 남아있습니다. 이런 주식 시장 바라보고 있는 마음 정말 무섭다는 생각뿐입니다.

모두가 증권사 직원이나 개미 투자자나 기관이나 투신이나(외인은 빼고)

힘들어하고 있는 주식 시장 활황장 어서 왔으면 합니다.

오늘 미 연방 금리 인하 폭 시장에 제대로 먹힌다면 다시 한번 상승으로 오를 수 있을 것입니다(상승쪽으로 기울 수 있다는 견해입니다).

전문 애널들도 지금 장세에서는 입조심 하고 있습니다.

만산홍엽 님 떠나네

금리 0.75 인하라.

불행 중 다행입니다. 브레이크 없는 증시 일단 멈추었습니다.

주식 투자 한 안고 간 광주 0님 원혼 하늘에 고했는지 하늘이 이승의 개미들 울부짖음 들었는지 급락하던 지수 폭락하던 주가 일단 멈추어졌고 개미들 숨 막힘 뚫어준 것 같아 고맙기만 합니다.

만산홍엽 붉은 잎 너울너울 춤춘다.

무엇 그리 급하다고 이승 고개 넘는 거요.

똥 밭 굴러도 이승 좋다 하는데, 한 벌 목숨 하나 두 벌 있나 시험하오.

이래도 한세상 저래도 한세상,

주어진 운명대로 살다 가면 오늘 힘들다고 내일도 힘들겠소.

주식 투자 한 안고 이승 떠난 님, 그만 한 풀고 극락왕생.

어느 님 글에 모건(**미국계 투자 전문사**)의 역대기와 지금의 현 위치에 대한 이력과 위력의 힘에 대한 글 읽었습니다.

모건의 보이지 않는 힘과 암 검은 입김들 세계 경제 끼칠 수 있는 영향들 그동안 우리 사회는 1970년 후반부터 비약적인 사회 발전 해왔습니다. 때론 정치적, 사회 불안감 있었지만 국민의 위대한 슬기로움으로 그 고난 난관 역경들 헤쳐 와 오늘의 문명 발전 이루었습니다. 그 문명의 발전 혜택 누려왔던 것도 사실입니다. 그 문명 복지 혜택 모든 계층에게 골고루 나누어졌다고 생각하지 않습니다(**나의 생각인지, 모르겠으나**).

많은 국민 개미들이 허리띠 졸라매고 먹을 거 제대로 못 먹고 고생해 가면서 겨우 조금씩 모아 놓았던 금액들 주식, 펀드, 하면서…. 주식 투자다. 펀드 투자다. TV다 뭐다 하면서 개미들 혼동하게 하여 지금 같은 투자 손실로 억척스럽게 모아 놓은 것들 다 잃게 하고 알몸뚱이 만들어 허허벌판으로 내쫓는 현실들 **(누가 주식 투자다, 펀드 투자하라고 했는가 하는 논쟁하려 한다면 내 할 말 없지만)** 그런 일들 어제 오늘이었겠습니까?

주식 투자로 떼돈 벌려고 주식 시작한 개미들 많지 않습니다. 어떻겠든 조금 더 늘리려고 귀동냥 눈동냥 하다가 주식 투자로 간접 펀드로…. 설마 기업은 안 망하겠지, 원금은 안 까먹겠지 하는 마음으로 시작한….

그러나 막상 주식에 펀드에 들어와 보니 이것은 원, 도박장보다도 더 안심할 수 없고 더 심한 출렁임 원금커녕 깡통까지 차게 만들고 있는 주식 시장이니. 다 내 탓인데 누구 원망하고 이제 와 운명 탓하고 나의 무식 탓하고 주식 시장 원망한들, 정치인 지도자 혜안 부족하다는 것이 우리 개미들 이렇게 만든 원인 아니었는지. 휴우.

지금 개미 마음

투매 자제하라고 글 쓴 것 후회된다. 주식 투자는 투자자 책임이겠지만 법적 책임 없다고 글 쓴 마음 편치않다.

구름 벗고 나온 햇살 눈 부심, 바람은 옷깃 여미게 한다. 머릿속 온통 하얗다. 아무런 생각 떠오르지 않는다. 길 나섰지만 막상 찾아갈 곳도… 어디로 가야 할까? 까맣게 타버린 머릿속 멍하다. 아직 타버리지 못한 삶. 그래 거기라도 가보자.

길 걷다 보니, 어느 님 나의 글 댓글 생각난다. 길 걷다 보면 어디 튼튼한 가로수 나뭇가지 없는가 하고 자꾸 쳐다보게 된다. 그 맘 지금 내 맘 같고 개미의 마음 아닐까?

TV에서 종목 상담하던 어느 아주머니의 애절한 목소리 떠오른다. 남편 사별 후 아들은 교통사고 당하여 병원에 입원해 있고 하여 주식투자하다가 손실 보자 손실 메꾸고자 신용 자금까지 얻어 단타 할 생각으로 하이닉스와 고려아연 매수하였는데, 지금 절박한 상황 물려있으니 어떻게 하면 좋겠냐고 하는 상담하던 목소리 떠오른다. 그런데 어제 또…. 어제의 폭락은 물에서 빠져나오려고 하는 개미들 아예 물속으로 밀어 넣는 폭락장. 차라리 전쟁이라도 났다고 주식 시장 폭락한다고 하면 총이라도 들고 나가 국방의무 다 할 텐데….

아닌 밤중 홍두깨 손 써 볼 사이도 없이 융단폭격 맞은 초토화된 주식 시장. 그 틈새서 투자금까지 모두 허공 먼지 된 개미 투자자들.

거기다, 이중 삼중 고통 안고 있을 신용 매수한 개미 투자자들.

월요일 주식 시장 시작되면 불 보듯 뻔할 반대 매매 물량.

어디까지 걸어가야 이 힘든 짐 벗어 놓을 수 있을까?

지금 앉아 있는 자리도 복에 겹다고 하는 시샘 앉아 있는 자리 자꾸 밀어내고 있는데…. 더 이상 추락할 곳 없는데 말이다.

문이 닫혀 있다.

전화해 보지만 전화 안 받는다.

되돌아 나오는 발걸음 천근만근.

나만 그럴까?

많은 개미 나보다도 더 절박함 속 힘들어 할 텐데.

처방 없는 극약장

주식 시장
만약 처방 극약 없다.
끝 모를 추락 지수, 주가 찬바람
개미 가슴 심장 도려내고
패닉 공포 주가 장악하고
너도나도 갈 곳 몰라 우왕좌왕
인내도 바닥
바람 앞 촛불 흔들린다.
오호라 통재, 환란의 날
신음 소리 울부짖음
네 탓 내 탓 하면서
무능한 정부 주식 시장 보면서 콧방귀 뀐다.
허물어진 삶 절망의 주식 투자
누구에게 어디에 하소연하랴.
가을비 추적추적 헝클어진 가슴 적신다.

지수 바닥이라고 말할 수 있는 용기

지금 시각 자정이 넘고 있습니다.

우리 시간으로 0시 5분 가르치고 있는(10월 24일) 분침입니다.

이 시간 미 다우 지수 어제의 폭락 멈추고 상승 쪽으로 지수 틀었는지 다우 247을 넘어서고, 나스는 30을 향해 달리고 있습니다.

언제부터였을까요. 미 지수에 목매면서 주식 시장 열리기 기다리는 어제 수많은 종목 지수 폭락하고 주가 급락하고 주식 보유하고 있던 개미 투자자들 시장을 바라보고 있던 마음들,

일찍 매도하고 시장의 급락 바라보고 있던 현명한 자들.

주식 보유 끝까지 하고 있던 많은 개미에게 마치 자신들은….

누구나 이곳에 생각과 의견들 아무런 제지 받지 않고 무한정 글 올릴 수 있지만 그리고 자신의 소견 아무런 책임 없이 전할 수 있지만,

매수, 매도 권유할 수도 있고 폭락이 올 것이라고 폭등 올 수도 있다고도 할 수 있지만 그런 무책임한 언어들이 때론 일파만파 거센 물결 되어 개미 투자자들 수렁으로 몰고 갈 수도 있습니다.

지금 지수 바닥이라고도 할 수가 있고 아니라고 할 수도 있습니다. 지금 손절 하라고 폭락 더 올 수도 있다고 하는 글도….

글에 아무런 책임지지 않아도 누가 무엇이라고 할 사람도 없는 곳에서 개미 투자자들은 작은 정보라도 얻어 투자에 도움되지 않을까.

게시판 글 매일 읽어 보려는 많은 개미 이곳을 찾습니다. 그러나 도움이 되는 글이 아니라 마음 앓이 하고 있는 개미 투자자들에게 불안한 마음 심어주는 글, 게시판 글 올리는 전문성 갖추고 있는 전문 애

널들은 없을 것입니다. 누구나 한 번쯤 주식 투자하였다가 경험 얻어 그런 경험담들 읽는 님에게 도움 주고자 하는 생각으로 글 올리고 있을 것입니다.

지금 주식 시장 정말 바닥이라고 한들 믿을 개미들도 없을 것이고 바닥이 아니라고 하여도 믿을 개미들도 없을 것입니다. 그리고 주식 시장 지수대 정확히 예측하고 자신 있게 말할 수 있는 분도 없을 것입니다.

때론 주식 투자 조언이라고 매수 시기 아니라고 하는 것도 투자자에게 해가 될 수도 있고 매수 시기라고 하는 것도 해가 될 수 있는 것이 글입니다. 지금 주식 시장 바닥이라고 하는 말, 글도 만용일 것입니다.

다만 너무 큰 폭락에 그렇게, 이젠 시장이 상승 쪽으로 올랐으면 하는 간절한, 주가 하락에 지쳐 있을 투자자에게 용기 줄 수 있는 그 무엇을 쓰는 것도 주식에 관한 것이라면 살피고 또 살펴서 자신의 투자에 인용하시기를.

지쳐 있을 개미들에게,
내 비장의 무기는 아직도 내 손안에 있다. 희망이라는(**나폴레옹**).
강한 자가 살아남는 것이 아니라 살아남는 자가 강한 것이다.
전문 애널들 자주 인용하는 투자 격언입니다.
숙명처럼 힘든 삶 용기 잃지 않는다면 언젠간….

개미들 정신 차려라

무엇 하나 시원한 해답 없는 주식 시장 연이틀 아찔하다 못해 폭락. 기절초풍할 일들만 눈앞에서 벌어지고 있지만 믿고 싶지 않다. 마치 전쟁이라도 일어난 것처럼 대폭락 연출되고 있다. 이런 상황에 어떻게 대처해야 할지 몰라 우왕좌왕 덥석 주저앉고 자포자기다. 주식 보유하면서 버터 온 많은 개미의 가슴 이미 다 타들어 가 재만 남았다.

이미 타 버리고 무너진 것 어떻게 할까마는,

나도 머리 싸매고 누워 버렸지만 내가 죽는다고 나를 위해 이 주식 시장이 내가 잃은 투자금 가져다줄까?

도이체방크란 곳에서 주제넘게도 주식 시장 지수대 1,020까지 하향할 것이라는 지수대 근접해 있고 더 빠진들 어디까지 밀릴까?

미국의 김이라는 자가 말한 미 다우 지수 5,000대까지 밀리고 주식 시장 지수도 500대까지 밀릴 수도 있다는 자신의 견해를 밝힌 이야기가 일파만파 공포에 떨고 있던 투자자들 미음을 더욱 부채질하여 투자 공포 소용돌이 일으키고 있지만 내일 주식 시장 문 닫는 것 아니다.

여기서 주식 시장 긍정적 이야기 올린다고, 너나 잘 해라고 독설 퍼붓을 님도 있겠지만 주식 시장 떠날 시기 놓친 개미 냉정한 이성으로 주식 시장 바라보아야 할 것이다.

울부짖는다고 살려 달라고 아우성친들 인생이나 주식 시장에선 공허한 메아리다.

자포자기식 투매는 다시는 회복할 수 없는 상처만 준다.

똑똑하고 투자 귀재라는 자들은 이미 떠나고 숨고 방관하고 있는 주식 시장에서 뚝심 하나로 버텨 온 미련한 작은 개미들 공포 질리게 하는 말들 무성한 지금 잃을 것 다 잃었는데 무엇을 더 겁나게 하는 폭락있을까?

흐린 하늘이라고 항상 흐려 있지는 않다.

지금 하늘의 구름 해 가리고 있지만 언제까지 해를 가리지는 못할 것이다.

애널의 주가(적정가) 타당한가

가을 가뭄이라는 예기치 않았던 계절의 심술에 목마름 타던 농민의 마음 달래주려는 듯 가을비 대지 촉촉이 적시고 있다. 많은 양 아니겠지만 그래도 만물의 생기 찾아줄 빗줄기다. 자연의 이치 대지 애타던 잎 달래주고 있다.

미 시장의 하락 있었지만 우리 주식 시장 그렇게 큰 변동성 없을 것이라고 생각된다. 지금 나스닥 선물 크게 오르고 있고 주식 시장 악성 내성도 그동안 많이 쌓았다. 요즘 주식 시장 외국계 증권사 종목 하향 목표주가 리포트에 심한 학질 감기몸살 증세 오열, 한기에 떨고 있다. 미래에셋 비롯한 국내의 우량 종목들이 외국계 증권사 목표주가 하향 보고서에 우수수 추풍낙엽 하한가 아니면 급락세 주가 폭락이다. 국내의 많은 애널들은 그런 보고서 낸 외국계 증권사 곱지 않은 시선들로 바라본다.

종목 목표주가 리포트 낸 외국계 증권사 탓할 것 아니라 국내의 많은 종목 목표주가 리포트 내고 있는 전문 애널들. 때론 고무줄처럼 늘어나고 줄어드는 목표주가 리포트 나오면 그런 종목 별안간 롤러코스터 큰 폭의 주가 출렁임 만들어 왔던 일들 한두 종목이었을까?

급락과 급등하고 있는 것도 아닌데 증권사 애널 목표주가 보고서 때문에 때론 세력들의 주가 올리기와 내리기에 이용하고 있다. 비중 있는 증권사 전문 애널들의 종목 목표주가 필요로 할 때는 정확한 데이터와 양심, 도덕성 필요한 냉정한 목표주가 보고서 시황 올리겠지만 때론 그런 목표주가 보고서 때문에 개미 투자자들은 많은 투자 손실 보고 있다.

이제 와 JP모건의 미래에셋 목표주가 하향시키는 투자보고서 나왔다 하여서 탓할 문제는 아니다.

미래에셋 주가 하한가로 떨어졌을 때 그 종목 대량 매도한 투자처는 국내 기관들이었다고 한다. 증권사 목표주가 보고서들 다시 한번 곱씹어야 할 문제다.

종목 적정주가 목표주가 애널들이 판단하는 것이 아니라, 주식 시장 투자자들이 판단해야 되는 것은 아닐까 싶다.

그동안 많은 애널들의 목표주가 보고서 때문에 얼마나 많은 개미투자자들 주식 투자 쓴맛 보았는지를 모르고서 목표주가 하향 보고서 탓할 수 있을까 싶다.

투자자들 두려워할 때 투자

주식 투자자들의 지표가 되는 주식 귀재 워런 버핏의 말은 애널들이 많이 인용하고 있다. 그러나 지금 개미 투자자들은 패닉 상태에서 벗어나지 못하고 있다. 정부의 증시 안정화 대책이라고 하는 발표도 지수를 급반등시킬 충분한 투자 심리를 유발시켜 줄 뾰족한 대책은 아닌 듯 증시는 제자리에서 맴돌고 있다. 그나마 다행스러운 것은 하락하지 않고 있다는 것이다. 패닉의 투자 심리를 안정시키는 것은 TV를 보지 마라. 긍정적 사고를 가진 이들과 교류하고 긍정적인 마음으로 멀리 보는 주식 투자 하라. 앞산 있는 나무만 보지 말고 나무에 가린 숲을 보면서 투자하라.

그러나 매번 투자자들에게 실망과 절망 주었던 주식 시장. 주식 시장 급락, 패닉 빠져있다고 하여도 개미 투자자들은 주식 시장을 모두 떠나지는 않을 것이다. 호시탐탐 때를 기다리고 있을 것이다. 다만 그, 때란 것이 준비된 자와 아닌 자의…. 운이 있는 자와 운이 없는 자의 운명의 길 다를 뿐이다.

그리고 주식 시장은 블랙홀로 늘 우리 곁에서 돌아가고 있다. 지금은 탐욕 부릴 때이다. 그러나 탐욕 부리고 싶어도 부릴 수 없는 마음은….

늘 시장은 양면성 모습으로 곁에 있다.

개미가 주식 시장 떠날 수 없다면….

누구도 믿을 수 없고 누구 말도 믿을 수 없는 주식 시장에서 살아남는 길은 오직 자신의 올바른 투자만이 계좌 지킬 수 있다.

주식 시장 앞으로 희망 있을까?

모 TV W란 프로에서 케냐 임산부와 저소득층들이 철분을 보충해 줄 수 있다고 돌을 주식처럼 먹는 모습을 보았다. 어쩔 수 없는 삶이라지만 인간의 살고자 하는 본능의 의식들. 그들의 삶의 생활과 나의 삶을 비교한다면 지금 나는 주식에서 절망하고 있지만 그래도 아직은 행복한 삶이 아닌가 하고 생각해 본다(**작은 희망이라도 안고 있다면 그것은 행복한 삶일 것이다**).

형광등을 끄자, 외진 틈 사이에 숨이 있던 모기 기승부린다. 마치 깜깜해지기를 기다렸다는 듯 저공비행 소리. 윙 윙, 철이 지났는데도 사라지지 않고 육신을 향한 집요한 공격. 짝 짝 손뼉에 걸려 죽는 모기도 있지만 재빠르게 피한 모기는 잠시 피했다가 피곤해 젖은 육신 방심한 틈 타 어느새 집요하게 제 배 채우고 간 흔적. 선명하게 붉은 반점 남겨 놓았다.

모기와 주식에게 무거워진 마음과 버거워진 육신 털고 일어난다. 산 사람은 살아야지 주식에 거덜 났다고 삶까지 포기할 수 없지 않겠는가.

연이은 주식 시장 급락으로 만신창이 된 개미들의 삶에 일어나고 있을 변화들일 것이다. 주식의 하락으로 피해 본 개미들의 안타까운 사연 들려오고 있다.

주식 시장을 비교한다면 아마도 모기와 사람의 끝없이 이어지고 있는 연결 고리와 같다. 주식 투자를 위한 개미들의 행렬은 늘 끝없이 이어져 왔다. 하락장에서도 급락장에서도 상승장에서도, 많은 개미는 피를 흘렸고 출혈 감당할 수 없는 개미는 초주검 되어서야 어쩔 수 없이 주식 시장을 떠난다. 그러나 끝없이 이어지고 있는 개미의 긴 행렬 주식 투자의 무서움 의식하지 않고 주식 시장 들락거리고 있다.

그러나 주식 시장은 개미의 주검과는 상관없듯, 언제나 시계추처럼 때 되면 정확히 문 연다. 수없는 많은 개미의 삶 헝클어지고 무너져도 개미가 뛰어든 주식 시장이지 누굴 탓하느냐는 무시의 시선. 개미의 피와 살로 생존하고 그 개미들의 피와 살을 먹고 커가는 주식 시장에서 기생하고 있는 많은 애널과 증권사, 기관, 투신, 외인 부류들 눈에는 개미들은 언제나 하찮은 무리로 비춰지고 있다.

무한정의 에너지원 개미의 자금.

주식 시장으로 뛰어든 불나방 개미 행렬은 제 동료들의 죽음을 밟고 넘어 나는 안 죽겠지 하는 생각들로 생사의 기로는 등한시한 채 주식 시장 넘나든다. 그리고 또 아파하고 괴로워하면서 시간이 지나면 주식 시장 빨간 불빛 밝히면 개미는 망각의 늪으로 다시 빠져든다.

주식 시장 누구에게나 기회 줄 수도 있는 곳이지만 과연 개미들에게 내일의 희망 끈 잡게 하여줄 수 있는 곳일까? 창밖 구름 숨어 있던 햇살 따뜻하게 전해온다.

햇살처럼 주식 시장도 개미들에게 빛 줄 수 있다면….

투매, 시작인가? 끝인가?

온탕과 냉탕, 천당과 지옥 연출하고 있는 주식 시장 바라보고 있노라면 주식 투자한 것이 무척이나 후회하고 있을 님들 너무도 큰 변동장에 어떻게 대처하여야 할지 몰라 그저 넋 잃고 바라보고 있다가 때 놓치고 한숨 쉬고 있을 개미들 많다.

더러 발 빠르게 대처한 님들도 수익을 내고 매도한 것이 아니라 아마도 손절매 하고서 주식 시장 빠져나갔을 것이다. 다수의 많은 개미들 너무도 큰 손실 보고 있어 매도 타이밍도 놓치고 한없이 급락하는 주식 시장 멍한 표정으로 보고 있다.

10년래 처음으로 하한가 불명예 쓴 포스코, 우량주도 이번 폭락장에선 안전지대의 종목 아니었다.

난다 긴다 하는 전문 애널도 몸서리치게 한 주식 시장 폭락.

언제부터인지 알게 모르게 미 시장 등락따라 완전 동조화 되어 춤추고 있는 시장.

이제부터 본격적 투매 시작된 것일까?

어제로서 투매 끝난 것인지 누구도 예측하고 판단할 수가 없는 주식 시장, 하루하루 등락 폭 커지고 있는 주식 시장, 증시 안정 위한 정부 대책 발표 회의 지금 진행되고 있다. 증시 위한 안정된 대책 나오기를 바랄 뿐이다. 하지만 지금 중요한 것은 얼어붙어 있는 투자심리 안정화시키는 것이…. 너무도 큰 변동 등락에 겁먹고 있는 투자자들 매수에 적극 가담할 것인지는 너무도 힘든 주식 시장 이제 바랄 것은 투매 연속이 아니라 불안 심리들 가라앉아야만 투매 끝난 것이 아닐까 싶다. 이런 폭등, 폭락 수없이 연출되고 있는 주식 시장에서는 초보 개미, 미시 투자자들은 한 발 물러서는 것이 내일을 위한 투자가 될 수 있다(**모든 투자자들이 알고 있는 사실이겠지만**).

주식 시장 보노라면 투자 원금 지킨다는 것이…?

정부의 증시 안정화 발표가 믿음 주는 것이기를….

그리고 투신, 기관들은 돈 놓고 돈 따먹기 하는 주식 시장 생리지만 앞장서 투매 유도하는 투매 자제하는 것이 시장 안정화시켜 주는 것이다.

모래성, 주식 시장

안개에 쌓인 해 살포시 구름 밖으로 모습 비친다.

오늘 주식 시장 바라보고 있는 개미의 속 까맣게 타고 있을 것이다.

변죽 끓듯 하는 주식 시장 등락에 몸과 마음은 지쳐가고 실날 같은 희망도 손 놓아야만 되나 하는 고민. 정신을 피곤으로 몰아가고 있다.

기업은 기업대로 키코다, 환율이다 하는 환란에 허덕이고 은행은 은행대로 리스크 관리 제대로 못 한 책임에서 허덕이고 여, 야는 쌀 직불금으로 인하여 대치 공방에서 대립하고, 여기다 한 술 더 떠 북한은 대북 관계 훼손하려는 술책으로 경제 교류 맺었던 모든 것 단절할 수 있다는 뉘앙스 담은 메세지 보내고 있다. 이래저래 모든 것이 사면초가 주식 시장.

그 중, 쌀 직불금 논란 뜨거운 감자 되고 있는 쌀 직불금. 주식만 매달리고 있는 많은 개미 투자자들은 모르고 있다. 나 또한 쌀 직불금 대한 명칭도 이번 논란 때문에 듣게 되었다. 직접 농사 짓는 사람만이 받을 수 있다는 정부 지원 격려금. 그런 돈을 농사 직접 안 짓는 사람들이 받아 챙겼다는 사실이 국감 조사에서 밝혀졌다.

눈먼 돈 수령.

정작 받아야 할 쌀 직불금 눈먼 돈으로 변해서 받지 않아야 할 자들이 자기들의 기름진 배 채웠다는 것. 그 수만도 자그마치…. 거기다 비양심적 국가 책무와 의무를 다해야 하는 공무원들 많이 포함되어 있다는 것에 분노를 넘어 허탈해지는 마음뿐이다. 하루가 지나면 온탕과 냉탕 수도 없이 주식에 뒤집어쓰고 있는 개미 투자자들에게 양

파처럼 벗기면 벗길수록 밝혀지고 있는 곪을 대로 곪은 사회 병폐의 그늘. 돈 앞엔 너무도 무기력하게 무너지고 있는 인간의 양심.

개미 투자자들 두 번 아프게 하고 있는 쌀 직불금 부당 수령자에 대한 환수와 처벌 있어야만 사회 기강 바로 잡을 수 있을 것이다. 이번 일들도 유야무야 그냥 넘어간다면 많은 사람 연루되어 있어, 선처해 주어야 된다고 하면 명박 정부는 말 그대로 국민의….

누군가 월산 명박이라는 시 이곳 게시판에 올렸더군요. 해학 담긴 풍자 글이지만 왠지 찡한 서글픔 가슴 와 닿았습니다. 댓글에 산은 산이요, 물은 물이요. 성철 스님의 말씀 써 놓고 나왔지만 내가 월산 명박에 대한 제목의 뜻풀이를 한다면,

저 산 뜬 달 맑고 밝다.
저 산 뜬 달이 주는 지혜 무한하건만
어찌 오늘 뜬 달은
달은 떴으나 밝지 않으니
내 눈 어둡다.
구름 달 가려 길이 안 보인다.

태풍 전, 고요

한 치 앞도 내다볼 수 없는 안개 태풍의 한가운데 깔렸다. 아침 안개 새벽길 더디게 한다. 마치 오늘의 주식 시장 연상케 하는 날씨다. 그래도 어제까지만 하여도 구름 숨어 있는 해 나와 대지를 비출 것이라는 막연한 희망이….

미 시장 다우는 무려 733,08**(7.87%)** 나스닥은 150.68**(8.47%)**.

이번 대폭락의 이유는 경기 침체 우려된다는 것에 하락 폭 더 커졌다.

정말 한 치 앞도 내다볼 수 없는 주식 시장.

자고 나면 천당과 지옥 맛보게 하는 미 시장 등락에 오늘 주식 시장도 비켜갈 수 없을 것 같다. 미, 다우, 나스닥 폭락 영향권에서 심하게 불어올 바람 앞에서 투신, 기관 어떤 가로막 역할하여 줄 것인지….

이럴 때 개미 투자자들 냉정한 판단 요하는 투자 마음 필요할 것이다. 불안정한 투매 주식 시장 패닉으로 다시 만들어 갈 수 있다. 한지 앞 내다볼 수 없는 주식 시장 투자자들 힘 합친다면…**(누군가 나에게 과대망상증 환자 아니냐고 말할 것 같다)**.

태풍의 고요 안개는 언제쯤 걷힐 것인지 태풍에 쌓인 안개 바라보고 있는 개미들 마음은….

허장성세 주식 투자

꿈이 없는 삶은 황폐하다. 나이를 먹음에도 삶이 배부르지 않은 이는 주위에 많다. 2030~4050세대도 만족하지 않다고 하는 삶.

행복의 삶 기준은 무엇일까?

물질의 풍요가 행복의 기준은 아니라고 하면서도 많은 것을 갖기 위해서 열심히 일한다. 재물은 아무리 많이 있어도 배부르지 않기에 더 쌓기 위한 인생 실전을 하고 있다. 그 과정서 오는 과한 욕심의 스트레스는 심성을 파괴하게 만든다.

인생이란 끝없이 달린다고 하여도 끝은 보이지 않는다. 인생의 종착역은 죽음뿐이다. 알고 있으면서도 현재의 만족을 위한 끝없는 노력들. 죽을 때까지도 만족을 못 느끼고 사는 살아가는 이 많을 것이다. 나 또한 그런 생각의 삶 속에서 늘 고뇌한다.

주식 투자 또한 매일 연속성의 사슬로 묶여 있다. 주가의 향방을 보면서 내 돈이다 하는 착각. 무너지기까지는 많은 것을 하고서야 깨닫게 된다.

주식 투자란, 오늘 1억 벌었다고 하여도 언젠간 그 금액 잃게 되는 것이 주식 투자다. 백문불여일견, 직접 뛰어보지 않으면 소 귀 경 읽기다. 고수는 주식 시장에서 살아 있는 자가 고수라고 하지만 아직도 주식 투자를 하고 있다는 것에 감사드려야 하는지….

많은 것을 정리해야 되는 인생인 것을 알고 있으면서도 주식 시장 시황판을 매일 바라본다는 것은, 젊음일까? 욕심일까?

주가의 회오리는 돈바람이다. 돈 굴러가는 소리는 심장을 뛰게 한다. 매일매일이 좋은 날 될 수는 없겠지만 좋은 삶 풍족한 삶 만들기 위해선, 노력을 마음에서 밀어낼 수는 없을 것이다.

주어지는 현실들 주어지는 대로 설령 실패의 투자가 가슴앓이를 만들더라도 나에게 온 것이라고 생각하고 받아들인다면….

주식 투자 실패는 모두 나에게 오고 좋은 것들은 모두 개미 투자자 삶에 녹아드는 주식 투자 성투가 되는 2020년 해가 되기를 빈다.

수조 원 굴리는 이들도 90을 못 넘기고 영욕의 해를 본다. 짧다면 짧고 길다면 긴 인생이다. 인명재천이라고는 하지만 주어진 운명도 바꿀 수 있는 것이 사람의 힘이다.

바람도 불지 않는데 나무가 흔들린다.
빨간 글씨의 달력 숫자를 본다. 벌써….
소식 없는 이에게 전화나 해 볼까.

미 시장 숨은 불안한 심리

새벽의 공기 옷깃 여미게 한다.

아침 기온만큼 미 시장 급등. 다우지수 936.42(11.08%) 나스닥 지수 194.74(11.81%). 폭발하는 화산처럼 폭등이었다. 역대 최고의 오름세였지 않을까.

어느 노벨상 받은 학자는 지금의 미 경제는 1930년에 찾아든 대공황 그늘과 같은 모습이라고 하였다. 그러나 미 시장은 불안한 경제 모습 감추기라도 하듯 큰 폭등세 보였다. 이번 하락장에서 보여준 주식 시장 공포의 위력 표현 안 하여도 모든 투자자들이 느꼈고 손실 또한 많이 보았을 것이다. 여유 있는 투자자 번갈아 종목 갈아타면서 유희하는 기분이었을 것이고 손실 본 많은 개미 투자자 참담한 주식 투자 비애 맛보았을 것이다. 지구 멸망하듯 공포의 심리 핵폭탄 위력으로 주식 시장 휩쓸고 지나갔다. 그리고 또 언제였느냐는 듯 주식 시장 다시 타오르고 있다.

담보 부족금으로 쓴맛 본 개미들은 어떤 마음들로 지금 주식 시장 흐름 바라보고 있을까. 내가 매도하면 오르고 내가 매수하면 급락하는 이 주식 시장 떠날 수도 머물 수도 없는 안타까운 현실의 주식 투자다.

더욱 비참한 나락으로 떨어진 개미 깊은 시름 속 헤어나지도 못하고 있을 것이다. 실패 후유증은 며칠 지나면 조금 회복될 것이다.

그런 쓴맛 경험 창피하지만 항상 나는 내 글에 실패 수기 비슷한 글을 계속 이곳 게시판에 올리고 있다. 개미들 주식 투자 참고하길 바라면서 이곳 게시판 방문하고 이곳 글 읽으려고 하는 님들은 오직 주식과 증권에 관한 초점의 중심 되는 글 많이 읽고 있다는 것을 제 글 조회수가 말하여 주고 있다.

때론 시, 사회 이슈 되는 주식 투자 실패담보다는 어느 종목에 관한 투자 수익 볼 수 있을까 하는 어떻게 해야 성공 투자할 수 있을까 하는 것이 모든 투자자가 바라고 있는 정보다. 그러나 사실 이곳에 올라오는 추천주, 정보 이미 그 가치의 진실성 잃은 정보들 뿐이다. 단맛 다 빼먹은 가치 없는 역정보 가치는 때론 많은 개미 투자자들에게 실망과 한숨 만든다. 그만큼 투자 종목 미래 알 수 없는 것이 주식 투자 한계다.

정말 좋은 정보 있다면 돈 되는 정보라면, 이곳에다 올릴까?

이 돈 저 돈 끌어들여 내 배 채우려 들지, 다만 동병상련이랄까 개미가 겪은 수기 글 서로 공유하고 이해하고 경청하고 대화할 때 더러 빛 보는 종목도 가끔은….

주식 투자란 늘 고독하고 위험하고 힘들다는 사실 알고서 한다면 위험 분산할 수 있고 예방할 수 있을 것이다. 그러나 군중의 심리 이용한 불안정한 이야기 난무할 때 개미들은 하락 공포에 매도가 매도를 부르고 투매가 투매를 만들 수도 있는 것이 주식 시장 모습이다.

미 시장의 급등은 어찌 보면 좋아만 할 수가 없는 내일에 숨은 모습은 아닐까 싶다.

우려하던 일 현실화

천고마비 주식 시장 모습으로 돌아온 것 같다. 누구를 탓하고 누구를 원망한들, 늘 발등 떨어진 블 끄느라고 급한 삶인데 이웃집 불난 불 끄느냐는 조언을 주는 있다.

주식 시장에서 이리저리 돌멩이처럼 제자리도 못 찾고 흔들리고 있는 많은 개미가 있다. 그리고 이런 주식 시장 떠나지 못하고 내일이면… 내일이면… 하다가 삶의 길 잃고 있는….

주식 투자 위험 너무도 많은 주식 시장 경각심 갖고 투자해야 된다. 전문가 아닌 순수한 아마추어 논필이라 전문성 요하는 주제 명확하게 전달 못 하지만, 지푸라기 잡는 심정 주식 투자 하고자 하는 개미들이 다음 게시판 글 읽고자 방문할 때 그런 개미들에게 이런 투자 이런 돈으로 주식 투자하면 백전백패할 수밖에 없다는 것 깨닫게 함이다. **(담보금 부족 계좌 속출)**

우려하던 일 현실로 나타나고 있다. 피 말리는 주식 투자에서 잡으려고 하는 희망의 끈 끊어버리는 신용 융자금. 그런 투자 피해는 돌고 돌아서 다시 부메랑 되어 다른 개미 투자자들에게 되돌아오게 된다.

그런 후 투자 위축되고 주식 시장 또 다른 하락 침체. 계속 꼬리 무는 악순환 연결 고리 되는 신용 융자금. 다 투자 복일 뿐이야 하고, 방관하면 편하겠지만, 주식 시장 아킬레스건.

위험한 제도 건드리는 것인지는 모르겠으나 모두 위한 주식 시장 앞날 위한 주식 시장 만들 수 있는 제도 하나씩 정화시킨다면 많은 개미의 삶 윤택하게 하여줄 수 있을 것이다. 갈 길 잃고 헤매는 개미 투자자들 양산하지 않을 것이다.

다행히 오늘 주식 시장 상승하였다. 분위기 또한 공포감에서 벗어난 듯 매매량 늘었다. 그러나 언제 또다시 불어올 태풍, 강한 바람도 미연에 방지할 수 있는 방비 있다면 주식 투자 피해 막을 수 있지 않을까.

위기가 곧 기회다

신체발모수지부모라 했는데….

이달 초 물러난 뇌물수수 조사받던 전 국무실 사무 차장 자살. 그리고 K증권사 R모 씨도 9일 사망이라는….

극에 달한 하락의 공포 주식 시장 짓누르고 있다. 세상이 온통 경제 불안 가중들로 떨고 있다. 각국 증시는 마치 활화산 재처럼 떨어지고 있다. 폭락장 넘어서 마치 마지막이라도 된 듯 불꽃 향연 펼치고 있다.

이 뒤숭숭한 와중에 또 증권사 직원의 죽음(현재 자이인지 조사 중이라 함), 비보 또 접하고 있다. 한 치 앞도 예측할 수 없는 각국의 증시. 그리고 그런 후 뒤돌아오고 있는 주식 시장 폭락 도미노처럼 펼쳐지고 있는 주식 시장. 이젠 공포를 넘어서 체념에 빠졌다.

위기가 곧 기회다 하는 말할 형편은 못 되지만(실탄이 없으니) 정말 이럴 때 우리의 옛 속담 떠오른다(호랑이에게 물려가도 정신 차리면 산다).

패닉에 빠져 있는 개미 부화뇌동 하지 않고 주식 시장 바라보는 혜안으로 위기는 곳 기회가 될 수 있다. 어차피 주식 시장 못 떠나고 있는 개미들이라면(초보 개미님들은 참여치들 마시고) 휴우 한숨만 나오고 있는 주식 시장이다. 기회는 자주 오지 않는다.

투자 판단, 도박 판단, 각자 몫이겠지만….

통곡한들 무엇하랴

온통 게시판이 매수 자제 부탁하는 글이다. 이… 누군가, 강… 누군가 성토하는 글. 어떤 이는 일국의 누구 000꾼으로 묘사한 글 게시 창 올리고 잘했다고 하는 찬성표 무려… 답답한 마음 묻어나고 있는 현실이다.

그동안 가슴 조일 대로 조이게 만든 주식 시장. 개미들의 물량 털어 내려고 기 쓰더니, 기어코 오늘 많은 물량 털어낸다. 손절매 주식 투자 손실 줄이는 최고 투자 방법이랄 수도 있겠으나 손절매 시기 놓친 투자자들 오늘도 발만 동동, 답답한 주가 하락 어디 한군데 기댈 데 없는 개미 투자자들. 엎친 데 덮친 격 신용 융자 매수하고 있는 개미 투자자들 아연실색. 지수 급락 종목 하락에 이중고 겪고 있다.

이자는 이자대로 내면서 담보율 주가 하락 시 담보 비율 채워야 하는 담보금 못 채울 시, 또다시 겪게 되는 반대 매매 고통.

절박한 환경 마음 졸이게 하는 신용 융자금. 이 어려운 시기 신용 융자금 이자 비싸지고 이래저래 마음고생 현실에서 무너져 가는 개미들의 삶. 오늘 같은 급락장 내일 또 찾아온다면 많은 개미 투자자들은 늪에서 빠져나오지 못하고 인생 삐걱댄다. 답답한 주식 시장 안고 가는 고민이다.

지수 방어대 무색한 급락장 멈추기만 기다려야 한다는 것.

(운영자님 할 말 진솔하게 쓰지 못하고 있는 마음 답답합니다. 이런 글 금칙어에 안 걸리겠지요?)

개미들의 응어리진 마음 글로나마 달래줄 수 있다면….

나도 오늘 12% 손실 보고 버티고 있지만 나보다도 더 답답한 개미들 있을 것 같아 이 글 올린다. 오늘 많은 투매 있었으니 투매 후 찾아오는 것은 희망이겠지요. 이런 날 위한 글이었는지 시 한 수.

나는 나로 남을 수밖에 없고
나는 네가 될 수 없다만,
나의 마음 네가 되어
너를 이해하고 싶다.
마음만 이라도 네가 될 수 있다면
기쁠 때 웃고 슬플 때 우는
우리 될 수 있으련만……
나의 육체 네가 될 수 없듯
마음 또한 너와 함께 하지 못하고
그늘 되어 덮어오는 슬픔
세월 얼마 더 지나야
너를**(주식 시장)** 읽을 수 있는
눈 되어 아픔 안아 줄 수 있을까,
약한 운명의 삶 필요로 할 때**(개미들이)**
필요한 내가 되어 있지 못함에
마음 아픔이다.

저가주 움직였다

피 말리던 시간에서 수선화 같은 저가주 상승.

늘 힘없는 약자처럼 고개 숙이고 있던 저가주들. 껌값도 못 되었던 저가주 종목 지수와는 상관없이 오랜만에 고개 들고 가을 하늘 본다. 눈부시게 파고드는 하늘의 햇살처럼 가뭄 단비처럼 움직여 준 저가주 반등. 그동안 그 종목만 바라보고 있다가 목이 빠진 개미들에게 살아 움직이는 주가 보여 주고 있다.

생동감이란 움직여야 하는 것.

그러나 저가주에 발목 잡힌 개미들 오늘, 내일, 조바심에 한숨 푹푹, 오늘의 작은 반등에도 휴우 다행이구나 하는 안도의 숨소리.

어제 사실 어느 종목 게시창에 들어가 주식 시장에서 개미들 끌어들여 깡통 차게 하지 말고 자진하여 퇴출하라는 토론의 글 남기고 나왔다. 몇 개월 하락하고 횡보만 하는 종목 보고 그 회사 관계자들 각성하라고.

오늘 다행히 그 종목은 살아 움직여 주었다. 얼마나 다행스럽고 고마운 일인가 그 종목에서 깨진 개미들.

보유하고 있다 오늘 매도한 개미들에게 단비다.

종목 흐름 원활해야 생동감으로 주식 시장 활기가 넘치지 않을까?

키코다, 환율이다, 멜라인이다 하는 이 사회 반가운 소식 없고 짓누르고 있는 악재 연일 들리는데 오늘 작은 반등 저가주들이었지만 억누르고 있던 돌 치워진 것 같다.

종가까지 저가주 생동감 많이 이어 주었으면 좋겠다.

지금의 매도 무의미하다

바람 잘 날 없는 주식 시장. 할 말을 잃게 만들고 있는 주식 시장.

미국발, 악재에 덩달아서 춤춘다.

오를 만하면 환율, 복병에 발목 잡히고. 주식 시장 흐름 우는 아이 뺨 때리고 모든 여건 주식 시장 찬물 끼얹고 있다.

늘 살얼음판 주식 투자가 어제오늘의 일일까?

늘 지수완 상관없이 움직이고 있는 종목들 하락할 때는 이유도 없이 함께 몰매 맞는 종목들. 개미의 마음 혼란스럽게 하고 있는 주식 시장 큰 변동성, 투자자 할 말 잃고 넋을 잃었다.

주식 투는 평생 한다고 하여도 마음 편안한 날 하루도 없다. 자사 주식 1%에서 10%까지라고 한다는 시황의 글 읽었다. 공매도 연말까지 규제라는 시황의 글도 함께….

상승의 장 만들려고 하는 많은 노력 뒤따르지만, 지수 오른다고 모든 종목 상승하는 것은 아니겠지만 다만 과매도한 지금 주식 시장 하락은 지나치다. 외국발 악재, 내국발 악재 무수히 겪고도 상승과 하락은 일상 밥 먹듯이 일어나고 있다. 오늘의 급락장 내일도 이어질 것이라고는 아무도 장담할 수 없을 것이다. 또, 내일 당장 상승장이라고 아무도 장담 못할 것이다. 그러나 미국발 악재 소식에 힘없이 무너지는 주식 시장 아닐 것이라고 생각되지만, 오늘의 과매도 하락도 지나친 것 아닌가 싶다. 힘들겠지만 오늘은 매도 시기 아니라고 본다**(제 경험상)**.

10월은 많은 악재 나온다 하여도 1,500p까지 오르지 않을까?

껌값 저가주 비애

오늘은 어떤 글,

기륭전자 금속 노조원 비정규직 노조원들의 눈물의 단식 농성 1,130일 넘긴 글…?

아니면… 천고마비.

종부세다, 맬라인이다, 키코다 하는 이슈 큼지막하게 사회 파장 일으키고 있다. 사회가 발달할수록 더욱 큰 사회 파장 거세게 일어나고 있는 현실이다. 그러한 파장보다도 절실하게 밀려오는 것은 주식 시장 개미들 보유하고 있는 저가주다.

껌값 한 통도 500원, 1000원이 넘는데…. 300원짜리도 있지만…. 주식 시장 저가주들 힘 한 번 못 쓰고 있고 지수 급등락에 제자리 걸음하고 있거나 하락만 하다가 지수 급락할 때는 몰매 맞는 것이 저가주들의 현실. 대다수 개미 투자자 저가주 많이 보유하고 있을 것이다.

싼 게 비지떡 속담처럼 고가 종목 오르는 것보다 저가 종목이 쉽게 오를 것이라는 생각에 많은 개미 투자자들이 쉽게 저가 주식 매수한다.

고가 주식 1주보다는 저가 주식 100주가 기대치 이상 수익을 빠른 시일에 가져다줄 것이라는 생각에 저가주들 자주 많이 매수하고 있다. 그렇다고 고가 주식들이 다 오를 것이라는 말은 아니다. 고가 주식도 상투에 매수하면 쪽박 차는 것은 바로 순간이다. 그리고 저가주 무서움은 재무 건전성 문제 발생 시 저가주 보유한 투자자들에게 회복할 수 없는 피해 준다.

저가주 매수하는 투자자 심리 살펴보면 매수하고자 하는 종목 재무 상태, 기업 현황 주종 품목이 무엇인가 하는 것은 파악하지 않고, 시세창에서 급등락 연출하는 것을 보다가, 어… 많이 떨어졌네. 이만큼 떨어졌으니 더 이상 안 내려가겠지, 싸졌다는 생각으로 덜컥 매수한 후 많은 수량 보유하고 있으니 안 먹어도 배부르다는 마음으로 지내다가…. 주식 시장은 상승하고 있는데도 저가주는…. 그러다 어느 날, 아이구?

모든 저가주들이 다 그런 비애 애환 안고 있는 것은 아니지만 다수의 저가주 운명, 감자 아니면 상폐?

어느 종목 투자건 90% 위험 안고 투자할 수밖에 없는 주식 시장 현실. 오늘도 저가주들 요지부동이다.

그 어느 파장 뉴스보다도 많은 저가주가 상승하여 주었으면. 많은 개미들이 보유한 저가주 상승할 때 진정한 상승장 되지 않을까 싶다.

주식 투자 저가 종목 많이 오를 때 키코 환율 자금 압박 받는 기업 재기 돕는 것 아닐까 싶다.

상승장, 숨은 함정

어제만 하여도 주식 시장 대폭락 올 것이라는 분위기였다. 미국발 악재는 주식 시장 메가톤급으로 강타하였고 패닉 상태 몰고 가 그로기로 만들었다. 그러나 인간 심리란 것은 묘하다. 무너질 것 같았던 주식 시장 다시 상승 소용돌이 일으키고 있다. 이에 개미들 우왕좌왕 투자 판단 가치 잃고 혼돈이다. 상승할 것 같아 매수하면 폭락, 하락할 것 같아 매도하면 매도한 개미 비웃고 급등장 만든다. 장기 투자하려고 매수하였다가도 하락만 하는 매수 종목. 그런 종목 보유하고 있는 개미 피 말리게 되는 투자 시간이다. 더군다나 매수한 자금 급한 돈이거나 빚내서 투자하였거나 장기 신용 융자금이거나 할 때는 더더욱 불안정한 심리 상태 된다. 그리고 주식 시장 시간은 개미들 기다려 주지 않는다. 심적 작용으로 인한 중독성 본인도 모르는 새 중독된다. 00 원리처럼 주식 투자 또한 00 중독성처럼 자리 잡는다. 사행성 게임장 우후죽순 사회 도처 널렸다. 그 모든것들이 불안정한 심리 상태 만들고 부추긴다….

주식 투자 또한 그런 사행성 게임 같은 원리 만들어진 투자처로 보면 된다. 다만 다른 사행성 같은 곳은 승패가 바로바로 나타난다는 것 다를 뿐이지 한탕 노리는 본능 자극하는 것은 주식 투자와 일치한다. 주식 투자 사회 지탄받고 있는 어떤 사행성 게임보다도 더 무서운 인간 심리 이용한 투자처라고 하는 것이 본인 생각이다.

웬만한 사행성 게임 빠지지 않는 내가 주식 투자라고 말하고 있는 주식 시장에선 벗어날 수 없다.

퇴출과 상장사 종목 흐름 작전주 하면서 급등락 피해 보는 개미. 사행성 00장처럼 하나도 다를 게 없는 주식 시장이다.

돈 넣고 돈 먹는 무리에서 나는 건전하게 바른 양심으로 주식 투자한다는 투자자 몇 분이나 될까? 주식으로 인한 삶 헝클어진 글 쓰고 있는 것일까 하는**(원고료 다음에서 주지 않는데)** 00과 주식 투자 똑같다는 것이 나의 생각이다.

현명한 판단이 삶의 앞날 밝게 할 수 있는 것이 이 글 취지다. 상승장 숨은 투자 함정 곳곳 있다. 손실 줄이려면 주식 투자 더 공부하라.

소주, 삼겹살

따르릉 여보세요?

오랜만에 만나는 십년지기처럼 반갑게 웃는 얼굴 택시 정류장 앞에 있다.

주식 투자로 얻은 상처 안고 찾아온 개미가 개미의 마음 위로한다.

투자한 종목, 지금 보유하고 있는 종목에 대한 의견.

개미 투자자들이 그러하듯이 그 사람도, 저가주 혹시 하는 생각으로 매수해 놓고 기다리다가 손실률… 휴우 한숨 절로 나온다.

누구나 한 번쯤 당했을 저가주 매수해 놓고 기대 환상 끝에 맛보게 되는 손실. 이번 급락장서 손실 피해 눈덩이처럼 커졌고 손절매도 못하고 발만 동동 애태우다가 안는 손실.

내 나름대로 작은 지식 분석 조언했건만…. 주식 투자 앞날은 귀신도 모른다고 했는데 투자 경험 토대로 동병상련, 이런 투자 마음 앓고 있는 개미들이 그 사람과 나만이 아닐 텐데. 손실 만회해 보려고 손대지 말아야 할 이 돈 저 돈 그러나 끝내 가정 파탄. 가시밭길 걷는 주식 투자.

오늘도 지수 상승하고 많은 종목이 어제의 하락 다소나마 메꾸고 있지만 그 사람이 보유하고 있는 종목은 요지부동이다.

내 예상이 지금까지는 틀리지 않았지만 왠지 내 마음은….

요행 바라고 저가주 매수하는 많은 개미의 공통점들 주식 시장 투자하고 있는 개미들 투자 한계일까?

더러 저가주 매수하여 성공 투자한 예도 있겠지만 지금의 주식 시장에선 하도 많은 개미 이 저가주로 인한 투자 피해 본 경험들이 많다.

저무는 가을 흘러가는 구름 보노라면 인생무상 새옹지마. 함께 소주 한 잔에 타서 마신 우정의 마음. 그 개미 꼭, 성공 투자하기를 바랍니다(닉 보라00).

질 나빠진 주식 시장

한쪽에선 올림픽 출전한 선수들 금메달 소식들로 사회의 목마름에 갈증 느끼고 있는 많은 국민이 정치인의 실망스런 행동에 잃은 웃음 잠깐이나마 되찾고 있다.

주식 시장 항상 그래 왔었지만, 역대 시장의 지난날보다도 현 시장의 종목 흐름 하락하고 있거나 거의 매매 흐름 정체되어 있다. 정부는 양질의 주식 시장 위한다고 하지만 소 잃고 외양간 고치는 노력이다. 이미 시장의 신뢰 무너졌고, 주식 시장에서 빠져나가지 못하고 있는 개미만, 언제나 한탕 노리고 있는 하이에나, 늑대, 무리들만 호시탐탐 때만 기다리고 있는 주식 시장이다. 그저 순진한 개미들은 이미 시체로 변했거나 살아 있다고 하여도 재기 능력 상실한 모습이다.

아무리 좋은 호재 쏟아진다 하여도 매수 주체 없다면 종목 주가 상승 있겠는가? 그동안 얼마나 많은 개미 짓밟아온 결과의 부산물 주식 시장에서 나타나고 있다.

아직도 멀었다. 많은 종목이 상승하기엔 자사주 매입 위한 자구책 노력 없이는, 주가 상승 물 건너갔다. 자사주 매입할 수 있는 자금 보유한 기업도 많지 않을 것이다. 현금 보유 능력도 없는 그저 간판만 현란하게 포장된 빈껍데기 상장 종목 주식 시장엔 수두룩하게 많다.

아무리 주식 투자 귀재도 이런 주식 시장에서는 영원한 세력의 봉노릇 할 것이다.

개미 수렁으로 몬다

오늘 주식 시장 양호하다. 모 증권사 예측 지수 1,510~1,720p 예상하고 있다. 그렇다면 저점 지수 막바지, 예측론자 말 믿을 게 못 되지만…. 감기 걸린 주식 시장 찬물 끼얹는 것 아닌지. 그동안 개미 수렁 속 밀은 원흉 누구일까? 지금도 롤러코스터 주가 세력들, 작전 그리고…?

주식 투자 안다고 하여도 당할 수 있는 확률 90% 넘는다. 예전 3일 미수 사용 허락하였던 과거 금감원 무능. 끼리끼리 배 타고 개미, 고혈 인생 무너지게 한, 주식 시장 보노라니 그동안 개미들 당할 수밖에 없었던 주식 시장 풍토 알 것 같다.

주식 투자 안 하면 될 것 아냐, 당하는 개미 바보지, 나는 늘 재미 본다, 왜 찬물 끼얹는 거야.

그동안 개미 생 밟고 고혈 빨고 계좌 털고 털어온 무리들. 주식 시장 흐름 보고 있노라면 이래서 주식 투자는 공부하고 준비하고 뛰어든다고 해서 성공 투자할 수 없고 실패할 확률이 높은 머니 게임 될 수밖에 없는 구조다. 이제 왜 새삼스럽게 과거형 이야기하고 있냐는 자들도 있다. 주식 시장 미래형 이야기한다고 하여도 다람쥐 틀처럼 돌아갈 수밖에 없다. 변한 것 있다면 정부, 주식 시장 양질의 투자처로 바꾸기 위한 노력하고 있다는 것, 3일 미수제 폐지와 집단 소송제 도입. 그리고 지금 작업 중인 5년 적자 기업 퇴출 위한 세부사항 검토하고 있다는 것. 그렇다고 주식 시장이 바른 투자처가 될 수 있는 길 멀겠지만, 지금까지 계속 개미 계좌 털고 있는 주식 시장 누구 위한 무엇 위한, 주식 시장 존재해야 되는가를 묻고 싶다.

주식과 인생

좌절하고 있을 개미와 나, 주식 투자 글, 그만 쉬어야 하는데…. 무엇 할 수 있을까? 양상군자 될 수 없고, 개방군자 될 수 없고, 그렇다고 호색군자라도….

얼굴 받쳐 주지 못하고 모두 양심 걸리는 일들이다. 하나도 쉬운 것 없다. 주식 투자는 더욱더…. 삶 어디 하나 쉬운 일 없다. 진작 더 조심 투자했더라면, 알았더라면, 그 피 같은, 이렇게 허무하게 당하지 않았을 것을. **(다 경험이야 하기엔 상처 크다.)**

당해보지 않고서는 깨닫지 못한다. 늦게라도 깨닫는다면 다행이지만 주식 시장 주식 투자 깨닫지 못하는 중생들 많을 것이다. 백문불여일견, 말해 본들 보고, 겪지 않고는 소 귀 경 읽기다. 어쩌면 영원히 깨달음 근처에도 가보지 못할 수 있다. 힘들다고 조상이 준 육신 내 것이라고 함부로 굴리지 마라**(육신마저 병들고 힘 잃어 봐라. 쳐다보나).**

무엇을 해야 고뇌, 고행서 벗어날 수 있을까? **(주식이나 계속 해, 그것도 운명이야. 네게 준 업. 어쩔 거야, 능력 부족한데도 주식 투자한 죄인데. 그래도 뇌는 정직하게 굴릴 수 있잖아, 그러다 보면 기회 주겠지, 뭐, 하늘도 무심하지 않으니까 힘내 좌절치 말고. 그리고 계속 글 써. 때 되면 하늘 문 열려 하지 않아도 자연히 열릴 테니. 그리고 욕심내지 말고 로또 한 장 사. 나보다. 더 어려운 이웃에게 적선한다 생각하면서 혹시 알아? 지성이면 감천이라 인간사 모두가 새옹지마, 어차피 돌고 돌다 가는, 공수래 공수거야.)** 하는 말 모두 알아들었는가?

이런 말 하여 주시는 당신은 누구십니까? **(허허 그런 걸 무엇 알려고 하나, 마음이 가지고 있는 양심이지.) (잘해 고진감래라고 살다 보면 좋은 날 올 거야.)**

주식 정도 없다

글 쓸 때마다 왜 이러고 있나, 그러나 격려 댓글 보았을 때 작은 도움이라도 되고 있구나 생각한다.

자신의 생각 일치하지 않는다고 상처 되는 댓글도 있지만 화풀이할 수 있는 곳 있어서 주식 투자에 당한 상처 달래주는 것도 덕 쌓는다는 생각으로 글 쓰는 촉매다.

돈은 개처럼 벌어 정승처럼 쓰면 된다고 했다. 주식 투자 어떻겠든 수익 보면 된다고 생각한다. 주식 시장이란 곳 한 배 타고 어느 쪽이던 매수세 몰리는 종목 찾는다. 뒷걸음치던 소 쥐 잡는다고 쥐만 잡으면 장땡이다. 무엇이라고 하던 수익 보아도 시비 걸 아무런 이유 없다. 그래서 주식 투자 정도 투자 없다.

좋은 종목 매수하여 장기 투자하여도 상투 매수하게 되면 그대로 손실 안고 언제 될지 모르는 세월 끙끙 앓다가 이것도 저것도 아닌 원망 쏟아낸다.

2,000개 넘는 종목에서 잡주 더욱 오르락내리락 기승부리는 주식 시장. 금감원 감시 기능 있다고 하지만 늘, 소 잃고 외양간 고치기다. 금감원 눈 설친다고 돈 놓고 돈 먹는 악순환 연결 고리 끊을 수 없다. 주식 시장 개미들 정보 능력 한계 기업 재무 구조 살펴 투자한다 하여도 언제 어느 날부터 상승, 하락 모르는 것 종목이다.

기업 가치 좋다고 매수한 종목이라도 잘못 매수하면 몇 개월 하락은, 다른 종목들 계속 오르락내리락, 변동 보고 있노라면 그 심정….

그러나 보유한 종목 손절도 못 하고 20%~40% 손실 때 어쩔 수 없이 매도하면 기다렸다는 듯 세력들 몰려 매도한 종목 주가 올려놓곤 한다. 그래서 개미 투자자들은 늘 먹잇감으로 전락하고 봉 노릇 하게 된다.

나는 아니라고? 나는 아니라고 개미의 생각들, 세력의 작전, 기관, 투신, 외인 먹이 안 될 것이다 하는 생각이 오늘도 주식 시장에서 발을 빼지 못하고 있는 이유다.

시장의 삭막함

주식 시장 냉각탑이다.

힘들어하고 있을 개미 위하여 부정보다는 긍정, 채찍보다는 격려하고 싶지만, 격앙된 개미의 마음 고스란히 답변란에 묻어있다.

내가 종목 매수하라고 하면 할 것인지, 내가 종목 매도하라면 매도할 것인지. 지금의 주식 시장 답답함 개미 투자자라면 다들 느끼고 있을 것이다.

비 오는 밤
촛불 어둠 밝힌다.
이 몸 촛불처럼 불 밝히면,
염불 뜻 없고 잿밥 눈
뜨고 있어도 어둠이다.
길고도 짧고 짧고도 긴 세월
비우지도 채우지도 못하고 있다.
촛불처럼 태워지기를.

주식에서 잃는 이유

시시각각 조여오는 부메랑급 뉴스들 어디서 튀어나올지를 모른다. 또다시 시장을 흔들 뉴스들은…? 공포의 구간에 진입한 지수 같다. 여기서 2,000p 밀린다면, 급락의 시발점이 되지 않을까를 생각해 보게 된다.

누구나 알 것 같으면서도 투자할 때는 잊는다. 반복된 습관대로 이번엔 아닐 것이다 하는 생각을 하면서도 매번 똑같은 우를 저지르고 있으면서도 한 번은… 하는 생각을 가지고 주식 투자를 하고 있다.

주식 시장 지수 주가 흐름을 보고 있노라면, 또 공포 구간으로 진입하고 있는 것은 아닐까? 공포 구간 진입한다면 속절없는 패닉 현상은 일어날 것이고 개미들은 또 우왕좌왕. 주가 급락에 물타기는 금물이다. 주가 이만큼 떨어졌으니 반등하겠지 하는 생각을 가지고 물타기 투자한다면….

31,000원대 주가 26,000원 떨어질 때까지 물타기 4번 했지만 물먹는 투자가 되었다. 좋은 종목이라고 하여도 지금 주식 시장 흐름에선 투자한다고 하여도…? 좋은 종목 이유도 없이 시장 상황에 따라 하락한다고 하여도 주가 50% 반 토막 나기까지는 매수에 나서지 않는 것이 계좌에 도움될 것이다. 종목 주가가 50%까지 폭락한다면 그때는 과감하게 물타기 한다면 매도 세력들도 어쩔 수 없이(**공매도 확인**) 재매수 나서게 될 것이다.

우량주라고 하여도 증시 상황에 따라 주가는 출렁이게 된다. 인위적인지 자생적인지 알 수는 없으나 외인, 기관, 세력들은 그런 때를 기다리는 투자를 일삼고 있다. 주식 시장 출렁거린다고 하여도 인내의 투심이 있어야 인고의 열매를 얻을 수 있다.

매번 수없이 당하는 투자를 하면서도 수익을 얻는 자는 따로 있다. 우리는 똑같은 주식 투자를 하고 있으면서도 수익을 얻지 못하는 경우가 다반사다. 자금, 정보, 모든 것이 뒤처지는 투자를 하고 있기 때문이다. 알고 있으면서 주식 투자에서는 어쩔 수 없다는 것이다.

노력한다고 하여 정보를 얻을 수도 없다. 때론 얻어지는 수익이 낚싯밥이 되고 있는 것은 아닐까 싶다. 누구나 꿈꾸고 있는 주식 시장, 주식 시장의 하락세엔 무관심으로 대처하라.

주식 시장

바람에 푸른 잎들이 떨어져 진토가 된다.
바다에 풍랑 인다. 풍랑 이니
어부는 출어 않는다.
던져진 낚싯대
미끼를 갈아봐도 미끼만 뺏긴다.
대어 뛰는 것을 본다.
때론 훑치기 바늘에 꿰인 고기 잔챙이다.
미끼를 계속 갈아 보지만 미끼만 없어진다.
물 반 고기 반이라지만
내 낚싯대 걸린 고기도 놓친다.
놓친 고기는 너무도 크다.
한 번은 누구나 꿈꾸는 곳
바다.
해지니 미끼통 휑하다.

절망 속 피는 주식

수없이 많은 개미 울리고 파산시키고 삶 헝클게 하는 주식 시장, 어제오늘 아닐 것이다. 주식 시장 주가 안 움직이고 신용 매수 많아지고 툭 터져 나오는 핑계, 악재 때문이라고 하면서 개미 계좌 털고 털어서 먹이로 기생해 온 주식 시장 존재하고 있는 세력들. 달콤한 환상의 투자 계획 있다고 하는 종목 믿으면 안 되는 주식 시장이다.

기다릴 줄 아는 자금, 지혜 없다면 결국 털리는 것 주식 투자다. 기다리는 것 능사 아니다. 개미 투자자 인내 한계 있다. 기다린다고 모든 종목 수익 난다면, 탐욕, 공포 육신 존재하고 늘 당하면서도 다시 주식 시장으로 몰려오는 개미 주식 투자다.

개미 습성 먹이로 기생하고 성장하는 주식 시장. 이런 주식 시장, 악의 꽃 피우는 곳이다.

나에게 돌멩이 던질까?

상승장, 하락장

요즘 주식 시장 짜증 무기력하다. 몇 개월 게걸음이다. 테마주, 가치주 하면서 뛰던 종목도 숨었다. 장기, 단타, 중기 하는 투자도 빛 잃었다. 외인 매도 때문이라고 하는 변명만 무성하게 들려오고 있다.

전문가도 힘들다는 지금의 주식 투자. 전문가들 보는 오늘 후 주식 시장 장세 어떻게 변할 것인지…. 이제 반등 가까워 오지 않았을까?

계속 이렇게 주식 시장 안 움직이면 모든 투자자가 외면할 것이다. 세상에서 믿을 수 없는 일 많고 믿을 게 못 되는 약속 많이 있다. 그러나 정작 믿을 게 못 되는 것은 주식 시장이다.

실적 종목 변화 성장세 종합하여 매수 시기 선택하여 매수한 종목 매수자 믿음 보답하는 결과 늘 참담함만 가져다주는 것 주식 투자다(**더러 구본호 같은 매수자의 종목 편승한 행운아 있겠지만**).

소걸음 쥐 밟혔다는 속담처럼 때론 매수자 믿음 화답하는 종목 있을 것이다. 확률의 결과 5% 안 된다는 것이 주식 투자 현실이다. 지루한 장세로 무거워진 개미 투자자들 많다.(**어제 주식 힘듭니다라는 짧은 글에 2,100명이 넘는 개미 투자자 방문하였다**). 지금 맘과 똑같은 이심전심 통한 텔레파시 전해진 것 아닐까. 지금 주식 시장이 얼마나 갑갑하고 힘들다는 것을 간접적 보여주고 있는 현실이다.

앞이 보이지 않고 있다. 있는 주식 시장 매수자, 매수 주체 빈사 상태다. 지금까지는 상승의 여력 위한 하락세였다면….

앵무새 애널도 지쳤는지 미, 연금리 평가 상승, 하락 지렛대 삼는다. 믿을 게 못 되는 주식 투자 해야 될 것인지. 계속 이런 장세 주식 시장 열리고 계속 나타날 것이다.

도우면 인간계 무너진다

새벽녘 200p 이상 무너지던 다우 지수 갑자기 반등한다. 오늘도 우리의 주식 시장 정말 싸늘하다. 매수 주체 사라지고. 요동치던 종목도 없고 폭풍 오기 전 고요다. 그렇게 당하던 개미의 분노 이성 찾고 있는 느낌이다. 나 또한 장기, 단기, 단타, 미수 투자 통하여 수없는 시행착오 하면서도 아직까지 수익 한번 제대로 못 올리고 있는 개미다.

요즘은 아예 시세창 덮는다. 그동안 깡통 계좌 몇 번이나 당하고 미수금 추궁에 이리저리 뛰어다니며 혈연, 지인에게 얼굴 숙이던… 그 참담했던 세월들. 이제 주식에 조금 눈 떴다 하나 아직도 초보다. 어리석고 바보처럼 주식 투자해 왔지만 본심 버리기란 힘들다는 것을 주식 투자 통해서 깨닫고 있다. 세월 되돌릴 수 있다면….

중소형주, 기업주, 기업의 주가 걱정하고 있는 사주들 거의 없다. 주식 시장 상장만 시켜 놓으면 자본주의 원칙 아래 주가 떨어지던 자기 배 채우면 된다는 생각만 가득 찼다. 악덕 기업주 회사 부도내고 상폐시키고 죄의식 없다. 그러니 상폐 종목 속출한다. 사업하다가 망했는데 내가 무슨 죄 있느냐고 한다. 남의 명의로 빼돌려 놓은 재물로 호의호식하면서 편안히 살아가고 있다. 하늘은 그런 자들에게 벌 내리지 않는다. 재물 빼돌려 놓는 것도 능력인데 당한 사람이 바보 아니냐고 그렇게 하늘은 말하고 있다. 그러니 툭하면 상장폐지 종목 나오고 기업 재무 상관없는 주가 조작 폭락으로 개미들 울리고 있는 곳 주식 시장이다.

무엇 더 말할까.

독백 토한들 바보다 하는 세상의 손짓.

친구와 한 잔 나눈 곡차에….

내가 힘든데 영혼이 도와주지 하고 말했더니

왈

귀신이 도우면 인간 질서 파괴된다네 한다.

바람은 따뜻하다. 봄 돌아왔다.

봄날처럼 주식 시장 활황장 되어 개미 복사꽃 미소 피었으면.

기분 좋은 날

정치도 스포츠의 류현진, 손흥민처럼 할 수 있다면 그 얼마나 좋을까. MBL 1위 ERA 1위 자책점 볼넷 드물게 나오는 성적표다.

미국인은 스포츠에 열광하고 스포츠가 생활인 듯싶다. 구기 종목 대다수 관중석은 늘 만원이다. 꽉 찬다. 모두 생할이 윤택해서인지는 모르겠으나 스포츠의 맛, 멋을 제대로 이해하고 있고 삶의 활력이 되는 역할을 스포츠는 해 주고 있다. 삶의 만족에 빠질 수 없는 약방의 감초다.

우정, 사랑, 인류애를 스포츠를 통해 전파하고 나누고 있다. 분명한 상업적인데도 세계적으로 사랑받는 스포츠다. 인기가 많은 야구 경기는 때론 선수의 승부욕 때문에 옥에 티도 보여주지만 어느 종목보다도 스포츠맨쉽을 지키고 있는 멋진 활약 보여주는 선수들의 모습은 삶의 재미와 웃음을 만들어 주고 있다. 우리나라 정치인들이 배워야 할 모습이다.

일본을 봐라.
모든 일인이 다 그렇지는 않겠지만 스포츠에서도 쩨쩨한 속성 보여주는 신문 지면 뉴스들이다. 류현진, 마에다처럼 되면 안 될까?
심성을 잃은 모습들 한두 군데야 맞상대하지 변이 무서워 피할까 싶다.

스포츠를 통해서 얻는 대리 만족인지는 모르겠으나 삶의 윤활유 역할을 해 주고 있는 류현진, 손흥민의 경기를 보면 젊은이들이 자랑스럽다.

대한민국의 정치를 보면 맛도 멋도 없는 오직 권력 잡기식 밥그릇 싸움에 웃음 잃었었는데 오랜만에 스포츠를 통해 류현진, 손흥민의 활약을 보면서 맘껏 웃어 보는 하루다.

동트기 전 어둡다

동트기 전 새벽 가장 어둡다는데…. 연일 하락하고 있는 미 지수 볼 때마다 오늘 또 요동치겠구나 하는 하루 시작한다.

개미 투자자들도 연일 주식 시장 하락에 마음졸이면서 매도할까? 매수할까? 고민하고 있을 것이다. 돈만 가지고 있는 개미 지수 관찰하고 종목 주가 더 떨어지기 학수고대할 것이고 주식만 보유하고 있는 개미는 보유한 종목 이제 제발 올랐으면 하는 마음들로 하루하루 가슴 졸이면서 마음 편치 않을 것이다. 그래도 미 시장의 투자자들보다는 개미 마음 편할 것이다. 미국 개미 투자자들은 악재 속에서 연일 하락하고 있는 다우. 나스닥 폭락에 이미 기진맥진해 있을 것이고 패닉 상태에 있지 않을까.

소로스나… 웨런… 누군가 이럴 때 유망한 종목 쓸어 담는다고 하는데…. 큰손 투자자들이야 한번 깨져도 재투자로 손실 메꾸고 다시 큰돈 만들 수 있지만 소액 투자자들은 한 번 깨져도 재기의 길 멀다.

주식에서 실패 본 개미 알고 계실 것이다. 가치 투자, 장기 투자 분별 투자 우량 투자. 개미들의 성공 노하우 글 모두 맞는 말씀이다. 다만 아무리 신중 기하여 위 투자를 한다고 하여도 수익이 없는 개미들 많다.

주식 시장 수익 거두는 이는 다수보다 소수의 인원이다. 투자 방식 떠나 성투는 오직 종목 선정에 있다. 종목 하나를 어떻게 어느 시기 매수 하냐에 따라 명암 엇갈린다. 지금 주식 시장은 막바지 어둠이다.

바람이 불면 잊혀진다

모든 것은 나고 자라 하늘로 땅으로 돌아간다. 그러나 생명은 그렇지 않다. 이승에서 천수 누리고 떠나는 동물 몇 %나 될까?

사람은 살아가면서 죽을 때까지 일한다. 먹기 위해서 재물 쌓기 위해서 높은 자리 올라가기 위해서다. 그러나 노력만으로는 권좌와 재물을 쌓지 못한다. 노력 이상의 것 운이 따라야 된다.

노력 + 운 그 이상의 것들이 모여 투자할 때마다 귀인이 도와주듯 보이지 않는 도움의 손 있어야 권좌에 앉고 재물 쌓을 수 있다. 많은 것을 가지기 위해서 쌓기 위해서 성을 쌓지만 대다수 많은 이가 쌓는 성은 모래성이 될 뿐이다. 정직하면 큰 재물 쌓지 못한다. 재물 쌓고 만드는 것은 정직이 만들어 주지 않는다. 재물이란 손안에 있다가도 쥐면 달아난다. 재물은 쌓는 것이 아니라 가져오는 것이다. 만드는 것이다. 성실, 근면, 노력은 굶게 하지 않지만 큰 재물은 쌓지 못한다.

투자의 운은 부자와 거지를 만든다. 알면서도 대드는 것이 사람의 마음이다. 주식 투자 또한 운이 닿지 않으면 쪽박 찬다. 운칠기삼이다.

조0 임명에 대한 갑론을박 정치 혼란이다. 아프리카 돼지 열병에 대한 전염 농가 시름, 이0재 연쇄 살인범 DNA 증거 속출, 류0춘 연세대 교수 강의 망언을 넘어선 분노, 링링이어 타파 피해 속출 등 굵직한 뉴스들이 전국 강타다.

이로 인한 일본 정치인들의 행태에 대한 관심사 멀어질까 염려스럽다. 일본 정치인과의 싸움은 백 년 전쟁 잊지 말아야 할 것이다.

임명장

자연의 위력을 확실하게 보이고 있는 링링이다. 영민한 새들은 환란을 미리 알고 피했다. 그러나 사람들은 알고도 피하지 않는다. 어리석다고 해야 되나, 용감하다고 해야 되나?

그 자리가 그렇게 좋을까? 상처 넘어 만신창이다.
권력 빼고는 모두 잃는, 권불십년도 아니고 권불 5년도 못 되는 자리. 무엇을 하기 위해서, 내가 아니면 안 된다는 사고 의식에 분쇄기에 넣어도 그렇게 철저하게 분쇄되지는 않을 것이다. 분쇄기보다 삶의 위력은 더 강해야 됨에도 조사, 수사의 위력은 살아온 길을 분쇄기보다도 더 철저하게 부순다.

그 자리에 앉는다 하여도 상처 입은 영혼 정직하게 임무 수행할 수 있을까? 세상은 강한 자가 이기는 것이 아니라 악랄하게 시류를 내 것으로 만들 수 있는 독심, 천운. 원하는 곳 쌓을 수 있는 성이다.

정치에 뛰어들지 않았다면 작은 자리에 만족했다면 **(이형기 시인의 낙화 생각난다)** 학자로서, 학계에서 발자취 빛나게 만들 수 있었는데 악취 풀풀나는 곳 가시밭길 걸으려 하셨는지 가정 상처 자식 상처 치유될까?
업에서 오는 자업자득 결과련만 안타깝고 슬픈 정치 자화상.

능력 없음이 이리 편한 것을 많은 것을 보고, 듣고서야 깨닫는다.

트럼프 정치 속셈

폭락만 할 것처럼 보였던 주식 시장도 안정을 찾았는지 코스피 2,000p 코스닥 600P 넘었다. 언제 또 출렁댈지는 모르겠으나 살펴보고 투자해야 될 이유들이 도처다.

영국, 브렉시티, 아르헨티나, 디폴트, 미·중 무역 전쟁 한·일 보복 전쟁. 미·북·이 핵 감축 억지 홍콩 정치 소요. 굵직한 뉴스들이 헤드라인을 채우는 순간 악재가 되어 나올 가능성도 높다. 세계 파도 출렁임에 주식 시장 또한 롤러코스터장 될 가능성도 높다.

언제 또 출렁임에 개미들 가슴앓이 만들 수 있는 것이 주식 투자다. 신용 금액 아직도 8조다. 될 수 있으면 사용치 않는 것이 초보 투자자들에겐 주식 투자 도움된다.

주식 시장 자본 시장은 기업에는 기업 자금 공급하는 곳이며 투자자에겐 영업 이익을 나눠주는 중요한 역할을 하는 곳이다. 최근 들어 주식 시장에서 주요 투자자들이 발을 빼는 모습이 보여 우려를 낳고 있다고 한다. 냉각된 투자 심리로 인하여 발생되고, 엔터주, 바이오주, IT주 등이 악재 노출되면서 부각되고 있다. 많은 개미 투자자는 지수 2,000p 넘으니 상승장 배팅하고 있다고도 하고 있다. 이래저래 늘 조심 투자만이 성투할 것이다**(시황 뉴스 인용 참조)**.

증시 상황에 부각되는 예민한 지도자들의 말이다.

트럼프는 고도의 장사꾼인가?

기행적 행보해 온 발자국 보면 알쏭달쏭하다. 한반도를 놓고는 통일 주도하는 것이 아니라 정치적 속셈과 장사군 논리로 횡행하고 있다. 한국, 일본 양국은 싸움하라고 멍석 깔고, 도와주는 척하면서 뒤통수친다. 속셈 알 수 없는 기행적 정치다.

미·중 마찰은 이해하면서도 앞으로 세계 판도는 미국이 지도자 중심 되기에는 미달이다. 아시아권 판도 또한 복잡하고, 국익, 원칙제일주의는 동맹, 혈맹, 국익에서는 무용지물 되는 것 세계가 알게 되었다.

지도자에 따라 국가의 정치, 경제가 휘둘린다면 미래 세계관은 어둡다. 인류애 도외시하고 밝는 정치 잘못 반성하지 않는 정치는 나라의 변(똥) 된다. 국익 우선도 좋지만 동고동락 인류를 위한 정치 협조는 모두를 평화롭게 만들겠지만, 장사꾼 정치는 인류 공동 삶의 질 떨어지게 만들 것이다.

트럼프 노망난 노인네라고 하기 전 고도의 장사꾼이다. 국가는 힘의 논리가 아닌 공동 평화의 협조 논리 우선시 되어야 모든 인류가 평안해질 것이다. 그것이 평화를 사랑하는 공동의 힘이다.

김정은 체제 또한 인정한다고 하여도 얼마 못 가 무너질 것이다. 그것이 공통된 만국 인류 평화다.

진실

주식 시장 많은 종목 횡보하고 있다. 이제 본격적 조정장일까? 중국 지수도 많이 하락하고 있다는데….

봄은 어느새 중천 이러다 여름 소리 없이 오겠지. 술잔 마음 무너진 시간 걱정 없었다. 위 흡수되는 동안 내일 걱정 없다. 술잔 허공 돌고, 시간 영원할 줄 알았던…. 알코올 흩어지는 순간 또 현실.

술이 좋긴 좋다. 술 마실 때는 왕이었으니, 알코올의 놀라움.

작은 간 큰 간 장미꽃 다발 술 취한다.

세상 나와 떠도는 글이다.

힘들어하고 계신 님 좋은 날 올 것입니다.

친구

오면 오는 대로 가면 가는 대로

소리 나지 않아도 반겨 주지 않아도 미소만 보여 주게.

너무 친절하여도 너무 슬퍼하여도 이내 맘 짐이 되네.

소식 없다 실망 말고, 자주 온다 미워 말게.

오든 가든 편하게 맞게 봄이 오듯 내가 오고 여름 가듯 내가 가네.

사계절 다시 오듯 이 맘 그대로일세.

세월따라 변하지 못한 모습 어찌 탓만 될 손가.

돈 있다 반겨 말고 돈 없다 괄시 말게.

더도 덜도 말고 형편대로 맞아주게.

주식 투자, 해 보면 안다

목련 비 바람에 진다. 찬바람에 떨어진 목련꽃 주식 시장 개미 모습 닮았다. 바람 비켜가지 못하고 우수수 떨어지는 꽃잎처럼 봄날인 줄 알았던 주식 시장 가파르게 오르던 지수 꺾였다.

순환 수급 아니라 주가 조작설 수사에, 해마다 반복 툭하면 터지는 주가 조작, 배임, 횡령, 사고들. 그런 종목들 퇴출 안 되어 있다는 것이 그 종목 투자하고 있는 개미 다행이랄까.

그런 종목 배후 밝혀졌다고 하자. 그 종목 투자한 개미 깡통 계좌 안고 이미 피해자 되었는데 정산적, 물질적 피해 보상 한 번이라도 하여 준 적 있었던가**(나는 퇴출 종목 세 번 당했고 22,000원에 매수한 종목 4번 하한가 깡통 찬 경험 있음)**. 수시로 터져 나오는 주식 시장 비리 이번뿐이겠는가.

양치기 소년 주식 시장 그래도 불행 중 다행, 지수 폭락 없다. 루머 휘둘린 종목 하한 추락하였지만 내성 생긴 주식 시장 불안해하고 있는 개미들 안전판 되었다는 것 위안이다.

주식 투자 무서움 글로 개미들에게 알려드리고 있다. 피해당한 개미에겐 무슨 말도 위로 되지 않을 것이다. 정말 씁쓸한 주식 시장이다.

언제… 마음 놓고 투자할 수 있는 주식 시장 될까?

오늘은 손이 떨립니다.

주식의 무서움

하늘 무너져도 솟아날 구멍 있다.

부끄러운 글 올리는 것은 주식 투자할 때 미수 사용 후 올 수 있는 아픔들 줄였으면 하는 마음으로 쓰고 있다.

황사 섞였다는 비 내리고 있다. 젖은 도로 바삐 걷는다.

어제까지 소식이 왔어야 했는데…. 오늘 아침까지도 소식 없는 것으로 보아, 왠지 마음 착잡하다.

몸의 무거움보다도 밀려오는 초조감은 발걸음 재촉한다.

문이 닫혀 있다. 전화할 용기 없어 뒤돌아선다**(포기하지 말자 포기하지 말자)**. 최선을 다한 삶 결과 상관없이 부끄럽지 않다고 중얼거린다.

다시 차에 몸을 싣고 내리는 비 멎고 하늘 금방이라도 터트릴 먹구름, 핀 벚꽃 모습 잃고 고개 숙이고 있다.

하늘도 온통 울 것 같다.

활짝 핀 벚꽃도 제 모습 활짝 펴 웃을 수 있을까?

차에서 내려 전화하니 금방 나온단다. 두 볼 스치고 지나가는 바람 쌀쌀하다.

약속한 장소 바로 앞 보이고 있는 헌혈의 집 사랑의 헌혈.

그래, 오늘은 늘 마음만 먹고 있던 생각의 실천…. 헌혈을 하고 몇 분이나 흘렀을까?

미소 머금고 다가오는 여동생 불과 엊그제 암 수술받고 퇴원했는데 맑은 모습이다. 오빠 도리 못하며 살아왔고 수술받을 때 아무런 도움도 못 주었는데…. 어머님의 근황 물어본다.

식사 안 했지요?

주위를 둘러보아도 이야기할 곳이라고는 다방뿐이다**(다방 출입하지 않는지라)**. 그렇게 많던 역 주변 제과점 하나도 안 보이고 김밥집만 그 자리를 차지하고 있다**(불경기인가 보다)**.

설렁탕 6,000원이란 메뉴판 식사하면서 나의 근황 설명한다. 전화로 이야기하여도 될 텐데 힘들게 여기까지 오셨어요.

오빠 힘들다는 것 알면서도…. 그리고 부탁한 건네준다. 진작 드리려고 했었요 하면서….

고개 들 면목 없어도 볼 수밖에 없는 현실이다.

뜨거움 가슴 적신다. 가슴으로 흘리고 있다.

그리고 깡통 찬 갚아야 될 증권사 찾아갔다. 미안해하는 지점장.

그간의 사정 간략하게 말하고 술 한잔 나눕시다?

좋습니다. 흔쾌히 대답 뒤따른다.

미움 고통도 한 마디에 생겼다가 한 마디에 삭는 인생인데, 구름 밖 보인 태양 잠시나마 햇살 보인다.

산 넘으니 산

햇빛 찬란한 날 마음의 격랑 높고 밀려오는 설움.
이슬 베게 깃 적시고 기다리는 마음.
주식 투자 합리화 명분 만들고 있는 것은 아닐까?
밀려오는 서러움 까닭 모르겠다.

허황된 꿈 깨니 허허벌판 가위눌린 가슴 쿵쿵, 글 쓸 수 있는 시간 주어지고 있기에 개미들 혹시 하는 노파심 투자할 때 꺼진 불 다시 한 번 하는 마음 상기한다. 산 넘었다 싶으니 또 하나의 산.

12월 결산 법인 상장사 무더기 퇴출된 3월 악몽 아직도 눈에 선한데 또다시 6월 결산 법인 상장사 뱀의 혀처럼 날름거린다.
어느 날 불시 튕겨져 나오는 결산 기업 소식 억, 윽.
시체 될지 모르는 개미 눈 뜨고 주식 투자하여야 될 때다.
지금 4월 초순인데 악몽서 벗어난 개미 투자자들 또 3월 결산 법인 폭풍처럼 몰아칠 소식 귀 기울이면서 투자해야 될 것입니다(**시황 글 보았을 때는 이미 쪽박**). 귀로 듣고 눈으로 확인 후 투자한다면 최소한 손실 예방할 수 있을 것입니다. 어차피 주식 투자 위험 담보 투자라고 합니다. 깡통 계좌 빚까지 덤으로 얻을 때까지 깨닫지 못할 것입니다.

강하기만 하였던 나도 이젠 폐인입니다. 아직도 주식 무서움 깨닫지 못하고 있는 순진무구 개미 투자자들 위한 부족한 글 올리고 있는 것입니다. 그 어떤 명언도 주식 투자 실패한 자에게는 소용없습니다. 명심, 투자 유의하십시오.

3월 결산 상장, 등록 법인 퇴출 등 주의보.

거래소, 코스닥 상장 법인 중 3월 결산 법인은 상장 66개사 등록 18개사 등 84개에 이르고 있다. 투자자들로서는 퇴출 또는 관리 종목 지정 사유 중 결과 예측하기 힘든 외부 감사 의견, 사업 보고서 미제출 자본 잠식 비율, 주식 분산 요건 등 투자할 때 주의해야 될 필수 사항**(4월 7일 인터넷 글 참조)**

코끼리 비스킷 시장

오늘도 지수 현재 910p대 넘었다 과연 기뻐해야 될 지수대인가.

내일도 그 지수대 지킬 수 있을까, 오르고 내리고 하는 주식 시장 되어야겠지만….

봄의 햇살 물러가지 않는 찬바람 나뭇잎 쉬고 있다가 지친 나그네 시린 가슴으로 찾아온다. 가지고 있는 것 육신뿐이니 찬바람 쉴 곳 없으면 이 가슴으로 들어와 쉬었다, 따스한 바람 되어 나가렴.

하루하루의 변화는 궁지 몰린 살얼음판 걷는다. 사소한 일에도**(여유 있을 때 마음 군자겠지만)** 신경질. 그런 반응도 다급한 마음이기에 그런 행동들 이해한다. 삶에 지친 사람들 거친 행동 하는 입장 이해하여 준다고 하는 말 있을 수 있겠으나 풍요롭고 윤택한 생활 하면서 남을 이해하여 주지 않으면서 자신이 하는 일은 어떤 일이던 정당하다, 진실이다 하는 아집 합리화시키는 부류의 행동, 어떤 변명의 말해 주어야 될까?

더불어 살아가는 사회라고 하지만 이 시대는 빈부격차 알게 모르게 중산층 없는 빈곤의 계층 늘어나고 있다.

주식 시장도 알게 모르게 그런 투자 층으로 변하고 있다.

신경질적 반응 보이는 사람은 삶의 내일의 희망 있어 그런 반응 보이는 퉁명스런 말투 보인다 하겠지만 더 큰 문제는 희망 잃어버린 사람이다. 사회에 희망 잃은 사람 많아지면 주식 투자 실패한 숫자 많아질수록 병폐적 현상 두드러지게 나타날 것이다.

희망적 긍정적 도움 온정 베풀고 지칠 대로 지쳐 의욕 없는 삶 도움 준다고 배고픈 코끼리에게 비스킷 하나 던지는 가식적 행동으로 받아 들여진다.

삶의 지표 잃은 주식 실패자에게 구원의 메시지 전해줄, 따뜻한 가슴 안아줄 방법 무엇일까? 그 해결의 방법 또한 주식 시장 건전한 투자 유통 정착되어모든 개미 투자자 안심하고 투자할 수 있게 만들어 주는 것이라고 생각한다.**(부실기업 모두 퇴출 작전세력 모두 적발)**

과연 지금의 하이닉스**(현대전자)** 매수 주체는 누구일까?

주식만 몰두할 때 아니다

밤하늘 별 인간의 무심함에 서늘하다.

내일은 만우절. 슬픈 이야기보다는 슬픔에서 웃을 수 있는 거짓말 백태 중에서 옮긴 이야기. 컬러 TV 없을 때 한 방송국 기술 담당자 스텐슨 뉴스에 나와 흑백 TV에 스타킹 씌우면 컬러 TV 볼 수 있다.

이 말 믿은 시청자 수백만 명 이 어처구니없는 방법 그대로 따라했다 한다.

다음 거짓말 7, 12, 14, 28, 41, 42.

이 번호 가진 사람 세상에 와 한 풀게 되었다고 한다.

믿지 않는다고요? 믿거나 말거나.

이제부터 농담 아닌 우리의 문제점 사회의 문제점 다시 한번 생각해 볼 때입니다.

수경이라는 소녀를 야단치고 싶습니다. 오죽했으면 하는 연민의 정.

나이 상관없이 막다른 골목까지 다다른 사람들의 심정 지금은 알 것 같습니다.

그저 겉으로 이해하여 주는 척하는 것이 아니라 그 속에 들어와 있다 나가 보니 이제 가식 아닌 진실로 수경이 같은 동질의 사람 이해하고 있습니다.

수경이라는 하늘로 간 천사에게 보내는 편지

수경아

너와 나 세상에 와 한 번도 만난 적 없었지. 그런데 왜 나는 너에게 글 보내고 있을까?

이것도 인연이라면 인연이기에 글 보낸다.

옛날 이런 말 있었단다. 노예 신분인 나는 죽으면 생의 묶인 줄 풀고서

신의 부름 받아 가니 행복하게 눈 감을 수 있지만

귀족인 당신이 죽으면 많이 쌓아둔 재물 두고 갈려니

그 욕심에 어이 억울하지 않으리오.

탐욕과 욕심 때문에 죽어도 당신은 고통스러울 것이요라고

당신과 나는, 다를 수밖에 없는 죽음이라오.

똑같은 죽음인데 그 죽음 보는 사람의 마음 너무 다르다.

수경이의 유서 중(인터넷에 쓴 글 옮김)

차라리 고아로 태어났으면 좋았을걸,

차라리 거리의 풀 한 포기로 태어났으면 좋으련만

차라리 바람에 휘날리는 모래 한 줌으로 태어났으면 좋으련만

내게 미래는 보이지 않는다. 태어날 땐 내 의지로 태어나지 못했으니까

죽을 때라도 내 의지로 할 수 있다면…. 하고 싶을 건 많다.

수경아

심약하면서도 강한 모습이었는지는 모르겠으나 야단치고 싶다.

너보다 더 어려운 생활 속에서도

아직도 꿋꿋하게 희망 잃지 않는 꽃망울 많은데
끝까지 삶 못 이기고 떠난 너.
하늘에서는 초롱한 별빛 되어 이승서 못다 이룬 꿈 이루렴
그리고 많은 사람에게 빈부격차 따지지 말고 희망의 빛 보내 주렴
못다 핀 꽃송이 하늘에선 환하게 피렴 안녕, 편히 잠들렴.

눈 속임 장

3월의 마지막 날,
나태한 육신 아침 겸 점심 위장 고마워한다.
살기 위하여 먹는 것일까? 죽기 위하여 먹는 것일까?
먹어도 죽는 날 올 것이고 안 먹어도 죽는 날 올 텐데, 화두다.

눈속임 장,
주가 싸다는 이유만으로 지금 주식 시장 뛰어드는 개미,
뛰어든 순간 행복 아닌 사망첩이다.

현 장세 흐름 봐라. 적당히 받치고 적당히 빼는 장 흐름이라고 말씀 드린다면 오해 소지 있겠지만 어쩌겠습니까. 주식에 대한 아픔 나 혼자만의 아픔으로 끝낼 수 있다면, 나라를 위한 사회를 위한 일 될 수 있다고 생각하였기에 죽지 못한 육신으로 공양할 수 있는 일은 고작 펜만 굴릴 수밖에 없는 신세**(죽은 펜이지만 정신 죽어 있는데 펜인들 안 죽었을까)**.

지금 시장의 흐름 시래깃국 장세다. 그 옛날 눈 덮인 깊은 계절 속 유일하게 먹을거리. 우리고 우려 내어 끓여 먹던 국거리처럼,**(앞서 투자한 외인, 기관 모두 먹고 난 찌꺼기 남은)**

2000년 12월 지수대나 지금 3월 지수나 1,000과 870의 숫자 차이만 있을 뿐이지 지금 개미 주식 시장 체감 지수 아마….

많은 종목 가격대 지수 200대 있다고 하여도 뻥 아니다. 그 시절 어떤 의도 가지고 그렇게 높게 고공비행시켰던 종목 부지기수다. 그러나 지금 주식 시장에서는 추풍낙엽이다. 오늘도 20여 개 종목 사망첩(상폐) 받았다. 그런데도 주식 시장 동요 없다. 그만큼 면역성, 아니면 동면 잠 푹 빠져 있는 개미들이기에 아닐 것이다.

주식 시장 남아있는 개미 투자자들 아마 지칠 대로 지쳤을 것이다. 아니면 나같이 도태된 부류로 전락되었거나 시장은 폭풍 오는 바다처럼 고요하다.

더러는 널뛰기하는 종목도 있지만 대다수 종목 지수 상관없이 밑으로 기고 있다. 이런 흐름에 투자한다면 수익 낼 수 있을까. 주체할 수 없는 돈 가지고 있는 먹을 것 입을 것 풍족한 개미에겐 주식 투자 권하고 싶다.

십시일반처럼 어려운 이웃 도우라고, 그러나 주식 시장 그런 여린 마음으로 투자하였다가는 패가망신 인생 종친다고 알리고 싶다 마음 얼었다.

망각 기능

살면서 수없이 많은 시행착오 오늘도 제자리 아닌 퇴보다.

능력의 한계일까?그러면서도 다시 도전하는(**좌절하지 않고 도전하는 젊음 아름답다고 하지만)** 주식 투자 용기일까? 만용일까?

실패 두려워 않는 것은… 주식 시장에서는 용기 아닌 만용일 텐데도 자꾸만 무덤 속으로 간다.

내면 감춰진 본성일까? 살기 위한 본능일까?

망각 기능 작용하고 있는 것일까?

망각, 뇌 기능 없었다면 살아가면서 일으키고, 저지른 중압감에서 시달림받으며 양심과 싸우며 살아갈 것이다.

행한 일 잘못된 일 있었다 하여도 순간 지나면 정당화. 잘못 책임 회피 합리화시키며 잊는다. 반성, 뉘우침 없는 인면수심 반복되는 일 저지른다. 누가 안 보면 된다는 사고의식 천지 눈 무서워 않다 두렵지 않다.

배만 채우는 비양심 행동하고도 웃는다(**어떻게 벌든, 사기 치든, 속이든 돈 벌면 된다는 의식의 발로)**. 망각 기능 그런 자들의 삶 편안하게 하여 준다. 방패 막 역할 기능이다.

주식 시장 재력, 정보 작전 모든 것 동원한 주체 세력 모여 호시탐탐 탐욕의 눈 번뜩인다.

전쟁터에서 인성 있는 개미 투자자 전사 될 수 있을까?

수단 방법 안 가리고 이득 챙기는 양심 어긋난 투자라 하여도 그것이 노력 의한 투자 이익이었다는 치부 도덕성 합리화시킨다.

양심 어긋난 행동 안 하고서 큰 이득 얻을 수 있을까?

망각 기능 인간 육체 기거하며 돈 버는 방법 기법 알려주면서 기생하고 있다.

바람 된 편지

우담바라 담긴 글이라면 천 년 피고도 시들지 않을 것입니다. 부드러운 햇살처럼 따뜻함 모두에게 비추어 주었으면 하는 마음. 주어진 얻어진 모든 것 영원히 곁에 머물러 있는 것이라고 하는 것 머물지 않습니다.

생성되고 소멸되는 과정서 주어지다가 온 곳으로 돌아가는 것 삶입니다. 살아가다가 덤으로 얻어지는 것들 영원히 내 것이 될 수 있다고 생각하며 놓지 않으려고 합니다. 모두 내 것이었다고 하는 것 바람처럼 사라진다는 것 알면서도 망각, 묻어 놓고 살아갑니다.

앞만 보면서 가질 만큼 가졌으면서도 더 쌓으려는 가진 것만으로 부족해 악착 떨면서들 살고 있습니다. 나도 그 악착 떨었건만 모아놓은 것 모두 잃었습니다.

주식 투자로 잃은 것 또한 또한 운명, 신의 섭리라고 받아들입니다. 재물로 맺은 연 다 끊어지고 미움, 분노, 원망 삶의 버거움 가지고 있을 때 깨닫지 못한 우둔함 모두 흘러갔는데 놓지 못한 욕심 미움, 영혼 묶고 놓아주지 않습니다.

한없이 추락하던 주식 시장 오랜만 꽃이건만 웃음소리 없습니다. 오랫동안 시달려온 지친 가슴 많아서겠지요. 햇살처럼 찾아온 소식 없다. 주식 투자 실패한 넋두리. 반대의 위치에서 편지 보낸 이 글 읽고 선뜻, 구원의 손 잡아줄까, 글 읽으면서 코웃음 칠까….

얼굴 붉어 온다. 괜한 짓 했구나 하는.

불가항력, 알게 되니 마음 편하련만….

바람 된 편지 휴지통서 설움 받았을까.

돈 가치 주식 가치

춘분.

사람들이 하는 정치란 어느 나라 정치건 참된 정치라는 것은 실행하기 무척이나 힘든 일들이라고 생각되는군요. 패자의 아름다움 스포츠에서나 가능한 것일까요. 정치에서는 어느 나라 일이던 패자의 아름다운 선의의 경쟁 악수는 할 수 없는 일들일까요?

권불십년.

권력의 자리 세상의 그 어떤 자리보다도 더 좋은 자리이기에 그렇게 앉으려 하겠지요. 사람들은 망각 습성 가지고 태어나기에 지도자 사후의 평 생각지 않고 현실에서 그 자리 앉으려 하는 것 아닐는지….

돈이란 것 가치 용도 견해 가지면서도 돈에 대한 경외감, 혐오감, 풍요감, 절박감, 욕구 감정 가지고 희로애락 보면서도 돈을 떠나서는 살아갈 수 없는 우리들입니다.

돈이란 쓰기보다는 벌기가 힘들다고 벌기가 힘들지 쓰기는 쉽다고 벌기도 힘들고 쓰기도 힘들다고 하면서 돈이란 조금만 있으면 된다고 **(액수는 사람마다 다름)** 많을수록 좋다고 많은 돈 가질수록 불화 온다고 생각하기도 하지만, 다양 각색, 돈 가치 정의, 결론은 정확하게 내리지 못합니다. 돈의 유용은 돈에 있는 것이 아니라 소유한 마음에 따라 가치가 변합니다.

돈은 눈이 멀어 천사, 악마 양면성 지니고 있습니다.
천사의 마음 있는 사람에게는 잘 따르지 않는다는 설.
악마의 마음 있는 사람에게는 잘 따른다는 설.
어느 풍문의 말 맞는지 알 수 없으나 돈이란 것 정말 급한, 정말 어려운 사람에게는 따라다니지 않는다는 것.

돈 흐름입니다.
돈의 분배 타고난 운명의 복따라 얻어지는 것인데 우리의 생, 돈 흐름 따라서 운명 뒤바뀔 수 있습니다.

돈 위해 살아가는 것인지 생 위해 살아가는 것인지. 돈에 유형 무형의 가치 정의 내릴 수 없듯 주식 또한 실물 현물 차이지.
분배의 몫 노력따라 얻어질 수 있는 것이 아니라 운 따른 타고난 복 있어야….
주식 투자는 투자한 노력으로 부 축적 쌓을 수 있는 것 아니라 투자한 회사 경영인의 양면성 가진 양심따라 정해지는 개미의 운명.
주식 투자하고 있다는 사실 망각하고 있는 것은 아닌지요.

주식 투자자 심리

복동이 님의 위로에 감사의 뜻 전합니다. 님의 조언대로 그런 유종의 미 거두고 싶지만 주식까지 몽땅 날린 마음 아픔, 자괴, 삶도 포기, 생각할 수도 있습니다.

사업하다가 망했다면 지인 만나 터놓고 도움 청해 본다지만 주식투자 도움 요청한들 손가락질합니다. 위로 감사드리며 님의 투자 성투 기원드립니다.

주식 매수하는 사람 심리 이럴까? 개미는 주식 매수할 때 올라갈 주가만 보고 투자한다. 주식 연구와 공부한 투자자라도 매수하는 종목 분석 후 매수하겠지만 보통 개미들은 감으로 때론 소문 듣고**(차트, 물량대의 가격 상식)** 매매하는 것이 보통 투자자들 투자 습관이다.

그리고 주식 매수한 후 생각**(내가 매수한 종목)** 꼭 오르겠지 하는 생각뿐이다. 그러나 현실은 거의 70% 반대 방향 시세로 움직인다. 주가가 상승한다고 하여도 1~2% 오르고**(때론 상한가 가는 종목도 있음)** 그리고 오르겠지 생각하고 매수한 주식 매수한 후 이유 없이 하한가**(이유가 있다 하여도)** 하락하고 투자 손실 발생하면 멍하다.

손절매 필수 법칙 알고 있어도 실제 투자에서는 매도하지 못한다(**나는 그렇게 투자하였음)**. 개미들의 투자 방법이다. 잠깐 몇 %의 수익이라도 올릴까 하고 매수하려는 투자자 이미 하락한 종목이나 많이 하락하고 있는 종목 선택한 후 그 종목은 이때쯤이면 반등하여 주겠지 하는 안이한 생각, 미수 사용이고 가지고 있는 원금 모두 투자하는 것이 지금까지 해온 투자 습관 아니었을까(**그러다 때론 대어 낚을 때도 있었겠지만**).

그러나 대부분의 개미 투자자들은 낭패 보았을 것이다. 몇 번의 투자 실패 하고도 투자 습관 못 고치고(**내가 그렇게 지금까지 투자하여 왔음**) 투자하는 개미들도 많다.

주식 투자하였다 하여서 모든 주식 투자자들이 실패하는 것은 아니다. 다만 먼저 글에서 말씀드렸지만 개미 투자자와 기관. 외인, 큰손들의 경쟁에서는 이길 수 있는 확률 너무 낮다.

어느 분이 나의 글 읽고 조언이라고 하면서 바둑 급수 이야기하더라. 후후… 지금 나의 바둑 급수 또한 아마 단 실력이다. 그리고 테니스, 볼링, 당구 웬만한 구기 종목 고수 대열에 있다. 그 모든 것 주식 투자에선 도움되지 못하였다. 물론 비유법 써서 조언 주셨지만 왠지….

나의 투자 잘못 반성 오늘도 하고 있다.

생의 후회

오늘 생면부지 초면인 분에게 sos 신호 신의 가호 있기를.

후회.

삶의 길 가다 보면 수없이 많은 실수 번뇌 방황하다가 다시 일어선다. 지나간 모든 것 주마등 옳고 잘못됨 떠나 한 일들은 모두가 잘못이었다. 잘못 걸어온 생 업보 고통으로 주어진다. 보고 싶지 않아도 볼 수밖에 없는 현실에서 컴퓨터 화면 통해 씨모스 정리 매매 바라본다. 그리고 그 회사에 전화 걸어 알아본 바 부도난 것이 아니기에 회사는 쓰러지지 않는다고 한다. 다만 자금 압박에 앞으로 시달릴 것이라고 한다. 그렇다면 지금 그 회사의 자금 상환 능력은…. 그렇다면 고의로 인한? 그 회사 책임자들이…. 그것도 금감원에서 형사 문제라 조사 중이라고 한다. 통화한 그 회사 사람의 말 사실이기를….

그러나 당장 피해를 본 나는, 개미 투자자는 어디에 하소연할 수 있을까. 이것이 주식 시장 현실에서 비일비재 일어나고 있는 개미 투자자들 한계다.

부도로 회사가 망하든 고의 부도로 회사가 망하든, 부도가 아닌 회계 문제로 주식 시장에서 퇴출되든, 기업가 윤리의식 없이 번번이 터져 나오는(**아주 심각할 정도로 중증인 주식 시장 등록된 부실기업들**) 이런 사고의 피해 고스란히 개미 투자자들만 당할 수밖에 없는 현실에서 피해

당사자인 개미들 어디 가서 하소연할 수 있을까?

좌절 넘어 공허한 메아리로 되돌아올 내일. 다시 잊혀질 수밖에 없는 주식 투자 현실. 정리 매매 통해 그런 기업 주식 매수, 매도한다고 하자.

그 회사가 회생할 수 있다는 소식이라던가 정보들은 그 회사의 관계자가 아니면 알 수 없는 일이다.

그러나 개미 투자자들은 컴퓨터 화면 보고 있다가 매수하던지 객장에 나가 매수하던지 단지 운에 맡기는 투자 방식밖에 할 수 없다는 사실**(주식 매수하면서 회사 현장 살펴보고 회계 장부 확인하고 주식 매수한 분 계실까?)**

그리고 퇴출되는 그 종목 백만 주씩 매수하고 있는 분들 누구일까? 회사 관계자? 개미 투자자? 투기 세력?

아이러니한 주식 시장 힘과 돈 하한가 상폐당한 개미.
뼛속 스며드는 좌괴감 후회 오늘의 교훈 잊지 못할 것이다.

망각의 인간

희망 잃은 자 살아 있어도 죽은 것과 같다. 부정적 일 겪은 사람 부정적 이야기하게 되고 긍적적 일 겪은 사람 긍정적 이야기하는 것 사람 마음이다.

투자 실패하였다 하여 부정적 말하고자 하는 것 아니다. 잘못된 제도 고칠 수 있다면 고쳐 실행할 것을 바라고 글 올렸지만 공허한 메아리다. 천방지축 하이닉스 상승 눈먼 개미들 그 많은 개미 내가 쓴 글 읽고 씨모스 문제 대해선 협력 동의 없는 것 보니 날벼락 맞은 개미 없는 것 같아 불행 중 다행이다. 그러나 앞으로 이런 주식 투자 혼자만의 피해로 끝날까? 개미 투자자들 잘못된 선택의 투자하였다고 투자 피해 모두 짊어질 수밖에 없어야 하는 것일까? 최대한 투자 피해 보호하여 줄 방패 막 제도 정착될 수 없는 것일까?

격랑의 파도 만날 때 목숨만 살았으면 하던 바람 파도 잠잠해지고 동공 세상 풍경 보니 어제의 일 잊고 다시 되풀이되는 일들.

내가 당하는 것은 아프고 쉽고 절망뿐이겠지만 당하지 않는 개미 입장에서는 자신의 옷 묻은 먼지 털어내듯 관심 없는 하찮은 일로 생각되는 것 주식 투자다.

주식 시장 투자하는 개미들 언젠가 세력에 당하지 않는다고 장담할 수 없다. 누군가 파놓은 주식의 덫 보고서야 신음하고 깨닫게 된다.

주식 시장 개혁 없이는 악순환 계속될 수밖에 없다. 우리는 오늘 하이닉스 미친 주가 보고 어제의 아픔 또 잊는다.

무엇을 위한 젊음의 귀한 시간 낭비하면서 위험 닥쳐올 때까지 기다릴까?

사방 늑대의 눈 번뜩이는 곳에서 선택의 길 판단 못 하고 있는 개미들. 주식 시장 침체되는 것 바라지 않는다. 주식 시장 활성화 경제 한 축 되어 모든 투자자에게 투자 이익 주어졌으면 한다.

주식 시장 주식 투자 개미 투자자들에게 불리한 점 너무 많다. 그런 제도의 불합리한 점 보완시키고자 글 올리고 있다. 글 읽는 개미 투자자 하루라도 빨리 주식 투자 망각에서 벗어나기 바란다.

주식 교훈

주식 시장 주식 교훈 필요 없다. 주식 투자 하라고 하여서 하는 개미 아닐 것이다. 주식 투자 하지 말라고 하여 주식 시장 떠나는 개미도 없을 것이다. 주식 투자 날고뛰어도 부처 손안에서 투자할 수 밖에 없다. 내가 투자하는 종목은 거래 정지 안 당하겠지 하는, 조심조심 종목 골라 투자할 것이다. 그러나 컴퓨터 화면 보고 있노라면 매수 매도 출렁거림에 주식 투자하는 개미들 매수 유혹 떨쳐 버릴 수 없다.

나도 그런 개미 투자자였다. 주식 투자 염려하던 것 현실 되었다. 더 이상 주식 투자 허무함 무엇으로 증명해드릴까? 개미 투자자들은 언젠간 누군가, 쳐놓은 주식 올가미에 오늘 아니면 내일? 주식 투자 올가미 걸려 파산선고 받게 되는 주식 시장이다.

나도 상장폐지 종목에 걸려 사망패 받았으니 억세게도 운 없는 주식 투자 생이라고 체념으로 끝내야 할까?

오늘도 조금이라도 원금 회복하여 빚 갚아 보려고 흔드는 종목 매수했지만 혹시나가 역시나다. 주가 요동치게 한 후 개미 투자자 몰린 종목은 올라가겠지 하고 매수하면 세력은 이때다 하고 개미들이 몰린 종목 낙엽 된다. 그런 후 다시 그 종목들 저가로 쓸어담는다. 그런 것이 주식 투자다.

그 기업 망하지 않는다는 것 알면은, 그렇다면 과연 그런 사실 알고 있을 그 세력들은 개미 투자자들일까? 주식은 소문에 사서 뉴스 팔라는 격언있지만 이미 소문 날 때는 그런 소문 내기 전 세력들은 그 종목 선취매한 후 개미 끌어들인 후 모두 보유한 주식 매도한다.

이런 주식 시장 생리 개미 투자자들이 투자하여 수익 올릴 수 있을까?

지피지기 백전백승이라 하였지만 주식 시장에서는 지피지기 백전백패다.

일일천하 종목

어제 웃던 얼굴 오늘 찡그리고 어제 찡그린 얼굴 오늘 웃는 장이다.

상한가 안착 후 순식간 무너지는 종목, 상한가 안착하여도 하루 못 지키고 무너지는 종목, 허무한 주식 투자 하룻밤 꿈이다.

세상에서 알 수 없는 것 있다면 주식 시장이다. 훈풍은 하루도 못 가 삭풍으로 변했다. 일장춘몽 주식 시장이다. 하루를 견디어 내지 못하고 있는 종목과 주식 시장이다. 지수 상관없는 종목 발굴해야 살아남을 수 있다는 것 알면서도 능력 한계다.

테마장 흐름 종목 분석할 수 있어 진주 같은 종목 선별할 수 있다면 함박웃음 될 텐데…. 어느 종목은 분기 누적 손실 19억이나 되는데도 테마장 타고 묘한 물결로 7일간이나 올랐다. 인위적 주가로 만들어 가는 작품이다. 종잡을 수 없는 등락 폭에 개미 투자자들은 항상 투자할 때 조심 투자 손실 줄일 수 있다. 주식에 대한 일희일비, 일비일희, 시장 속성이다.

주식 시장 투자할 때 필요로 하는 것은 상식, 지식 아니라 정확한 판단이 투자 수익 얻을 수 있다. 시황 전문가 개미 투자자 유혹하려고 인위적 주가 급등시키는 말도 한다. 00 종목 개미들은 추격 매수하지 마라. 추격 매수하는 순간 고행이다.

개미 손실 보는 이유

삼라만상 잠든 밤 겨울 재촉하는 비 내리고 있다. 언제부터인가 주식 시장 흐름 건전한 기업 자금 유치하는 곳 아니라 돈 놓고 돈 먹는 투기판이다. 변명할 수 없는 주식 매매.

인생에서 재물과 인연, 재물 자기 것으로 만들려 해도 설령 재물 자신의 것으로 쌓았다고 하여도 어느 날 쌓아 놓은 재물 내 것 아님을 알게 된다. 인생, 허무하면서도 곁에서 허무함 느끼지 않게 하는 쾌락, 유혹 마음에서 눈에서 떠나지 않는다. 쾌락, 유혹 눈에서 떠날 때는 석양의 해 보고서야 인생무상 내면 보게 된다.

삶이란 것 돈에서 시작하여 돈으로 끝나게 되는 과정의 연속성. 인간 상실 삶에 있어 눈, 코, 귀 악취 맡을 수 없다. 돈이란 것 때문에 자아 상실하여야 할 일 잊고 살아간다.

주식 투자 인간 오감 속 파고들어 많은 것 잃은 후 자신 모습 돌아볼 수 있게 된다. 돌아본 그때서야 아, 때늦은….

그렇게라도 뒤돌아 볼 수 있는 사람 현명함 잃지 않는다.

재물, 인연 없으면 노력하여 모아도 내 것 될 수 없다. 타고난 운명에서 오늘도 주식 투자 한 푼이라도 더 수익 얻으려 일념으로 투자하고 있을 것이다.

주식 시장 돈과 인연 없는 자 돈과 인연 있는 자 상관없다. 돈의 힘 돈 있는 곳으로 돈은 지남철이다. 돈의 생리 인생의 연으로 움직인다.

개미 투자자 주식 투자 성공할 수 없는 이유다. 호재, 악재, 공시, 시황 작전 세력 글이다. 개미들 이익 취할 수 없다. 호재는 호재 이용한 세력들 선매수 해 놓는다. 악재는 종목 악재 뜨기도 전 세력들 선매도 한다.

많은 주식 공부, 많은 세월 주식 투자한 투자자라도 왜? 많은 개미 그동안 많은 금액 투자했을 텐데…. **(나도 수억 투자금 잃었지만)**

왜? 투자한 개미들 수익 거둘 수 없었나를 생각해 봐라. 잘못된 제도 문제점 있었겠으나 많은 종목 매매 흐름 살펴봐라, 그런 유형 매매 이루어지는 것 다반사.

그렇다면 투자할 때 수익 얻을 수 있는 방법 없는가….

수익 얻을 수 있는 방법도 분명 있다. 그러나 그 수익 얻을 수 있는 방법 개미 투자자들에게는 별 따기만큼 어려운 주식 시장 투자처다.

호재, 악재 수익은 찔끔이요. 손실 볼 때는 뭉칫돈 왕창이다. 열 번 이익 얻어 한 번 손실 보면, 손실은… 눈덩이다. 단순한 수학 이론 생각하고 주식 시장 뛰어든 것 천추의 한. 주식 투자 수없는 변수 있는 것 같지만 늘 한 방향으로 흐른다. 투자 유념하라. 결실의 열매 맺을 수도 있지만 주식 투자 성공할 수 있다고 계속한다면, 처가살이 따 놓은 당상이다. 아직도 비 내리고 있다. 주식 투자 나처럼 고행길 걷지 않았으면 좋겠다.

깨닫지 못하고 있는 개미들

오늘도 냉탕, 온탕 주식 시장이다.

예전 테니스 함께 치던 증권사 직원 이런 말,

주식 투자는 돈 다 떨어질 때까지 주식 시장 못 떠난다고 그때 설마 하였던 이야기 지금 현실로 나타났다.

게시판 글 둘러보니 안타까운 분 적은 것 같다 다행이다. 이곳 글 올리는 분들 80% 개미 고수들이다. 주식 시장이 활성화된다고 해도 개미 실패 투자한다. 증권사들 수익 창출 적어지겠지만 주식 실패자 양산 방치한 결과다. 개미들도 큰 손실 보았기에 함부로 주식 투자 뛰어들지 않겠지만 아직도 투자하는 개미 많다. 새로 시작하는 개미들도 많다. 순진한 투자자들 유혹하는 인위적 상승 주가 종목 여전히 활개친다. 많은 개미 주식 투자 유혹 빠져 가슴앓이할 것이다.

활화산 주식 시장 뜨겁게 달궈도 화무십일홍이다. 많은 개미의 피 배부른 돼지들에게 빼긴다. 개기름 낀 얼굴 00질 하러 다니고 질펀한 술상 개미의 돈 휴지처럼 썩은 손으로 주면서 왕처럼 군림한다. 욕심, 부의 축척 쌓으면 쌓을수록 더 쌓고 싶다. 끝없이 이어지는 것이 가진 자의 탐욕이다.

배부른 돼지 개기름 번진 얼굴 얼마나 많은 개미 시체 밟고 땀 흘려 번 돈 아니고, 노름판 주식에서 딴 돈 투자하여 돈 벌었다고 자랑

할 것이다. 화투 쳐서 돈 따는 것은 그래도 육체노동이라고 할 수 있다. 화투 쳐 따 봐야 잔돈푼이지 이 주식 시장처럼 큰돈 걸고 화투 치는 곳 있는가? 1주일도 안 되어 아니 2~3일도 안 되어 수억 원 거두는, 과연 투자하여 번 돈일까? 주식 시장에서 단타 치고 나오는 개미들, 노름꾼 습성이다 말하면 비난 쏟아지겠지, 무슨 막말하느냐고.

개미야 절박한 현실에서 조족지혈 안 되는 쌈짓돈 절박함 벗어나려고 이 종목 저 종목 매수하지만 공염불 된다. 에널들은 조정장이다, 10월은 전약후강이다 한다. 관성 법칙 또한 알고 있는 사실 그러나 상장사 속 들여다봐라. 썩고 썩은 상장사 부지기수다. 그 상장사 주식 우량주다 하는 것 정상일까?

몇십만 하던 종목 주가 어느 날 몇만 몇천 원으로 거래되고 있다는 것 주식 시장 현실이다.

돈 놓고 돈 따먹는 노름판 주식 시장이다. 투자처라고 하기 어렵다. 생각과 견해 실패 경험 모두 다르겠지만, 개미들은 주식 실패의 길 걷지 않았으면 좋겠다. 주식 시장 금융권 세력, 기관 환골탈태한다면, 투자하여 손실 본 개미 줄어들 것이다. 주식 시장 문제점 많다. 이 글 읽고 작은 위안이라도 되었으면 좋겠다.

바람 부는 날

조용한 밤. 세파 찌든 정신.

개같이 벌어 정승처럼 쓰는 불우한 이웃 위하여 덕을 쌓는 분에게 시 한 편 올립니다.

제목 = 기도

나를 낮게 더 낮게
낮추어 가며 살게 하소서
이슬만 먹고도 행복한 풀잎처럼
푸르름으로 살게 하소서

미움, 고통, 원망, 슬픔 근본 벗어나면
깨달음 주시고
보듬는 마음 주소서

잔잔한 바다 바람 불 때
고요한 물결 주시듯 마음 편안주시어
사랑하게 하고 사랑 시험 의심 하지 않게 하소서

고난 있어도 돕지 마시고
스스로 일어설 수 있는 용기 지혜 주소서

푸른 날 기억서 떠오르는
이름 불러보는 다정 한 아름 주소서.

2 바람 부는 날

그대 있으므로
내가 있고

그대 있으므로
나 사노라.

미소만으로도 나의 빈 가슴을 메워주는
단 하나의 사랑아

그대 있어
눈 내리는 날도 춥지 않고
비 내리는 날도 외롭지 않네

차가운 바람 부는
골목 어귀엔
언제나 그대의 그림자 있어

삶의 지친 걸음 반겨 맞는
세상에서 단 하나의 내 사람아

그대 있으매
내가 있고

그대 있으매
나 행복하노라

이 시 아픈 이의 마음에
위안 될 수 있다면 좋겠습니다.

폭풍 지나갔는가?

참기 힘든 주식 시장이다. 누군가 조금씩 매수 단가 올린다. 매수가 올리려고 하다가, 매수세 따라붙지 않으니 매도하지도 못하고 노인네 오줌 줄기처럼 단가 끌어내리고 있다.

없는 자 조급한 심리 이용하여 가지고 있는 것 모두 털게 한다. 곡소리 여기저기 들릴 것 같은데 울음소리 들리지 않는다. 개미들 폭락장 화 잘 피한 것일까?

거기, 누구 없습니까?
살아있는 개미 있으면 소리라도 지르시구려
악! 소리라도 내면 마음 편해질 테니까요.
공포의 장이었다.
대세 거스를 수 없는 현실이라지만 해도 해도 너무한 폭락장.

가진 자 방망이 무자비하게 약한 자 공포 질려 가진 것 모두 여기 있습니다. 모두 내놓고 좋아지겠지 하였던 바람 무너졌습니다. 한꺼번 모두 쓸어가면 세력도 거둘 수확 없기에 반짝하고 주가 올립니다.
살아남은 개미들, 나는 폭풍우 피하지 못했습니다.
이것이 우리들 주식 투자 한계입니다.

경험하여 폭락장 올 것이라고 예상하였다 하여 투자 손실 줄일 수 있다 생각하고 계셨던 개미도 이번 폭락장 피해가지 못했을 것입니다.

주식 시장에서는 똑똑하다는 개미들 자신의 무덤 파고 있다는 사실 모릅니다. 개미 주식 투자의 한계입니다.

주위에 있는 친적, 친지 이웃들에게 재테크 하는데 무엇이 좋겠냐는 문의 있어도 주식 투자 절대 권유하지 마십시오.

저도 주식 시장의 무서움 몰랐을 때는 많은 분에게 재테크 투자 주식보다 더 좋은 투자처 있느냐고 반문하였습니다. 그러나 주식 시장 무서움 투자하면서 절실히 깨달았고 주식 시장 공정하지 않고 문제점 도처 있다는 것 알게 되었습니다. 주식 시장 너무도 몰랐다는 것 지금 천추의 한입니다. 버스는 지나갔고 제3의 피해자 없었으면 하는 바람, 주식하겠다는 개미 말리고 싶습니다. 주식 시장에 남아있는 개미들이야 떠나고 싶어도 못 떠나고 있을 것입니다. 물린 종목들 많고 손실 본 금액 찾으려고.

이런 폭락장 폭풍 매년 두세 번씩 몰아칩니다. 주식 하면서 경험하였던 일인데도 그런 경험했으면서도 혹시, 하는 생각 때문에 개미들 못 피합니다.

떠나지 못한 개미들은 그런 문제점 잘 파악하여 투자한다면 피해 손실 조금이라도 줄일 수 있겠지요. 그러나 그 손실 줄인 금액도 주식 투자 계속하게 되면 모두 제로 되고도 모자라 깡통 계좌까지 얻어집니다.

개미 털기

언제든 주식 시장은 세력이 개미 털기식 투자 유도한다. 가진 자 없는 자 주머니 털기다. 100억 가진 세력이 100만 원 가진 개미와 노름하면 누가 이길까? 약육강식 주식 시장에서 누구 탓할 수는 없다.

날씨는 맑다, 주식 시장 주가 폭격 맞았다. 그 원인 무엇인지 알고 있어도 모른다고 한다. 조정이다 상승이다 주식 시장 매일 매달린 개투의 계좌, 깡통 계좌 아니라면 다행이다. 쉬는 것도 투자다. 그 말 듣고 주식 매매 안 하는 개미 없다.

3일 전 예고한 주식 투자 손실 본 사람의 말대로 또 폭락장 왔고 전문가들은 조정장 하면서 어느 선 강력한 지지대 있어 앞으로 폭락장 없다고 말한다.

과연 그럴까 그런데도 계속 주식 매매하고 있다. 많은 쓰라린 경험 다른 개미 투자자보다도 더 많은 손실보고 있으면서도 내일은 괜찮겠지, 염원의 매수, 매도 반복한다.

주식 시장에서 얻은 경험 쓸모없다. 주식 경험 필요 없게 만드는 것 주식 시장 생리 주식 투자다.

주식 시장 떠나지 않는 한 자신의 재산 친지의 재산도 물 말아 먹고서 때늦은 후회하겠지만 후회하면서도, 아니야…. 하면서 다시 주식 투자한다. 폭락장 증명하고 있다. 이번 폭락장으로 주식 시장 하락세 끝난 것 아닐 것이다.

주식 시장이 계속 하락한다면 누가 투자하고 싶을까 아무도 안 하려고 할 것이다. 바보 아닌 이상 목숨 같은 돈 여기 있습니다 하고 줄까. 그래서 반등 하락 이어지게 만들고 있다 테마주 순환장이라고 하면서 인위적 손길 주가 만든다. 생각이 잘못된 것일까?
과연 상승장에서 개미 투자자들이 수익 얻었을까?

전문가들도 이번 상승장에서 개미들의 수익 거의 없다고 한다. 중요한 이야기는 하락장에서는 투자한 개미들의 손실 더 무섭게 더 크게 나타날 수 있다는 것이다.

하락장에서는 그래도 저가주들은 오른다는 주식 패턴도 사라졌다. 가진 자 손에서 인위적으로 주물럭거리며 만드는 주가 어떻게 하여야 투자 수익 거둘 수 있을까? 요원한 이야기다.

하루라도 빨리 봉사할 수 있는 마음 있다면 그런 마음 가진 개미 있다면 주식 시장에서 발 빼는 것이 남은 삶 가시밭길 아닌 인간 근본 도리 지키면서 살아갈 수 있다. 그 말 부정하고 싶지만, 주식 덫 올가미 심장 묶었다. 목숨 끊어지지 않는 한 주식 시장 못 떠날 것이다.

주식 시장의 불평등한 문제점 눈으로 보고 실패 경험 강의, 초보 개미들의 황폐화되는 삶 막고 싶다.
왜? 주식 투자하지 말아야 하는 것을 널리 알리고 싶다.

제도의 개혁 없이는 인위적으로 종목 주가 주물럭거리는 세력, 기업들 퇴출 없이는 상승장이건 하락장이건 개미 투자자들, 주식 투자하는 한 영원한 인생 실패자 될 수밖에 없다는 것 알려 주고 싶다.

개미 투자의 대귀

증시를 보고 있으면 마음이 흔들린다.

천신을 원망할까? 마음을 비우라고 하지만 뜻대로 되지 않는 것이 욕심이다.

무자식 상팔자라고 했는데, 지수 3000p까지 올라있으니 설마 했던 생각이 끝내 생의 발목을 잡는다.

투자의 경험이 많다고 하여도 이런 장세를 만나면 백약이 무용지물이라는 것을 알면서도 조금만, 조금만 하다가 손실률은 눈덩이처럼 커지고 있다.

3월쯤엔 폭락이 올 것이다. 생각은 했었는데 1월부터 이렇게 큰 폭락으로 변할 줄은….

폭락은 이제 시작인데도 계좌는 벌써 70% 이상 손실이다.

설마 하고 보유했던 대가치고는 뼈아프게 다가온 현실이다.

나만 그럴까?

증시의 기현상은 12월부터 나타났다. 이유도 없이 투자 지표가 되는 모든 것이 무너지고 있는데도 지수는 별안간 3000p를 넘었다.

중소형 주는 이미 몇십 % 주가가 연일 하락하고 있는데도, 대형주 몇 종목만 기형아가 되었다.

누가 올린 지수였을까?

종목 증시 움직임을 보고 있노라면 소름이 돋는다.

주가가 고점에서 내리기 시작하면 저점 끝은 보이지 않는다.

'2~3개월 50% 이상 주가가 떨어지면 조금 반등주겠지.' 하는 생각으로 재매수에 대들면 참패가 되게 만드는 것이 하락하는 종목들 주가 흐름이다.

몇 개월 생각하고 대든 결과가 참혹하다.

지수가 올라도 내리고 지수가 내리면 더 많이 떨어지는 보유 종목을 보면서 몇 번이나 손절을 생각했지만, 너무 많이 떨어진 주가라 60% 내일은, 내일은 하다가 오늘의 치욕을 보고 있다.

지수 3000p가 낳은 기형아들, 중소형 주는 묵사발이 되었지만 몇몇은 환호하고 있다.

그들 몇몇도 언젠간 맞을 부메랑일 것이다.

천정부지 미수 21조를 만들고 있지만, 능력 없이 자리만 지키고 있는 자들을 보면서 내일이 걱정되고 미래가 걱정되지만, 끝 모를 개미들 행렬은 대귀 길을 걷고 있다.

2020년 3월에 주식의 손을 놓았다면 좋았을 것을 주식의 미련이 끝내 삶의 발목을 잡았다.

주식 시장, 주식 투자에 미련 두지 말라.

주식 투자 고집하는 개미들 주식 투자가 앞으로 말해줄 것이다. 정확한 답을 줄 것이다.

주식 투자 10번 중 8번 성투하였다고 하여도 두 번 실패하는 종목 만난다면 그 종목이 정확한 답을 줄 것이다.

주식 이야기를 하는 벗을 만나면 이런 말을 한다

대형주만 투자하라고, 그러나 나를 포함한 많은 개미들은 너무 많이 올라있는 대형주 주가를 보면서 선뜻 매수에 나서지 못하는 것이 주식이다.

지금의 증시처럼 대형주가 잡주처럼 주가가 오른 적이 별로 없었기 때문이다.

서당개 3년이면 풍월 읊는다는 속담도 증시에선 통하지 않는 것이 주식 투자다.

인의 관계라, 아무리 가까운 사이도 세월이 가면 사소한 마찰로 인하여 멀어지는 것이 관계다. 노인네 소리 듣는 세월은 넓게 해주는 마음이 아니라 점점 좁아지는 마음을 만드는 것도 세월이다.

노인네 소리 듣는 정치인들, 이렇게 사회가 어려울 때 세비 깎겠다는 분들 하나도 없다.

솔선수범으로 나서서 국가의 빚 불어나게 하는 것보다는 '세비 50% 줄이겠습니다.' 하는

'코로나 19로 자영업자들이 힘드니 공무원 월급 10% 줄이겠습니다.' 하는

덕을 베푸는 것은 나중 곱으로 돌아오지만, 곤궁에 처한 모습을 보고도 의리를 저버리는 행동은 나중 배로 잃게 되는 것이 생이다.

많은 것을 얻으려 하지도 않았는데, 주식 투자에선 맺을 수 있는 인연이 없다는 것은 오직 탐욕만 존재한다는 증거다.

투자라는 미명으로 눈과 마음을 멀게 하고 현혹하는 것이 주식 투자다.

벌기 위해서 일하고 살기 위해서 벌어야 하는 육체의 노동은 존중받아야 하지만, 더 쌓기 위한 주식 투자는 결국은 많은 것을 뺏어가는 것이 주식 투자다.

주식 시장 증시 주가를 보는 눈의 착시가 2030시대를 영끌로 지남철처럼 끌어들이고 있는 시대다.

많은 것을 반성해야 하는 ㅇㅇ계지만, 그들은 그들만의 세상에서 살판났다고 난리부르스를 치고 있다.

동학 개미들이여, 주식 투자 허구에서 깨어나라.

인생에서 주식 투자는 재물을 모을 수 없다.

친구

친구 지나간 세월을 되돌아본다. 습작을 하면서 작가 시인이라고는 상상도 하지 않았다.

글을 쓸 때 전문적, 학문적으로 표현하는 지식이 부족해 늘 현실에서 겪는 일들을 써왔다.

그동안 만났던 많은 인연, 지금까지 해온 주식의 삶에 관해 이야기할 때 성투, 실패 주식 시장 의문에 대해서 성토, 고발 고민 속 투자하면서 느꼈던 생각들을 전하고 싶어 하나하나 메모하다 보니 출간까지 이르게 되었다. 부족한 글 읽어준 개미님들께 감사드립니다.

오면 오는 대로 가면 가는 대로 소리 나지 않아도 반겨주지 않아도 미소만 보여주게

너무 친절하여도 너무 슬퍼하여도 맘 짐 되네

소식 없다고 실망 말고, 자주 온다고 미워 말게

오던, 가던 편하게 맞게 봄 오듯 오고 여름 가듯 가네

사계절 오듯 맘 그대로네

세월 따라 변하지 못한 모습 탓 될 손가

돈 있다 반겨 말고 빈자라고 괄시하지 말게

더도 덜도 말고 형편대로만 맞아주게

나는 나로 남을 수 없고 나는 네가 될 수 없다만

마음은 네가 되어 너를 이해하고 싶다.
맘만 이라도 네가 될 수 있다면 기쁠 때 함께 웃고
슬플 때 함께 우는 우리가 될 수 있으련만
내 육체가 네가 될 수 없듯 마음 또한 함께하지 못하고
그늘이 되어 오는 세월 얼마나 더 지나야
너를 읽을 수 있는 눈 되어 아픔들 나눌 수 있을까
약한 운명의 삶 필요로 할 때 필요한 내가 되어 있지 못하는

30년 전 써서 발표한 시입니다.

책을 내면서

3월 10일 새끼를 5마리나 낳은 묘순이가 코골이를 하며 자고 있다.

야옹이도 코골이를 한다는 것을 사람들은 알까?

스포츠 시즌이 돌아왔다. 코로나 19로 위축된 마음의 눈에 활력 요소가 된다.

추신수의 귀향은 야구의 맛에 흥미까지 덤이다. 기대되는 시즌이다.

오늘도 하루는 찾아온다. 해를 보면서 감사의 마음 보내는 이, 푸념의 마음 있는 이.

잘못 때를 만나 보고 싶어도 볼 수 없는 해가 된다면….

하루의 감사를 보내면서도 때론 사는 것, 지겨운 삶의 시간도 주어지는 것이 우리의 시간이다.

모든 것을 놓고 싶을 때도 해는 찾아온다. 똑같이 주어지는 시간에, 그동안 무엇을 쌓았는지 해가 삶의 걸음을 돌아보게 한다.

마음과 몸이 무거운 날이다, 요즘처럼 주식 하면 퇴출당하는 것은 시간문제다.

정신 차리지 못한 단타의 대가는 단매가 아니라 몰매로 돌아왔다.

그만두어야 한다고 생각하면서도 아침이면 여지없이 컴퓨터를 켜게 된다. 주광이 된 생활이다.

평생을 함께 간다고 하는 벗이 있다. 평생을 보면서도 남은 생도 함께한다고 하는 아우들이 있다.

생활은 세가 아닌 자가에 살면서 생업들에 충실하고 땀흘리며 노력하면서 산다.

그런 모습을 보는 마음은 즐겁다. 그런데, 나는….

서로의 속까지 다 안다고는 할 수 없지만, 만나면 늘 웃는 얼굴들 자주 이슬과도 함께한다.

며칠 깨질 만큼 깨진 계좌를 보면서 한숨을 쉴 때 전화벨이 들린다.

천근만근의 마음이라지만, 죽상을 보일 수 없어 〈이슬 보고 싶으면 오세요〉 성규가 운영하는 곳 두 번째 순댓국, 모 방송에도 맛 자랑으로 방영되었지만, 순대 맛 하나는 일품이다.

이슬과 친구와 아우와 추억을 만담으로 웃음꽃 피운다.

2차 가자. 노래방 조용하다. 불경기라는 말을 듣고 있지만, 막상 찾아오니 뉴스와 소문이 거짓말이 아니라는 것을 알 것 같다.

백의민족은 누가 가르쳐 주지 않아도 흥과 가락은 타고나는 것 같다. 모두가 가수 뺨치는 노래 실력이다.

친구는 늘 말한다.

"85세가 바라는 수명이라고, 이제 십 년 하고 몇 년 더…,"

퇴임하고 늘 즐겁게 사는 여우 마누라, 토끼 자식 그런데 마음은 알코올이 들어가면 이런 말을 한다.

"주위를 돌아보면 언제부턴가 벗의 모습들 보이지 않는다." 하면서 남은 벗은….

먼저 간 친구를 떠오르게 하는 말을 자주한다. 알코올로 인하여 무거운 입이 속을 보인다.

잘못하면 몇 백 손해 볼 뻔했다고,

'속으로 하는 말 주식 하지 말라고 했는데, 주식 하고 있구나.' 하는 생각하지 말라고 했는데

하면 안 되는데….

나는 주식실패자라, 주식 하란 말은 누구에게도 하지 않는다.

재물은 잃었지만, 아직 주식 시장에서 밀려나지 않고 있다. 그러나 눈에 보인다. 언젠간….

지금까지는 신의 안배로 버틸 수 있었지 내 실력으론 밀려났을 것이다.

주식은 순간의 종목 하나 선택이 인생의 길을 다르게 만들 수 있다.

소읍의 거리를 친구와 팔짱 끼고 걷는다.

오후 9시, 마주치는 행인도 없다. 상점은 거의 컴컴하다. 길을 걷다가 불 켜진 제과점으로 불쑥 들어가는 친구 빵을 사준다고 난리다.

"받아라."

"안 받는다."

옥신각신 끝에 결국 빵을 받고 나온다.

전철을 타는 곳까지 걸으면서 친구의 넋두리를 듣는다. 보이지 않는 외로움의 말 묻어나온다.

강하게 보이던 마음엔…. 그 말을 들으면서, '이 삶 성투하면 오지 말라고 하여도 내가 먼저 매일 찾아갈텐데….' 하는 말을 속으로 삼킨다. 주식 투자, 정말 성투할 수 있을까?

주식에선 재물을 많이 잃었지만, 격려와 지원해준 많은 분이 있다.

평생을 함께 웃음을 나눠준 고마운 분들이다.

임정빈, 김덕종, 유병창, 이권환, 정종천, 유춘종, 김성규, 윤동희, 서동춘, 김정현, 김용희, 한상호

그리고 책이 이승에 나오게 도움 준 생각나눔 출판사 이기성 대표님, 증시 토론 개미들 이승에서 맺은 인연들에 감사드린다.

개미들이 성투하는 날까지 계속 글을 쓸 것이다.

주식, 귀천주서

펴 낸 날 2021년 5월 21일

지 은 이 김종안
펴 낸 이 이기성
편집팀장 이윤숙
기획편집 한 솔, 정은지, 윤가영
표지디자인 한 솔
책임마케팅 강보현, 류상만
펴 낸 곳 도서출판 생각나눔
출판등록 제 2018-000288호
주 소 서울 마포구 잔다리로7안길 22, 태성빌딩 3층
전 화 02-325-5100
팩 스 02-325-5101
홈페이지 www.생각나눔.kr
이 메 일 bookmain@think-book.com

• 책값은 표지 뒷면에 표기되어 있습니다.
ISBN 979-11-7048-243-7 (13810)

• 이 도서의 국립중앙도서관 출판 시 도서목록(CIP)은 서지정보유통지원시스템 홈페이지 (http://seoji.nl.go.kr)와 국가자료공동목록시스템(http://www.nl.go.kr/kolisnet)에서 이용하실 수 있습니다(CIP제어번호: CIP2020001380).